FOLIO BIOGRAPHIES

collection dirigée par

GÉRARD DE CORTANZE

Louis XIV

par

Éric Deschodt

Gallimard

Crédits photographiques

1, 3, 7, 12 : Photo Josse/Leemage. 2, 5 : Archives Gallimard Jeunesse. 4 : MP/ Leemage. 6 : Bulloz/RMN. 8, 9 : Gérard Blot/RMN. 10 : Franck Raux/RMN. 11 : Christian Jean — Jean Schormans/RMN.

Né en 1937, Éric Deschodt a été journaliste à la *RTF*, *Jours de France*, *Spectacle du monde*, *Valeurs actuelles*, et collabora longtemps au *Quotidien de Paris* et au *Figaro Magazine*. Écrivain, il a publié une vingtaine d'ouvrages, parmi lesquels des biographies de Saint-Exupéry, Gide, Agrippa d'Aubigné, Barrès, ainsi qu'une dizaine de romans, dont *Le roi a fait battre tambour*, *Le Royaume d'Arles*, *Le Scorpion d'or*. Sa biographie consacrée à Attila, publiée chez Gallimard dans la collection « Folio biographies », lui a valu le prix Coup de cœur en poche 2006, décerné par *Le Point*.

Miracle

Trente-troisième roi de France depuis Hugues Capet (y compris Henri VI d'Angleterre, sacré roi de France à Paris en 1431 avant d'être le vaincu de la guerre de Cent Ans), Louis XIV, dit le Grand, est né le 5 septembre 1638 au Château-Neuf* de Saint-Germain-en-Laye, dans la « chambre du roi », décorée par Simon Vouet. La chaleur était étouffante.

Il était temps. Les parents du nouveau-né, Louis XIII et Anne d'Autriche, étaient mariés depuis vingt-deux ans ! Point de passion entre eux. Le roi avait attendu quatre ans pour approcher la reine... Après quoi elle avait fait quatre fausses couches. À trente-sept ans, elle n'était plus jeune et la santé du roi, qui avait le même âge, n'était pas bonne. Aussi la grossesse de la reine avait déclenché une attente passionnée — passionnée

* Bâti par Philibert Delorme sous le règne d'Henri II, et agrandi par Louis Métezeau, architecte d'Henri IV, ce Château-Neuf n'existe plus. Tombant en ruine sous Louis XV, on en entreprit la démolition sous Louis XVI entre 1777 et 1782. Le Château-Vieux, reconstruit par Pierre Chambiges pour François Ier, englobe un donjon du temps de Charles V et une chapelle du temps de Saint Louis. Il domine toujours la Seine et la plaine du Vésinet.

autant qu'inquiète puisque, selon la loi salique, il fallait un garçon. Faute d'enfant mâle, le trône irait au frère du roi, Gaston d'Orléans, dont l'inconséquence, la veulerie et le goût de la trahison sont restés célèbres.

En ce temps-là, le roi était tout. Gaston d'Orléans au pouvoir, c'est le vice qui montait sur le trône. Il fallait un garçon !

La naissance d'un dauphin fut donc saluée comme un miracle. Devant le berceau de son fils, Louis XIII dira à l'ambassadeur de Venise :

> Voici un effet miraculeux de la grâce du Seigneur Dieu, car c'est bien ainsi qu'il faut appeler un si bel enfant après mes vingt-deux années de mariage et les quatre malheureux avortements de mon épouse[1*].

La France entière retentit de *Te Deum*. Le bébé fut sur-le-champ appelé Louis-Dieudonné. Deux ans plus tard naîtra un second garçon, Philippe, duc d'Anjou, le futur « Monsieur » — moins dangereux pour son frère que ne l'avait été l'oncle Gaston pour leur père.

Miracle ? Le mot, de nos jours, peut sembler disproportionné. Il l'était moins au XVIIe siècle, qui fut religieux comme aujourd'hui on ne peut plus l'imaginer : l'Europe baignait alors dans un christianisme des plus fervents. Louis XIII, lui-même très dévot, avait fait vœu de consacrer la France à la Vierge s'il obtenait une postérité. Et le sentiment monarchique n'avait jamais été plus fort. Quant à

* Les notes bibliographiques sont regroupées en fin de volume, p. 284.

la triple exception républicaine de la Confédération helvétique, des Provinces-Unies hollandaises et de Venise, elle n'était pas contagieuse.

Louis XIV fut un bel enfant, robuste, remuant et avenant. Il adorait sa mère. Son père, semble-t-il, fut seul à s'en plaindre — mais Louis XIII se plaignait de tout —, qui disait en substance à Richelieu, son tout-puissant ministre : « Je suis très mal satisfait de mon fils, dès qu'il me voit il crie comme s'il voyait le diable... » Il ne le verra pas longtemps.

Louis XIII mourut le 14 mai 1643, âgé de quarante-deux ans, trois semaines après le baptême de Louis qui avait quatre ans et huit mois. La marraine était la princesse de Condé ; le parrain, Mazarin.

« Comment vous appelez-vous à présent ? » aurait demandé le roi après le sacrement. « Louis XIV, mon papa. — Pas encore, mon fils, mais peut-être bientôt*. » Il n'y fallut que vingt et un jours.

La majorité du roi était fixée à treize ans. Une régence s'ouvrait. Elle revenait à la reine mais son patriotisme espagnol l'ayant fait comploter plusieurs fois contre la France, Louis XIII avait fait en sorte de l'encadrer étroitement. Il avait nommé à ses côtés son frère Gaston lieutenant-général du royaume, et flanqué cet étrange attelage d'un conseil dont c'est un euphémisme de dire qu'il en

* L'anecdote est douteuse.

réduisait les pouvoirs à rien. Naturellement le testament fut cassé et Anne d'Autriche put exercer la plénitude de ses droits.

À la stupeur générale, elle choisit de s'appuyer sur le parrain de son fils, l'Italien Jules Mazarin, créature de Richelieu et de surcroît sorti de rien. Choix d'autant plus extraordinaire qu'à l'instant de mourir, Richelieu, son pire ennemi, le lui avait recommandé pour lui succéder.

La métamorphose d'Anne d'Autriche, princesse purement espagnole tout entière attachée à Madrid, en pure reine de France, choisissant le protégé d'un Premier ministre qu'elle avait exécré durant vingt ans pour succéder à sa bête noire, sur la recommandation de celle-ci, étonna l'Europe. Le sentiment maternel y eut sans doute sa part : son fils était roi de France, non de Castille ni d'Aragon.

On s'aperçut bientôt qu'une relation très forte s'était nouée entre la reine et l'Italien, au point de supposer une liaison entre eux et même un mariage secret. Car si Mazarin était cardinal, il n'était pas prêtre et pouvait convoler ; Anne aussi, qui était veuve. Rien n'a jamais été prouvé ; des soupçons persistent chez les amateurs de ragots. Quant à Louis, malgré l'impatience de gouverner par lui-même qui allait le saisir adolescent, il témoigna toujours à l'égard de son parrain non seulement le plus grand respect, mais aussi une affection remarquée de tous, qui sera jugée excessive.

Louis XIV n'eut de son père qu'un souvenir diffus, mais Anne d'Autriche eut sur son fils une influence déterminante dans deux domaines au moins, et non des moindres : le politique et le religieux.

Louis resta avec les femmes jusqu'à l'âge de sept ans. Très simplement, il jouait avec la fille d'une femme de chambre de sa mère. La petite faisait la reine et il la servait, tantôt page, tantôt valet. Alertée, sa mère lui interdit de singer les domestiques, et lui trouva des compagnons plus appropriés : le fils du duc de Coislin, le jeune Vivonne, fils du marquis de Mortemart, d'autres rejetons de grandes familles...

Le roi est sérieux, patient, maître de soi, montre un bon cœur. On le trouve un peu lent. On dira un jour qu'il couvait sa future autorité. Son frère, le duc d'Anjou, est plus vif. Ils se chamaillent souvent.

Ils partageaient au Louvre une chambre minuscule. Se réveillant un matin, Louis crache comme d'habitude pour se rincer la bouche, car on ne se lavait guère les dents dans les années 1640... Le glaviot mal dirigé tombe sur le lit de Philippe. Philippe, incontinent, riposte, Louis réplique en pissant sur son frère. Philippe lui rend la politesse. « Lorsqu'ils n'eurent plus de quoi cracher ni pisser, ils en vinrent aux mains[2]. » Alors on les sépara.

Louis manifeste de bonne heure le goût de l'autorité.

Un jour, sa mère le voyant bouder l'apostrophe : « Voyez ce qu'il fait beau voir, le roi qui boude et qui ne dit mot ! » La réponse royale fut : « Je parlerai un jour si haut que je me ferai entendre[3]. »

Mais la reine sait se défendre, un autre jour que Louis fait l'insolent elle lui dit : « Je vous ferai bien voir que vous n'avez point de pouvoir et que j'en ai un. Il y a trop longtemps que vous n'avez été fouetté. Je veux vous faire voir que l'on fouette à Amiens comme à Paris[4]. »

On a dit que ses études avaient été négligées et qu'il ne savait rien. C'est faux.

Il avait cinq ans et demi lorsqu'en mai 1644 l'abbé Hardouin de Beaumont de Péréfixe, futur archevêque de Paris, fut nommé son précepteur. Mais Hardouin était de petite santé, et il n'était pas suffisant de prêcher à son élève une fermeté sans faille, l'exhortant à tenir lui-même le timon de l'État, sans autrement le contrôler. Le futur archevêque fut débordé par son pupille.

Le roi tournant au cancre, la reine, comme toujours, appela Mazarin en renfort, complétant ses multiples titres en le nommant « surintendant au gouvernement et à la conduite de la personne du roi et de celle de M. le duc d'Anjou ». Mais le cardinal ne pouvait pas être partout.

Quatre années passèrent encore et, en 1652, on fit venir à la rescousse La Mothe le Vayer, déjà précepteur de Philippe, pédagogue confirmé, dont la grande autorité faisait espérer des miracles...

On l'a compris, l'enfant Louis XIV n'aimait guère l'étude. Il préférait la vie au grand air. Bien plus physique que cérébral, il raffolait de danse, de jeu de paume, de chasse, de jeux guerriers, d'exercices militaires, jusqu'à devenir un véritable athlète à la fin de son adolescence. Sans pour autant se glorifier de ses ignorances. Au contraire, il éprouva toute sa vie un sentiment d'infériorité envers les beaux esprits, l'avouant du reste ingénument, simplicité qui fut l'un de ses charmes.

Si Louis manquait d'application, il ne restera pas inculte. Il apprit le latin sans déplaisir. À treize ans, il pouvait traduire spontanément plusieurs chapitres des *Commentaires* de César consacrés à la guerre des Suisses. Louis aimait l'histoire.

Tous les princes de l'époque pratiquaient la danse et jouaient au moins d'un instrument, le plus souvent du luth, jugé le plus élégant des instruments à cordes ; Anne d'Autriche s'y exerçait avec assiduité, Louis XIII en était virtuose.

Louis fut donc mis au luth à l'âge de neuf ans, ayant pour maître Germain Pinel en 1647. Il n'y rechigna pas, se montra consciencieux mais non enthousiaste. Sans doute préférait-il déjà la guitare, instrument d'origine arabe, d'abord espagnol, très commun outre-Pyrénées, passé à Naples et vite devenu le grand outil des saltimbanques montés en force d'Italie dans le sillage de Mazarin*, qui aurait voulu faire de Paris une nouvelle Rome, inspirée de la Rome baroque du pape Urbain VIII.

Louis joue de la guitare depuis sa toute petite enfance, dès l'âge de deux ans, dit-on. Chaque semaine, Tiberio Fiorelli, personnage essentiel, inventeur de Scaramouche, se rend au Louvre. « Il

* C'est du moins la thèse soutenue par Philippe Beaussant dans son *Louis XIV artiste*, Payot, 1999.

arrivait avec son chien, son chat, son singe, son perroquet, et naturellement sa guitare [...]. Il prenait le petit roi sur ses genoux et l'y faisait danser[5]. » Un jour, ayant trop ri, Louis lui aurait pissé dessus.

Deux ans passent. 1650 commence. Louis a douze ans et déclare que c'est de la guitare qu'il veut jouer. Le scandale est grand chez les raffinés pour qui, face au luth, suave et mélancolique, la grossière guitare n'est bonne qu'à stimuler les trépignements des rustres dans les bouges d'Andalousie et de Campanie. Mais Louis est déjà le roi, auprès duquel les raffinés ne sont pas grand-chose.

On lui recrute pour enseignant un natif de Cadix dont l'origine est tempérée par un nom bien français, Bernard Jourdan de La Salle. Trois ans plus tard, il voudra mieux. Alors Mazarin frappera un grand coup, faisant venir de Mantoue Francesco Corbetta, le plus grand virtuose de son temps, qui écrira pour son pupille un traité intitulé *La Guitare royale*. D'après Mme de Motteville, Louis se donnait tous les jours des concerts à lui-même.

Il grandissait coupé du monde comme la plupart des enfants royaux, tandis que rien n'allait plus pour son royaume, ni à l'extérieur ni à l'intérieur.

Première Fronde

La guerre de Trente Ans — catholiques contre protestants —, commencée en 1618, ravage toujours l'Allemagne et coûte toujours plus cher. Pourquoi ? Les catholiques étaient emmenés par le titulaire du Saint Empire romain germanique, Ferdinand II de Habsbourg, dont la victoire aurait aussi sûrement étouffé la France que celle de Charles Quint cent ans plus tôt s'il était venu à bout de François 1er.

Le grand dessein de Richelieu, « abaisser la maison d'Autriche », commandait la défaite de l'Empire. Le salut de la nation l'emportant sur la religion, Richelieu, pourtant cardinal romain, a soutenu les ennemis du pape avec le plein assentiment du Roi Très Chrétien Louis XIII. Mazarin, comme lui prince de l'Église, suivait la même voie.

Jusqu'en 1635, la France s'était contentée de subventionner les ennemis de l'Empire, dont le principal était la Suède de Gustave-Adolphe. Le roi suédois, grand capitaine, taillait régulièrement en pièces les Autrichiens et les Allemands qui lui étaient opposés. Mais il est tué à Lutzen le 16 novembre 1632, ayant eu le temps avant de mourir d'écraser Wallenstein, ultime recours de Ferdinand.

L'empereur, sauvé par ce trépas, reprend le dessus. Les protestants, très affaiblis, signent avec lui une série de traités, laissant la France, en première ligne, payer de sa personne. Louis XIII, en 1635, déclare la guerre à son beau-frère, Philippe IV d'Espagne, principal suppôt de l'Empire, dont il est partie prenante, et le plus proche de ses frontières.

Les débuts sont désastreux. Les Espagnols franchissent la frontière du nord en 1636, s'emparent de Corbie. Leurs éclaireurs arrivent devant Paris, où Richelieu prend tous les risques pour enrayer la panique, se montrant dans la rue, lui qui est détesté, pour raffermir les courages. Les Espagnols ne poussent pas plus loin. On se demande encore pourquoi.

Il faudra attendre sept ans la victoire éclatante à Rocroi, dans les Ardennes, le 19 mai 1643, cinq jours après la mort de Louis XIII, du duc d'Enghien, cousin de Louis XIV et bientôt prince de Condé, pour dissiper la menace espagnole.

À l'intérieur, la ruine galope. Les impôts de guerre saignent le pays. Un aberrant système fiscal entretient en outre un gâchis énorme. D'une quarantaine de millions de livres vers 1630, le budget de l'État monte à 120 millions en 1634, et bondit à 208 millions en 1635. La misère générale multiplie les révoltes. Révoltes antifiscales baptisées « émotions ».

Elles éclatent dès 1635, touchent la Guyenne, le Périgord, le Poitou, le Limousin, le Maine, l'Auvergne... Dans les années 1640, une série de mauvaises récoltes relance ces mouvements. La Normandie, l'Anjou, la Guyenne, le Languedoc, le Rouergue, la Provence, le Dauphiné « s'émeuvent ».

Toutes les classes sont impliquées dans ces soulèvements, des seigneurs aux paysans. On disait : « Le roi ne sait pas », et l'on s'en prenait à ses agents, tous confondus de près ou de loin avec ses percepteurs. Que savait le roi ? Il allait sur ses douze ans...

Sa mère est visée et surtout Mazarin, qui sera bientôt plus détesté que Richelieu ne l'avait été. Un désir éperdu de paix tenaille le pays. La victoire de Rocroi laisse croire qu'elle est proche : des pourparlers s'ouvrent avec l'Empire à Münster et Osnabrück, en 1644. Mais les conversations s'éternisent et les opérations continuent.

Le gouffre financier se creuse encore, de nouvelles taxes s'imposent. Les désespoirs s'avivent. Le premier président du Parlement de Paris, Mathieu Molé, s'élève officiellement contre la guerre interminable qui épuise la France. Un conflit se dessine entre la couronne et les pouvoirs intermédiaires, essentiellement constitués par les officiers royaux. Ces derniers sont propriétaires d'offices héréditaires, autrement dit de places ou fonctions achetées à l'État. Depuis Henri IV, ces offices sont grevés d'un droit appelé *paulette* — du nom de son inventeur, le financier Paulet — qui en garantit la transmission à leurs héritiers et qui est payable tous les neuf ans.

Le bail courant de la paulette expire le 31 décembre 1647, le dernier jour de cette année où Louis XIV s'est mis au luth. Mazarin devrait le renouveler pour, au moins, être tranquille de ce côté-là. Il temporise.

Dès janvier l648, les premiers signes de la guerre civile, qui va s'ajouter à la guerre extérieure dont elle est la conséquence, apparaissent. On l'appellera la Fronde. Elle durera cinq ans et causera d'immenses dégâts. Louis XIV a neuf ans lorsque les troubles commencent, ces cinq années l'impressionneront pour la vie. Elles ancreront en lui la haine du désordre.

Du 7 au 9 janvier 1648, plusieurs centaines de marchands des rues Saint-Denis et Saint-Martin manifestent au Palais de Justice contre un édit qui taxe des bâtiments construits sans permis sur le domaine royal. Craignant d'être lynché, le premier président du Parlement se réfugie dans la Sainte-Chapelle.

Le samedi 11, sur le chemin de Notre-Dame où elle se rend à la messe, la reine est assaillie par deux cents femmes qui vocifèrent jusque dans la nef. Dans la nuit du 11 au 12, on tire dans les rues. Le 12, Louis, guéri de la petite vérole, doit se rendre à la cathédrale pour une cérémonie d'action de grâces. On l'a flanqué d'une garde imposante, dont le déploiement augmente la mauvaise humeur du peuple.

Les émeutes reprennent, sporadiques, le lendemain et le surlendemain.

Le 16 janvier, le lit de justice où Louis impose l'édit contesté est houleux. Le roi de neuf ans constate l'existence d'une bruyante opposition. Le Parlement dénonce le lendemain cet enregistrement forcé.

Les émotions retombent quelques semaines, jusqu'à ce que Mazarin se mette à souffler sur les braises.

Se décidant avec trois mois de retard, au mois d'avril, à renouveler la paulette, et sous prétexte de renflouer les caisses de l'État, il ampute de près de 50 % le revenu des officiers royaux, parlementaires exceptés car, redoutant leur capacité de nuisance, il veut se les concilier. La ficelle, beaucoup trop grosse, provoque l'union sacrée de tous les « officiers ». La contestation se radicalise.

Le 16 mai, par « l'arrêt d'Union », les parlementaires font cause commune avec les officiers spoliés et Mazarin les invite à élire des députés afin de disputer avec eux de la « réformation de l'État » dans la chambre Saint-Louis du Palais de Justice.

« Réformation de l'État » ? Anne d'Autriche, irascible, entre en fureur à l'idée que la chambre Saint-Louis ferait une « espèce de république dans la monarchie[1] ».

Le 16 juin, au Palais-Royal, le chancelier communique aux parlementaires la cassation de leur délibération et leur ordonne de ne plus se mêler des affaires de l'État.

Le même jour, acclamés par les Parisiens, les parlementaires confirment l'arrêt d'Union et se réunissent dans la chambre Saint-Louis.

Le 30, Anne d'Autriche, la rage au cœur, incapable de résister, fait mine d'accepter les résolutions des parlementaires.

Du 30 juin au 9 juillet, ces derniers rédigent les vingt-sept articles d'un pacte à présenter à la régente. L'ensemble établissait face à la couronne un contre-pouvoir qui l'aurait paralysée.

La régente et le cardinal ne peuvent rien pour s'y opposer. L'armée est aux frontières pour contenir les Espagnols. Et quand bien même elle aurait été disponible, rien n'aurait pu garantir son obéissance : ses chefs ne sont pas sûrs. Prince du sang tel Condé, prince étranger tel Turenne, ses généraux sont de ces féodaux contre qui la monarchie s'est construite, depuis Hugues Capet jusqu'à Richelieu inclus. La couronne devait sans cesse calmer leurs prétentions et négocier leur soutien. Puis, en ces temps de guerre permanente et faute de ces moyens de destruction massive qui réduisent à rien la valeur guerrière, le facteur humain est prépondérant : rien n'est plus irremplaçable qu'un grand capitaine. Tel chef, telle armée. On le verra tout le long du règne : avec les mêmes soldats, Villeroi sera toujours battu, Vendôme toujours vainqueur. Or la fidélité de M. le Prince — vainqueur de Rocroi, première épée d'Europe — n'est pas garantie. Il est très ombrageux, très orgueilleux, très avide, très impulsif, parfois extravagant. Contrarié, il est capable de tout, et le contrarier n'est que trop facile.

Mazarin feint d'accepter le diktat des « robins », ainsi surnomme-t-on les parlementaires qui vont en robe à leurs travaux.

Le 31 juillet, Anne d'Autriche tient avec le roi un nouveau lit de justice qui transforme en ordonnances les exigences du Parlement, contredisant complètement celui du 16 janvier. Les robins triomphent, l'humiliation de la couronne est complète.

Trois semaines plus tard, le 21 août, M. le Prince, devenu le Grand Condé, bouleverse la donne. À Lens, dans le Pas-de-Calais, il écrase les Espagnols, comme à Rocroi quatre ans plus tôt. Le Nord dégagé, l'armée est libre pour ramener l'ordre à Paris.

Louis, qui va avoir dix ans, remarque — le lui a-t-on soufflé ? — : « Ces messieurs du Parlement vont être bien fâchés[2]. »

Mais Anne d'Autriche et Mazarin se montrent trop pressés. Ils profitent du *Te Deum* chanté le 26 à Notre-Dame en célébration de la victoire pour faire arrêter les meneurs du Parlement, dont le vénérable conseiller Broussel, âgé de soixante-quinze ans, ce qui, pour l'époque, est très vieux.

La vertu farouche de Broussel, infatigable imprécateur notoirement incorruptible, en a fait l'idole du peuple. Ce qu'il lance à ses collègues est on ne peut plus clair : « Oui, messieurs, il est des occasions où le meilleur moyen de servir les princes, c'est de leur désobéir[3]. » Ce sophisme déclenche des acclamations passionnées.

Le lendemain, Paris est couvert de barricades. Anne, pleine de rage, doit se résoudre à libérer Broussel qu'elle aurait voulu « étrangler de ses propres mains » — ainsi le rapporte Dumas dans les *Trois Mousquetaires*, sans rien inventer. Mais la régente ne s'avoue pas battue.

Le 12 septembre, pour se soustraire aux révoltés qui pourraient vouloir des otages, elle gagne Rueil avec Mazarin, le roi et son frère, et fait marcher sur Paris les quatre mille mercenaires allemands de Condé arrivés les premiers en Ile-de-France.

Paris s'effraie, sans se soumettre : le peuple reprend les armes. Or, pense Condé, quatre mille hommes, c'est trop peu pour enlever Paris. Il faut encore transiger, admet enfin Anne, bouillonnante, transiger pour gagner du temps.

Le 22 octobre, la mort dans l'âme, elle donne force de loi aux articles de la chambre Saint-Louis, plaçant ainsi la monarchie sous tutelle parlementaire. Le 24 sont signés, à Münster et Osnabrück, les traités de Westphalie, dans l'indifférence générale, la situation intérieure accaparant toutes les passions.

L'événement pourtant est considérable. L'Empire quitte le jeu, quasiment exclu d'Allemagne. L'« abaissement de la maison d'Autriche » est consommé, l'Espagne seule, face à la France, ne fait pas le poids.

Anne et Mazarin jouent la montre pour se renforcer. Condé appelle devant Paris une partie de l'armée de Flandre. Ces unités prennent position autour de la ville. Et Anne s'enfuit une seconde fois avec ses enfants. Elle arrive à Saint-Germain, dans la nuit du 5 au 6 janvier 1649, après la fête des Rois, par un froid terrible. Le Château-Vieux où ils s'arrêtent est vide et glacial ; beaucoup de vitres manquent aux fenêtres. Première mesure : mettre en gage, très vite, les diamants de la Couronne pour s'assurer l'indispensable. Deuxième mesure : affamer Paris.

Le 8 janvier, entraîné par Broussel, le Parlement « au nom du roi » bannit Mazarin, lui donnant huit jours pour quitter le pays. Tandis que Condé, qui a maintenant douze mille hommes, ravage les environs de la capitale et bloque toute sortie.

La famine gagne la ville ; de surcroît l'hiver est affreux : la Seine est couverte de glaçons. En vain, Vincent de Paul supplie-t-il la reine d'autoriser l'entrée d'un convoi de blé chez les assiégés...

Dans Paris, la discorde s'installe : les bourgeois craignent la ruine, les parlementaires ne voudraient rien perdre, les grands seigneurs voudraient tout gagner, et le peuple est encore séduit par l'éloquence facile de meneurs irresponsables. Les « Grands », les La Tour d'Auvergne en tête, dont l'aîné est le duc de Bouillon et le cadet le vicomte de Turenne, avec l'évêque Gondi, futur cardinal de Retz, ne voient de salut que dans le secours de l'armée espagnole de Flandre qui pourrait, peut-être, débloquer Paris. Turenne lui-même rejoint la Fronde avec l'armée d'Allemagne... Mazarin — dont la grande habileté connaît des éclipses — l'a exaspéré par de fausses promesses.

Les modérés pensent que tout est perdu : l'Espagne battue va gagner une paix blanche et les Grands vont déchaîner l'anarchie dans le royaume. Alors, Anne d'Autriche se laisse arracher quelques concessions.

Le 11 mars, Mathieu Molé pour le Parlement et Mazarin pour la régente signent un accord de paix.

Le 17, coup de théâtre. On apprend à Paris que le gros de l'armée d'Allemagne a été débauchée par un banquier de Mazarin pour 1 500 000 livres, et que Turenne, sans troupes, s'est réfugié en Hollande.

Le 1er avril, le Parlement enregistre la paix de Rueil, devenue paix de Saint-Germain.

La reine peut respirer mais elle n'a gagné qu'un répit : les insurgés ne sont pas punis, les décisions « républicaines » de la chambre Saint-Louis restent valides et Mazarin est rendu responsable de tous les maux du royaume. Enfin, Condé, son premier soutien, demeure aussi exigeant que fantasque.

Le 18 août 1649, Louis rentre dans Paris. L'accueil est triomphal. Même Mazarin est acclamé ! Le 5 septembre, pour les onze ans du roi, un bal est donné à l'Hôtel de Ville. Et Condé se rend impossible, réclamant des grâces extravagantes pour ses amis et un droit de regard préalable à toutes les nominations. Anne d'Autriche et Mazarin ne lui refusent rien, espérant le voir aller si loin dans ses prétentions qu'il soulèvera contre lui une violente réprobation. Le calcul est habile. La goutte d'eau qui fait « répandre le verre », comme dit la marquise de Sévigné, tombe bientôt dans le vase. Il présente une vieille demande de son ami le prince de Marcillac : l'obtention d'un tabouret pour sa femme au cercle de la reine et le droit d'entrer au Louvre en carrosse...

Peccadilles, pense-t-on. Point du tout : tabouret chez la reine et carrosse au Louvre sont réservés aux princes et aux ducs et pairs. Or Marcillac, qui sera célèbre sous son nom de La Rochefoucauld pour des *Maximes* insurpassables, n'est encore ni duc ni pair.

La démarche de Condé provoque aussitôt une grogne inouïe. Chez les princes, chez les ducs et pairs, chez les gentilshommes moins titrés, bref dans la noblesse entière.

Les deux premiers partis veulent rester entre eux, le dernier se voit rabaissé par l'institution d'un degré intermédiaire entre lui-même et le sommet de l'ordre auquel il appartient. La couronne ne peut pas braquer toute sa noblesse, Condé lui-même en convient et renonce à soutenir les exigences de son ami.

Une incroyable sottise, après cette retraite, va perdre définitivement M. le Prince. Il imagine de faire courtiser la reine par un idiot de ses amis qui se croyait irrésistible. Mais ce dernier est remis aussitôt à sa place par Anne d'Autriche, qui se moque de lui et le couvre de ridicule.

Le 18 janvier 1650, Condé, son frère Conti et son beau-frère Longueville sont arrêtés au Palais-

Royal et conduits à Vincennes. « Beau coup de filet, juge Monsieur*, on a pris un lion, un singe et un renard[4]. » Le peuple allume des feux de joie. Et tout recommence. Après la Fronde parlementaire, c'est la Fronde des princes qui éclate.

* Monsieur, c'est-à-dire Gaston d'Orléans, frère de Louis XIII et oncle de Louis XIV. Philippe d'Anjou, le frère de Louis XIV, ne prendra le nom de Monsieur qu'à la mort de Gaston en 1660.

Deuxième Fronde

Les Grands ne pouvaient admettre que les trois premiers d'entre eux fussent mis à l'ombre. La Rochefoucauld s'enfuit en Normandie avec la duchesse de Longueville, Turenne s'enferme à Stenay avec les troupes fidèles à Condé.

La Normandie était un gros morceau. Longueville en était gouverneur et il était aimé. Comment rallier les Normands à la couronne ? Alors Louis entre en scène. Quand tout va mal, on montre le roi.

Selon Michelet, plutôt républicain : « Nul peuple n'aima autant ses rois que le peuple français. » Louis, à treize ans, n'a encore pu faire ni le mal ni le bien. Les Normands s'attendrissent.

Hélas, la Normandie n'est pas toute la France. Partant d'Auvergne, les rebelles emmenés par Bouillon et La Rochefoucauld marchent sur l'Aquitaine dont le gouverneur, le duc d'Épernon, est haï. Bordeaux les accueille à bras ouverts.

Dans le Nord, Turenne est sorti de Stenay. Il rejoint l'archiduc Léopold-Guillaume, s'empare du Catelet, et investit Guise…

Il faut montrer Louis encore. À sa grande joie, car il aime être vu. Il sera toujours, entre autres fonctions, un « roi de théâtre ».

Le 4 juillet, avec la reine, son frère et Mazarin, il part pour la Guyenne. Le 5 septembre, il attaque Bordeaux, ville qu'on pense pouvoir réduire facilement... Mais Bordeaux résiste. Cependant le raisin mûrit dans les vignes alentour. La vendange l'emporte alors sur l'esprit de rébellion. Bordeaux se rend, pour couper ses raisins. Les meneurs sont amnistiés, sauf Condé qui reste en prison, avec Conti et Longueville.

Or, cette prison fait sa fortune. Insupportable en liberté, il concentre, enfermé, toutes les espérances. Plutôt Condé que Mazarin ! La clameur est générale. Il a sauvé deux fois la France, à Rocroi et à Lens, soupirent ou vocifèrent des foules croissantes de mécontents. Sa femme, Clémence de Maillé-Brézé, intrépide amazone, qui avait été de l'équipée de Bordeaux, se démène pour lui. Elle saisit le Parlement pour demander sa libération. Le Parlement considère sa requête comme recevable.

Le 20 janvier 1651, le fidèle Mathieu Molé conduit une délégation devant Anne d'Autriche pour réclamer la libération des princes. Louis est là. Choqué, il s'écrie après le départ des solliciteurs :

« Maman, si je n'eusse pas craint de vous fâcher, j'eusse par trois fois fait taire et sortir le président[1] ! »

C'est Mazarin qui est accusé d'être l'inflexible geôlier. « Point de Mazarin ! » crient les Parisiens, à temps et contretemps, plus fort que jamais. Les pamphlets les plus crus inondent la capitale, où le cardinal est présenté comme l'amant de la reine : « Peuples n'en doutez plus, il est vrai qu'il la baise[2]. » Moins téméraire, plus politique qu'Anne d'Autriche et sérieusement menacé de mort, le cardinal prend le parti de la fuite. Après Rueil et Saint-Germain, c'est la troisième fois.

Le 6 février, sous un déguisement de cavalier qui certainement lui rappelle sa jeunesse militaire — car il n'avait pas toujours fui —, il quitte de nuit le Palais-Royal, gagne une seconde fois Saint-Germain. La reine et le roi doivent l'y rejoindre. Mais ce projet est dénoncé. Le peuple s'émeut : il veut garder son roi. On bat le tambour. On garde les portes de Paris. On vérifie si le roi est toujours au Palais-Royal. Le premier vérificateur est le capitaine des Suisses de Monsieur, l'oncle Gaston, l'homme le moins fiable de France.

Louis était tout habillé. La reine, précipitamment, le fait mettre au lit et lui fait feindre le sommeil. Le capitaine s'approche et, à la lueur d'une bougie, voit le roi endormi. Il sort, rend compte à la foule qui entoure le palais. La foule n'en croit pas un mot. S'échauffe. Pour éviter le pire, on lui ouvre les portes. Elle défile devant Louis qui tient toujours les yeux fermés, et n'oubliera jamais cette humiliation.

La reine signe le lendemain la libération des princes : Condé, Conti et Longueville rentrent en vainqueurs à Paris.

Le 17 février, le Parlement ouvre le procès de Mazarin par contumace, tandis que la noblesse, réunie en assemblée générale, s'affaire à transformer le régime en monarchie mixte où elle aurait tout le pouvoir et le roi aucun. Elle réclame les états généraux, indignant le Parlement qui est convaincu de représenter la nation à lui seul.

Réfugié à Brühl, en Allemagne, chez l'archevêque Électeur de Cologne, Mazarin entretient avec Anne d'Autriche une correspondance torrentielle et chiffrée. « Comment retrouver le pouvoir ? » en est le principal sujet, mais le cardinal n'oublie pas son filleul le roi, qu'il surnomme le Confident, multipliant les avis pédagogiques.

Mazarin exilé, Condé tient Paris. Le voici donc devenu l'homme à abattre. Il continue de provoquer Anne d'Autriche. Le 31 juillet, se promenant en carrosse au Cours-la-Reine avec le duc de Nemours, il croise celui du roi et, énorme insolence, ne s'arrête pas. Condé, alors, n'aime pas Louis, il le trouve flasque et sot. Il se trompe et le reconnaîtra un jour.

À la veille de ses treize ans, Louis est lourd et plutôt lent, mais il voit tout et s'instruit en silence. Une sagacité naissante apparaît par éclair. Ainsi, ce même été, Monsieur revenant de chez la reine traverse ses appartements. Louis l'apostrophe alors ainsi :

« Mon bon oncle, il faut que vous me fassiez une déclaration si vous voulez être dans mon parti ou dans celui de M. le Prince[3] ! »

Gaston se récrie qu'il est tout au roi. Louis continue :

« Mon bon oncle, puisque vous voulez demeurer dans mon parti, donnez lieu que je n'en puisse douter ! »

Bref, Louis mûrit et s'affirme.

« Quand je serai le maître, j'irai où je voudrai et ce sera bientôt[4] ! » réplique-t-il un jour à sa mère qui lui a interdit de se promener à cheval avec sa cousine Montpensier et surtout l'une de ses dames, Mme de Frontenac, dont « elle redoute pour son fils le charme insinuant ».

Les événements ne l'empêchent pas de se produire sur scène pour la première fois, le 26 février, dans le *Ballet de Cassandre*, au théâtre du Palais-Royal. Il y tient deux rôles, celui d'un chevalier et celui d'un rustre poitevin dansant un air de sa province, « à pas menus », et qui deviendra le menuet. Il est entouré de son frère, du comte de Guiche et du marquis de Vivonne, âgés respectivement de onze, treize et quinze ans. La musique de ce ballet fut malheureusement perdue au XIXe siècle.

Le 7 septembre 1651, une splendide cérémonie d'intronisation célèbre sa majorité, proclamée au Parlement le jour de ses treize ans, selon l'ordonnance datant de Charles V. Elle commence au Palais de Justice, se transporte dans la Sainte-Chapelle et de là dans la Grand Chambre, précédée et suivie d'un défilé grandiose qui ne laisserait jamais deviner la division de la France. Anne d'Autriche remet officiellement à son fils le gouvernement de la monarchie.

Pour l'occasion, Louis prend la parole, et très officiellement déclare :

« Messieurs, je suis venu en mon Parlement pour vous dire que, suivant la loi de mon État, je veux désormais en prendre moi-même le gouvernement et l'administration. J'espère de la bonté de Dieu que ce sera avec piété et justice[5]. »

Sa mère réplique : « Voici la neuvième année que, par la volonté du roi défunt, mon très honoré seigneur, j'ai pris le soin de votre éducation et du gouvernement de votre État. Dieu par sa bonté a donné bénédiction à mon travail, et a conservé votre personne qui m'est si chère et précieuse, et à tous vos sujets. À présent que la loi du royaume vous appelle au gouvernement de cette monarchie, je vous remets avec grande satisfaction la puissance qui m'avait été donnée pour le gouvernement[6]. »

Puis elle s'incline devant son fils, qui se lève, va l'embrasser, la remercie et poursuit :

« Je vous prie de continuer à me donner vos bons avis. Je désire qu'après moi vous soyez le chef dans mon conseil[7]. »

Toutes les cloches carillonnent, la Bastille tire le canon, le peuple est enchanté. Paris est monarchiste.

À cet instant, tout paraît aller au mieux dans le meilleur des mondes. Pourtant, le même jour, Anne d'Autriche s'est vue contrainte par le Parlement d'accorder au Grand Condé une grâce amnistiante et de prononcer le bannissement à perpétuité de Mazarin. La régence s'achève.

Condé seul avait manqué à la fête. Il s'était retiré la veille à Trie-en-Vexin chez son beau-frère Longueville. Sa grâce amnistiante ne l'apaisera pas.

Tenant toujours Louis pour un niais, il va relancer la guerre civile, songeant peut-être à se faire roi. Dans quelques jours, il va signer un traité avec l'Espagne : il recevra 500 000 écus pour lever des troupes et le commandement des coalisés qui marcheront sur Paris. Cette transaction ne va pas lui porter bonheur.

Les mois passent et M. le Prince ne connaît plus qu'adversité. S'estimant négligés, les La Tour d'Auvergne — Bouillon et son frère Turenne — le lâchent et reprennent le parti du roi. Ses troupes sont battues sur tous les fronts : à Cognac, à La Rochelle, en Champagne ; et la Bourgogne fait défection. Bientôt il ne tient plus que Montrond en Berry — forte place, mais petite et désormais assiégée.

Décembre arrive, la reine rappelle Mazarin. Le cardinal reparaît à la tête d'une armée levée en Allemagne. Aussitôt le Parlement met sa tête à prix 150 000 livres. Et Monsieur, le « bon oncle », abandonne son neveu ; il signe avec Condé un ultimatum exigeant l'expulsion du « gredin de Sicile ». Gaston est si échauffé qu'il a vendu sa vaisselle d'argent pour lever des soldats.

1652 commence. Louis est en campagne l'année de ses quatorze ans, un jour ici, le lendemain là du côté de la Loire, avec sa mère, la cour, les meubles, quatre mille hommes et surtout Turenne. Car seules les armes à présent trancheront. En ce temps-là, comme depuis toujours et jusqu'au XXe siècle, les capitaines font l'Histoire.

Heureusement la discorde règne chez l'ennemi. Les grands seigneurs, se chamaillant, se paralysent mutuellement — ainsi dans le Nord, les deux beaux-frères Beaufort et Nemours, dont bientôt le premier tuera le second en duel, place des Petits-Pères en plein Paris devant Notre-Dame-des-Victoires... — et le Parlement est divisé entre « petits » et « grands » frondeurs.

Le jour de Pâques, Louis est à Sully-sur-Loire. Il y reçoit une délégation du Parlement venue lui rappeler son engagement forcé de bannir Mazarin. Il la met à la porte.

« Retirez-vous, messieurs, retirez-vous[8] ! », lâche-t-il après avoir arraché le texte de rappel des mains du président de Nesmond, qui se plaindra amèrement de ce traitement bien différent de celui que les précédents rois réservaient à ses pareils.

Le 6 avril, il est à Gien. On apprend l'arrivée de Condé qui marche sur Bléneau où cantonne l'infanterie royale. M. le Prince, qui est toujours le dieu de la guerre, a douze mille hommes, Turenne trois fois moins. La panique submerge Gien, chacun voyant le roi captif, à la merci des révoltés. On charge en hâte les bagages pour aller à Bourges. Louis saute à cheval pour se battre. Et Turenne joue son va-tout. Il piège les colonnes de M. le Prince sur la chaussée de Bléneau, entre deux marais et des bois qui cachent ses canons. Condé, qui doit faire face à de lourdes pertes, se replie et retourne à Paris, où il entre le 11 avril. L'épopée lamentable du Grand Condé n'est plus loin de sa fin.

« Monsieur le maréchal, dira Anne d'Autriche en larmes à Turenne, vous avez sauvé l'État et venez de mettre une seconde fois la couronne sur la tête de mon fils[9]. »

La fin de la Fronde se joue le 2 juillet 1652 au faubourg Saint-Antoine entre les mêmes : Turenne pour le roi et Condé pour lui-même. Les forces sont inversées : le premier avait douze mille hommes, le second cinq mille.

Sur les hauteurs de Charonne, Louis et Mazarin assistent au commencement de l'écrasement des rebelles refoulés contre l'enceinte de Paris, lorsque soudain s'ouvre la porte Saint-Antoine en même temps que les canons de la Bastille ouvrent le feu sur les royaux. La duchesse de Montpensier, fille de Gaston, dite la Grande Mademoiselle, qui espérait depuis longtemps épouser le roi — sa naïveté n'ayant d'égale que son nez considérable et son immense fortune — a commandé ce feu. « Ce canon a tué son mari », persifle Mazarin. Ainsi Condé sauve-t-il de justesse ce qui lui reste de troupes et s'enferme-t-il dans Paris pour aussitôt s'y rendre odieux.

Deux jours plus tard, une bande de ses partisans incendient l'Hôtel de Ville où sont réunis des édiles favorables au roi, après en avoir massacré une centaine...

La coupe est pleine une fois de plus. On réclame de toutes parts le retour du roi et Condé décampe, pour aller prendre le commandement des troupes espagnoles en Flandre, consommant une trahison qui lui vaudra, par contumace, une condamnation à mort entraînant privation du nom de Bourbon et de la qualité de prince du sang.

L'exécution de ces dispositions aurait privé l'humanité d'une merveille, l'exorde par Bossuet, vingt-quatre ans plus tard, de son oraison funèbre, sommet selon Chateaubriand de l'éloquence humaine.

Louis rentre dans Paris le 21 octobre 1652 au soir après treize mois d'absence, accueilli en sauveur à la lumière des flambeaux. Le 25, le duc d'Orléans signe sa soumission. Le 26, Louis écrit à Mazarin toujours exilé :

« Mon cousin, il est temps de faire cesser les peines que vous avez voulu souffrir pour l'amour de moi[10]. »

Le cardinal veut se faire désirer. Il ne regagne Paris que le 6 février 1653. Il n'est pas déçu de cette coquetterie. Il est acclamé comme jamais de sa vie. Le peuple a oublié le gredin de Sicile.

Mais il faut cependant patienter cinq mois encore pour arriver au bout d'un cauchemar de cinq ans. En juillet, les trois derniers grands rebelles, Conti, la duchesse de Longueville et la princesse de Condé capitulent enfin à Bordeaux. La Fronde est finie.

Le bilan de cet enchaînement confus de révoltes contradictoires qui porte le nom d'un jeu d'enfant est terrible.

En cinq ans, est-il admis aujourd'hui, la France aurait perdu deux millions d'habitants, passant de vingt à dix-huit millions. Les caisses ne sont pas seulement vides, la dette est immense. Des provinces entières ont été ravagées. Soixante mille mendiants se bousculent dans Paris. Un Parisien au moins sur sept et peut-être sur six — les chiffres varient — vit dans la plus affreuse indigence.

Danseur

Pareille succession d'événements tragiques n'empêche pas tout le monde de vivre.

Louis, au jour le jour si incertain de régner le lendemain, continue de danser. Ne dansant pas moins de six rôles successifs dans le *Ballet des fêtes de Bacchus* de 1652, où il incarne tour à tour un ivrogne traîneur d'épée, un devin, une bacchante en furie courant après Orphée, un homme de glace, un titan et une muse. Le travesti alors ne fait plus peur à personne.

Louis recommence l'année suivante dans le même registre au théâtre du Petit-Bourbon qui contient trois mille places et que sa seule présence remplit à craquer dix soirs de suite, soit devant trente mille Parisiens.

Philippe Beaussant, qui donne ces détails, pose la question : étaient-ils fous, ces princes histrions ? Pas du tout, conclut-il, toutes ces ostentations accompagnaient le carnaval, lequel en ce temps-là était vraiment pris au sérieux, figurant concrètement le monde renversé et la société à l'envers.

Quant au roi, on s'accorde à reconnaître que les

épreuves traversées avancèrent la maturité de ce garçon de quatorze ans, lui inspirant la haine des désordres et renforçant sa passion, qu'il avait maintes fois laissée paraître, du pouvoir.

Il a douze ans lorsqu'il signe cette lettre de pardon à Turenne. S'il ne l'a pas rédigée, il l'a lue, de tels actes sont de nature à précipiter sa compréhension du monde.

Le 6 mars 1651, à six mois de sa majorité, il écrit donc au vicomte de Turenne qu'il fera bientôt maréchal général, titre sans précédent dans l'histoire militaire, la lettre suivante :

J'excuse tout ce que vous avez fait et le veux oublier, pourvu que vous quittiez promptement le parti que vous avez embrassé et renonciez à tous les traités que vous avez faits avec mes ennemis. Je vous donne cette assurance que vous pouvez librement vous acheminer en ma cour où je souhaite de vous voir et de vous témoigner que je n'ai aucun ressentiment de ce que vous avez entrepris contre mon service[1].

À la même époque, écrivant à Mazarin, le comte de Palluau lui voit le raisonnement d'un homme de vingt-cinq ans.

Le cardinal quant à lui se plaît à pressentir en son filleul le plus grand roi que la France ait connu depuis des siècles, laissant entendre qu'il n'est pas étranger à cette grandeur, lui qui n'a rien épargné pour le former.

De fait, sitôt la paix revenue, Mazarin s'attache avec la reine à compléter l'éducation de son pupille sur un point essentiel que l'anarchie de la Fronde avait interdit d'aborder : la « médiatisation » de la personne royale. Les deux complices se comportent en véritables publicitaires avant la lettre, organisant minutieusement les mouvements du roi, comme autant de spectacles — exhibitions raisonnées destinées à renforcer son pouvoir tout en multipliant son prestige.

Le principe est le suivant : le roi doit se montrer et se montrer royalement pour être pleinement perçu en tant que roi. Tous ses gestes doivent concourir à l'exaltation d'une majesté qui le placera infiniment au-dessus des simples mortels.

La recette n'est pas nouvelle, mais c'est la première fois en France qu'on l'applique avec autant de rigueur.

Le cadre où le roi respire doit être magnifique. Quant au roi lui-même, l'un de ses premiers devoirs est de se donner en spectacle. Commence une politique de faste général, centrée sur la personne royale, qui sera poursuivie soixante ans sans défaillance. Dans une société analphabète à 80 %, « l'image l'emporte sur l'écrit et le spectacle sur le discours[2] ».

Un protocole allégorique — le soleil en sera le premier symbole — est institué progressivement pour faire du roi, aux yeux du peuple, un personnage supérieur, non plus seulement par sa fonction comme l'étaient ses prédécesseurs, mais par son essence même. La cérémonie du sacre est conçue dans cet esprit.

Louis est sacré à Reims le 7 juin 1654. La pompe de la cérémonie, qui dure six heures, dépasse celle de tous les sacres précédents. Le roi promet à son peuple la paix, l'équité et la miséricorde. Il jure de « conserver la souveraineté, les droits et noblesse de la couronne de France sans les aliéner ou les transporter à personne ; et d'exterminer de bonne foi, selon [son] pouvoir, tous hérétiques notés et condamnés par l'Église[3] ».

Le sacre, cérémonie religieuse, qui fait du roi l'Oint du Seigneur et le lie personnellement au ciel, le transforme en lieutenant de Dieu sur la terre.

Le sacre est un jour dans une vie, mais c'est quotidiennement qu'il faut vivre en roi et se montrer tel à chacun. Le théâtre royal va occuper toutes ses journées et influencer toutes ses activités, divertissements compris. Mazarin fait flèche de tout bois dans cette entreprise d'exaltation, nouvelle en France — il faudrait remonter à l'Empire romain pour trouver pareille volonté d'élever le prince à ce point au-dessus du reste des mortels. Tous les prédécesseurs de Louis, y compris les fastueux Valois, auront été bien plus discrets.

Le cardinal n'hésite d'ailleurs pas à piétiner ses goûts personnels pour stimuler son pupille. Raffolant d'opéras italiens, tandis que les ballets français l'assomment, il sacrifie sa passion, puisque Louis est passionné de danse. Les ballets de cour vont se multiplier et Mazarin s'ennuyer à mourir devant son pupille bondissant, enthousiaste et infatigable, en costumes mythologiques face à une cour ébahie.

Le ballet de cour, où le roi tient le premier rôle n'en pouvant tenir d'autre, devient affirmation politique.

Ainsi dans le *Ballet de la Nuit*, d'Isaac de Benserade, donné pour le carnaval de 1653, son frère le duc d'Anjou, costumé en Étoile du Jour, annonce l'Aurore en ces termes :

Le Soleil qui me suit c'est le jeune Louis
La troupe des astres s'enfuit
Dès que ce grand Roi s'avance[4]

Offenbach deux siècles après se souviendra de ce tercet pour sa *Belle Hélène*.

Deux ans plus tard, en 1655, entouré de ses courtisans, Louis joue son rôle de roi dans *Génie de la danse*, un spectacle censé représenter l'harmonie du corps politique.

Place à ce demi-dieu qui triomphe aujourd'hui,
Ses charmes déployés vont être en évidence[5]*...*

La guerre et l'amour

À l'égal de la danse, la guerre sied au roi. Il adore la chose militaire, les armes, les uniformes, les fanfares, les revues, les manœuvres. Il se passionne pour sa maison — la Maison du roi — qui rassemble l'élite de l'armée avec les gardes du corps, gendarmes, chevau-légers, mousquetaires, gardes-françaises et gardes suisses.

Un jour que la Grande Mademoiselle, elle-même entichée d'armée, admire les casaques de ses gardes du corps, le roi fait chorus :

« Rien n'est plus beau que deux escadrons bleus ; vous les verrez, ils vous escorteront. » Et il ajoute : « Je suis fâché de ne pouvoir vous donner des mousquetaires[1]... »

Les mousquetaires étaient de garde ce jour-là.

Plus tard Louis XIV commandera longtemps des revues de plus en plus somptueuses. Colbert ne cessera d'en critiquer le coût, criant au gaspillage.

L'année même du *Ballet de la Nuit*, Louis rejoint Turenne dans le Nord où le maréchal contient Condé qui, avec ses Espagnols, cherche à descendre sur Paris, car l'Espagne s'est exclue des traités de Westphalie et la guerre se prolonge avec elle. À Ribemont, sur l'Oise, une escarmouche avec les avant-postes de M. le Prince, observée à portée de mousquet, déchaîne son enthousiasme.

On discute devant lui de la rupture d'un pont pour contenir l'ennemi. Il s'écrie : « Faisons-en plutôt une douzaine pour aller à eux ! »

Un an plus tard, avec Fabert, il assiste à l'ouverture de la tranchée devant Stenay, dernière place tenue par Condé, pour y entrer un mois plus tard.

En 1655, son ardeur à Landrecies épouvante presque Mazarin qui écrit à la reine le 31 juillet : « ... s'il continue de la sorte, il est impossible que ceux qui le suivent y puissent fournir. Toute notre espérance est qu'il se lassera à la fin[2]. »

Quinze jours plus tard, les Espagnols, au hasard d'un accrochage, s'emparent des drapeaux du régiment du roi — satin bleu semé de lys d'or. Condé, français quand même, les renvoie à Montpezat, maître de camp de l'unité ainsi déshonorée. Louis les fait rendre avec ce mot : « ... c'était une chose si rare de voir les Espagnols battre les Français qu'il ne fallait pas, pour le peu que cela arrivait, leur enlever le plaisir d'en garder les marques[3]. »

Louis découvre l'amour en même temps que la guerre. Sous les traits d'Olympe Mancini, nièce du cardinal, très éveillée et ambitieuse. Mais cet amour n'est qu'amourette, puisque le mariage est impensable. Le roi de France ne peut pas épouser une roturière. Au final, Olympe ne fera pas un mauvais mariage, au moins sur le papier. Elle épousera

Eugène-Maurice de Savoie, descendant de Charles Quint, dont elle aura un fils, Eugène, le fameux prince Eugène de Savoie-Carignan, qui sera, cinquante ans plus tard, avec Marlborough, le bourreau des armées françaises pendant la guerre de Succession d'Espagne.

La guerre, c'est magnifique, mais ça coûte cher et l'argent manque. On ne parvient plus à payer les soldats de la maison du roi. Alors une frénésie d'innovations fiscales tenaille le pouvoir : on taxe les baptêmes, les enterrements, le papier marqué (timbré), on multiplie les charges vénales (quarante-six nouveaux offices de secrétaires du roi). Le 20 mars 1655, dix-sept édits financiers sont enregistrés par lit de justice, contre l'avis du Parlement qui ne décolère pas.

Les jeunes conseillers de la chambre des enquêtes provoquent, début avril, une nouvelle réunion, sans le roi, pour voir si tout cela est bien légal...

Et c'est la scène fameuse du 13 avril, combinée par Mazarin — le roi ne faisant encore rien sans lui —, dont la légende s'est emparée pour encombrer les livres d'histoire. Louis XIV rentrant de la chasse convoque un lit de justice. Il y apparaît, sans s'être changé — voyante incivilité — en larges bottes, justaucorps rouge et chapeau gris. On raconte qu'il avait « le fouet à la main » mais il n'avait pas de fouet, et ne dit pas non plus : « L'État c'est moi ! » aux parlementaires pétrifiés.

Voici ses vraies paroles, qui ne sont pas plus aimables :

Messieurs, chacun sait les malheurs qu'ont produits les assemblées du Parlement. Je veux les prévenir et que l'on cesse celles qui sont commencées sur les édits que j'ai apportés, lesquels je veux être exécutés. Monsieur le premier président, je vous défends de souffrir aucunes assemblées, et à pas un de vous de les demander[4].

Le Parlement s'est tenu coi mais n'en a pas pensé moins. Le 21, il décide d'envoyer de nouvelles remontrances, illégales, vu l'enregistrement des édits. Elles seront rejetées. Pour calmer enfin le jeu, il faudra enfermer un conseiller à la Bastille, en exiler huit, mais aussi retirer les édits sur les baptêmes et le papier timbré et gratifier de 100 000 écus le président de Bellièvre pour son esprit de conciliation. Bâton et carotte... La monarchie ne peut pas tout se permettre.

À dix-huit ans, en 1656, triste année ponctuée de défaites en Flandre et d'émeutes à l'intérieur, Louis choisit le soleil pour emblème, à l'occasion d'une course de bagues dans les jardins du Palais-Royal. Pourquoi le soleil ? Parce qu'il brille autant qu'il éclaire.

En 1657, les affaires ne vont pas mieux : nouveaux échecs en Flandre, émotions à l'intérieur contre le terrorisme fiscal. *Idem* en 1658. Émeutes en Normandie, en Auvergne, en Médoc et en Saintonge et surtout en Sologne, où sept mille paysans, surnommés « Sabotiers », révoltés par une dévaluation d'un tiers qui les appauvrit d'autant, assiègent Sully-sur-Loire, menacent d'attaquer Chartres, enflamment Sancerre, Jargeau et Orléans.

Aucun de ces déboires n'entame l'heureux naturel du roi. À près de vingt ans, il se chamaille toujours avec son frère. Philippe prenant souvent le dessus sur le monarque.

Un jour du carême de 1658, Philippe, rompant le jeûne, se présente chez sa mère avec une assiette de bouillie qu'il présente au roi. Louis répond, carême oblige, qu'il n'en mangera pas et lui demande d'en faire autant. « J'en mangerai », dit l'autre. Louis veut lui prendre l'assiette. Philippe résiste ; de la bouillie lui saute dans les cheveux. Furieux, il lance l'assiette à la tête du roi, qui garde un sang-froid souverain. Des femmes présentes lui reprochent de se laisser faire. Louis dit alors à son frère que, sauf son respect pour leur mère, qui assistait à la scène, il le chasserait à coups de pied. Philippe sort en claquant la porte. On les réconcilie le lendemain.

En mai, l'armée enfin payée, Louis décide d'assister au siège de Dunkerque, mené par Turenne avec l'appui d'une flotte anglaise. Siège difficile, le plat pays étant couvert d'eau et les Espagnols attaquant sans cesse les convois de ravitaillement français. Mazarin a voulu le dissuader d'y aller, au motif qu'avec sa cour, il consommait beaucoup de vivres qui seraient bien plus utiles à l'armée. Peine perdue :

« La harangue que je lui ai faite n'a produit aucun effet, écrit le cardinal à la reine, et ne lui a pas plu[5]. »

Heureusement, le 14 juin, l'armée de secours espagnole commandée par Condé et Don Juan d'Autriche, fils naturel de Philippe IV, est battue par Turenne à la bataille des Dunes, aux portes de la ville. Le maréchal rebelle d'Hocquincourt, lieutenant de Condé, est tué. Le 23, Dunkerque capitule. Louis passe les troupes en revue avant d'y faire une entrée solennelle.

La guerre avec l'Espagne, qui dure depuis vingt-deux ans, et qui épuise les deux nations, touche à sa fin. Débordée sur tous les fronts, menacée de perdre les Pays-Bas, Madrid, dont la suprématie est déjà lointaine, ce qu'elle ignore encore, doit se résoudre à traiter.

À la veille de ce grand achèvement, qui va faire de la France l'épouvantail de l'Europe, Louis tombe malade en plein bonheur. Ses armes triomphent et son cœur est pris, par une « mazarinette » encore, cousine d'Olympe, Marie Mancini. Cette fois, c'est sérieux.

Louis a pris la fièvre pourpre dans les marais de Mardick. Il arrive exténué à Calais le 1er juillet et le mal redouble. C'est la scarlatine, alors souvent mortelle. Délires et convulsions l'agitent sans répit. On transporte à Calais les reliques de saint Roch. Dans la nuit du 6 au 7, le mal empire. Louis reçoit l'extrême-onction. Il demande à Mazarin :

« Vous êtes homme de résolution et le meilleur ami que j'aie. C'est pourquoi je vous prie de m'avertir quand je serai à l'extrémité[6]. »

Marie à son chevet pleure sans honte, tandis

qu'une tempête d'intrigues se déchaîne dans la perspective de sa mort. Des vaincus de la Fronde, dont le duc de Brissac et le président Perraut, se réjouissent publiquement. On se rue chez le duc d'Anjou qui sera peut-être roi demain.

Un dernier remède, l'émétique, est administré. C'est le pari du désespoir : mélange de vin et d'antimoine, l'émétique est dangereuse. Le mal s'arrête net ! Huit jours après Louis est à cheval. La France éclate en actions de grâces et l'idylle avec Marie, qui est petite, maigre et noiraude, mais qui est pleine d'esprit, tourne à la passion. Mazarin s'en inquiète et plus encore Anne d'Autriche : le roi de France, qui ne pouvait pas épouser Olympe, ne peut pas davantage épouser Marie. Il faut le marier sans attendre.

La reine et Mazarin, toujours de concert, exhument un vieux projet, qui assurerait la paix de l'Europe, marier Louis à sa cousine, l'infante Marie-Thérèse, fille aînée du roi d'Espagne Philippe IV, lui-même frère d'Anne d'Autriche. Louis ne dit pas non, mais n'en cesse pas pour autant de fréquenter Marie. Alors Anne d'Autriche perd patience.

Anne d'Autriche perd patience et Louis la docilité que l'on pensait couramment être le fond de son caractère : il se rebiffe. Il épousera Marie, clame-t-il, menaçant même le cardinal, à qui il a toujours obéi, d'une disgrâce foudroyante. En vain sa mère et son parrain lui font observer que la paix de l'Europe dépend de son mariage avec l'infante... Mais le roi d'Espagne est réticent, alors Anne et

Mazarin s'emploient à l'échauffer, tandis que continuent de plus belle les amours avec Marie.

La régente et le cardinal feignent de se tourner vers Marguerite de Savoie, qui serait un parti possible. Elle est fille de Chrétienne de France, elle-même fille d'Henri IV et dite Madame Royale.

La cour se rend jusqu'à Lyon rencontrer Marguerite car Louis a déclaré vouloir voir la Savoyarde avant de donner son consentement. Philippe IV tombe dans le panneau. On l'entend proférer : « Cela ne peut se faire et ne se fera pas ! » Et il envoie sur-le-champ à Lyon son secrétaire d'État Pimentel, qui traverse la France déguisé, puisque la guerre sévit toujours, offrir avec la paix la main de sa fille.

Le voyage de Lyon est très gai. Marie Mancini en est, Louis est aux anges. Il l'appelle « Ma reine », à la consternation de sa mère, qu'il tente de dérider, en la taquinant, abordant par exemple la question ultrasensible de la préséance entre Habsbourg et Capétiens :

« N'est-il pas vrai, ma cousine, dit-il devant sa mère à la Grande Mademoiselle, que ceux de la maison d'Autriche n'étaient que comtes de Habsbourg quand nous étions rois de France [7] ? »

Mademoiselle élude comme elle peut pour ne pas froisser la reine. Louis insiste :

« Si nous étions à nous disputer, le roi d'Espagne et moi, je le ferais bien céder. Que je serais aise s'il voulait se battre contre moi pour terminer la guerre ! Il n'aurait garde de le faire ; de cette race, ils ne se battent jamais. Charles Quint ne le voulut pas contre François Ier qui l'en pressa instamment[8]. »

Anne d'Autriche répond : « Quoiqu'on ne fasse que railler et que ce ne soit pas tout de bon que vous voulussiez vous battre contre mon frère, ce discours-là ne me plaît pas, parlons d'autre matière[9]. »

À Lyon, Mazarin explique piteusement aux princesses de Savoie que le roi d'Espagne offrant sa fille, le mariage ne peut plus se faire.

On revient à Paris. Les doubles négociations pour la paix et le mariage occupent les cinq premiers mois de 1659. Les préliminaires des deux accords sont signés le 4 juin, par Mazarin et don Luis de Haro. Mais Louis a toujours Marie Mancini en tête. Il faut contraindre ces deux-là à ne plus se voir.

La séparation a lieu le 21 juin, mais Louis et Marie continuent de s'écrire. Nouvelle intervention de Mazarin. Le 6 juillet, il donne dans ce pathos : « La Confidente [Anne d'Autriche] m'a décrit l'état dans lequel elle vous a trouvé et j'en suis au désespoir car il faut absolument que vous vous y apportiez du remède si vous ne voulez être malheureux et faire mourir tous vos bons serviteurs... Et si vous ne vous résolvez tout de bon à changer de conduite, votre mal empirera de plus en plus. Je vous en conjure pour votre gloire, pour votre honneur, pour le service de Dieu, pour le bien du royaume[10]. »

Il récidive le 16 juillet :

« Dieu a établi les rois pour veiller au bien de

leurs sujets et non pas pour sacrifier ce bien-là à leurs passions particulières, et, quand il s'en est trouvé d'assez malheureux qui aient obligé par leur conduite la providence divine à les abandonner, les histoires sont pleines des révolutions et des accablements qu'ils ont attirés sur leurs personnes et sur leurs États[11]. »

Le 28 août, il adjure pour la dernière fois Louis de renoncer à sa folie, et Louis finit par se rendre à la raison.

Mais non sans combat. Tout l'été de 1659, il écrit des missives enflammées à sa belle. Des lettres de dix, quinze, vingt pages, à la stupeur consternée de sa mère et de son parrain, auquel il confie, dans un langage étrangement moderne, qu'il est parfaitement capable de contrôler ses passions sauf une « qui lui tient la tête ».

Les tourments de l'amour contrarié ne tuent pas en Louis XIV toute gaieté. De nature taquine, il s'exerce sur tout le monde. Souvent assez lourdement. Il n'a pas encore pris le « timon de l'État ».

De passage à Chambord sur la route de Saint-Jean-de-Luz pour y rencontrer sa fiancée définitive, il brocarde son oncle Gaston qui réside à Blois, tout près de là, et déclare à sa fille, la Grande Mademoiselle, qui a tant rêvé de l'épouser :

« Je n'ai pas voulu mettre un autre habit, parce que si je me parais, je donnerais trop de regret à votre père, à votre belle-mère et à votre sœur ; ainsi je me suis fait le plus vilain que j'ai pu pour les dégoûter de moi[12]. »

Sortant de chez Gaston, il dit encore à la Grande Mademoiselle :

« Votre père a été bien fâché de quatorze faisans que je lui ai tués[13]. »

À Toulouse, il se montre sous un autre jour. Recevant les députés du synode des Églises réformées qui vient de se tenir à Loudun, il est harangué à genoux, selon l'usage, par le pasteur Eustache qui ne s'est soumis qu'avec répugnance à ce protocole. Sa réponse est glaciale :

« Je vous servirai, je vous maintiendrai dans mes édits et vous aurez le défrai[14]. »

Sa haine profonde des réformés est à peine masquée par ces quelques mots.

Quant à Marie Mancini, il finit par céder. Marie sera mariée en 1661 à un prince Colonna, connétable du royaume de Naples, le quittera, courra l'aventure en Europe et mourra décriée à Pise, peut-être en 1715 (la date n'est pas sûre), la même année que son royal promis.

Sur la route de Saint-Jean-de-Luz, Louis a obtenu de sa mère de revoir une dernière fois son amoureuse. Ils se retrouvèrent donc à Saint-Jean-d'Angély, les 13 et 14 août, se jurèrent, paraît-il, pour la millième fois, de s'aimer toujours. On a dit sans invraisemblance que Marie Mancini avait été l'amour de sa vie.

Donc Louis taquine son entourage, mais sa politesse est restée célèbre. François Bluche en donne, dit-il, « le meilleur exemple » avec le récit de l'audience que Louis accorda au vieux Lemaistre de Sacy, le solitaire de Port-Royal, directeur de conscience de Pascal, qui avait été embastillé en 1666.

C'est à l'automne de 1668. Louis s'est réconcilié, pour peu de temps, avec les jansénistes. On célèbre la « paix de l'Église ». Lemaistre de Sacy est sorti de la Bastille. Le roi le reçoit au Louvre avec l'archevêque de Paris. Sacy déclare qu'il « n'aurait jamais espéré sa liberté sous un roi moins sage et qui aurait eu moins d'équité et de pénétration et l'assura qu'il emploierait sa liberté et sa vie à prier Dieu pour sa prospérité. » Louis l'assure de « sa joie que les choses fussent tournées de telle sorte qu'il pût à l'avenir lui donner des marques de l'estime qu'il faisait de son esprit et de sa vertu[15]. »

Rien là que d'habituel dans le langage du temps, mais l'histoire continue.

Trois ans plus tard, Arnauld d'Andilly, grande vedette, si l'on ose dire, du parti janséniste et père du marquis de Pomponne que le roi vient de faire ministre des Affaires étrangères en remplacement d'Hugues de Lionne, vient remercier Louis à Versailles, le 10 septembre 1671. Le Grand Arnauld, alors âgé de quatre-vingts ans, n'a plus mis les pieds à la cour depuis vingt-six ans. Louis lui dit :

« Il ne fallait pas une moindre occasion pour vous faire sortir de votre solitude où, quelque retiré que vous fussiez, vous n'avez pas laissé de faire beaucoup parler de vous. Mais je vais vous faire encore une autre joie, c'est que vous verrez votre fils plus tôt que vous ne pensez[16]. »

Le vieux père remercie avec effusion. Louis reprend :

« Je crois pourtant que vous avez un péché sur votre conscience dont vous ne vous êtes pas repenti[17]. »

Arnauld se dit prêt à se repentir et faire pénitence.

« C'est d'avoir mis dans votre belle préface sur Josèphe [Flavius Josèphe, historien juif de la guerre contre les Romains] que vous aviez fait ce livre à quatre-vingts ans ; car il est bien difficile que vous n'ayez pas eu une grande complaisance pour vous-même de vous voir encore capable d'un ouvrage si beau[18]... »

Le même Pomponne, fils du Grand Arnauld, écrira du roi : « Il est impossible de s'imaginer la grandeur, la pénétration et les lumières de son esprit, et avec quelle justesse il disait les choses, avec quelle douceur charmante dans ses yeux, et quel agrément dans toute sa personne, quand il se défaisait de la majesté et de cette mine haute et fière dont il se revêtait dans le public[19]. »

Mariage

Le 7 novembre 1659, le traité des Pyrénées établit la paix en Europe après quarante ans de guerre et des pertes immenses, de la Baltique à la Méditerranée.

Philippe IV cède le Roussillon, un morceau de la Cerdagne, un morceau de l'Artois, une dizaine de places à la frontière du nord. Le duc de Lorraine perd le Barrois, le comté de Clermont-en-Argonne et ouvre aux Français une voie de passage en Alsace. Condé est enfin pardonné et recouvre son nom, son rang, ses privilèges et son gouvernement de Bourgogne. Le mariage qui doit garantir la paix entre la France et l'Espagne et ne garantit rien du tout est ajourné au printemps.

Le roi, sa mère, Mazarin et la cour passent l'hiver en Languedoc et en Provence.

C'est à Aix, le 20 janvier 1660, que le grand rebelle qu'est le Grand Condé rentre en grâce. Il s'agenouille devant Louis qui le relève, lui disant :

« Mon cousin, après les grands services que vous avez souvent rendus à ma couronne, je n'ai garde de me ressouvenir d'un mal qui n'a apporté du dommage qu'à vous-même[1]. »

La forme est un peu lourde, le fond est excellent.

La cour arrive à Saint-Jean-de-Luz en mai. Marie-Thérèse, la fiancée, ne tarde pas. Louis la déclare à son goût, au soulagement général, quoiqu'elle soit boulotte avec la lourde figure Habsbourg. Ses cheveux blonds, ses yeux bleus, la pâleur nacrée des infantes ne rachètent pas tout à fait cette médiocre stature. Elle se révélera foncièrement gentille.

Le mariage est célébré le 9 juin. Louis porte un habit noir couvert de diamants. La robe de la future reine est semée de lys d'or.

Les jeunes mariés font leur entrée à Paris le 26 août par la place du Trône, aujourd'hui place de la Nation. Le cortège, après les harangues d'usage, met quatre heures à gagner le Louvre, les soixante-douze mules du cardinal ouvrant la marche.

L'amour avec la paix, veut-on croire, s'installent dans Paris. Un enthousiasme extraordinaire enflamme tous les cœurs.

La popularité du roi est au zénith. Mais il n'est encore qu'un roi de parade. Le pouvoir c'est Mazarin ; la reine à ses côtés cautionne sa légitimité. Cependant le cardinal ne néglige pas sa surintendance de l'éducation royale. Il a fait assister Louis aux conseils dès sa seizième année et l'associe par étapes aux processus de décision. Il le reçoit tous les matins pour l'informer des affaires de l'État, y compris les plus secrètes.

Le 25 octobre 1660, Louis, marié depuis cinq mois, emmène Marie-Thérèse à Versailles visiter le pavillon de chasse de son père, Louis XIII. Selon Pierre Verlet, il y aurait eu coup de foudre, non pas tant pour la bâtisse que pour le site. Louis y aurait vu tout de suite un refuge pour ses amours. Marie-Thérèse n'est pas en cause, il s'est marié par politique et ces amours sont prospectives : il faut attendre le mois de juillet 1661 pour que Louise de La Vallière apparaisse, avec le statut de maîtresse. Y aurait-il déjà songé ?

Le site est désert, boisé, marécageux, insalubre. Cette malsaine solitude enthousiasme le monarque. Il y revient avec des amis et les travaux commencent. Ils dureront jusqu'à sa mort ; Versailles ne fut jamais fini. Ils commencent pianissimo par de timides embellissements du petit château de brique et de pierre. Mais les jardins sont d'emblée traités sur un autre pied, immédiatement gigantesque sous la direction commune de Louis et de Le Nôtre. Le roi et le jardinier codirigent à l'unisson les bouleversements de la nature.

Louis repousse sans trêve les limites de son domaine : « Le parterre de l'ouest est axé sur des perspectives qui n'auront plus de limites[2]. » Celui du sud domine un parterre d'orangers préfigurant la disposition définitive. De 1661 à 1663, un million et demi de livres sont dépensées — il faudra dix-sept ans pour engager la même somme à Fontainebleau.

La grande équipe constituée par Fouquet à Vaux-le-Vicomte se surpasse. Le Vau construit l'Orangerie. Le Brun accumule les études. Le Nôtre est dévoré par sa tâche.

En 1664, les festivités dont la splendeur va stupéfier l'Europe commencent avec *Les Plaisirs de l'Île enchantée*, définie par François Bluche avec un lyrisme étonnant : « Voilà pourquoi cette fête, jeune mais exemplaire, éphémère mais impérissable, chevaleresque mais disciplinée, baroque mais dessinant le classique nouveau, continue de luire après plus de trois siècles[3]. » La fête dure une semaine, du 6 au 13 mai.

Inspirée du *Roland furieux* de l'Arioste, elle est donnée dans le palais d'Alcine, enchanteresse redoutable qui, enchaînant les merveilles, retient chez elle le vaillant Roger avec plusieurs de ses compagnons. Lully est chargé de la musique, Molière du théâtre ; il donne *La Princesse d'Élide, Les Fâcheux*, *Tartuffe*, plus une série d'intermèdes mêlés de ballets dont raffole le public du temps. Le roi figure le paladin Roger le premier jour, pour le défilé inaugural.

Débauche de chars dorés pendant cinq jours, chars de carnaval royal chargés de dieux et de déesses dont les somptueux déguisements sont transparents pour des initiés tels que les six cents invités de ces réjouissances.

Sous l'habit étincelant du Roland de la *Chanson* parade, notamment, M. le Duc, fils du Grand Condé. Griffon le Blanc est le comte d'Armagnac et ainsi de suite. Louise de La Vallière est là aussi et l'on comprend vite que tous ces fastes lui sont dédiés. La reine, présente aussi, se voit offrir quelques consolations. Sous forme de dithyrambes et du gros lot d'une loterie organisée par son mari, Marie-Thérèse remporte le gros lot, mais Louise n'y perd rien.

Des ballets et des concerts remplissent tous les intervalles entre les représentations principales. Les décors sont prodigieux, grouillants de monstres et de créatures, de géants et de nains, de démons et autres esprits au service de la magicienne. À l'heure du dénouement, le soir du troisième jour, l'enchantement rompu, un feu d'artifice énorme réduit en cendres le palais d'Alcine. Le quatrième jour est organisée une course de têtes pour que les seigneurs montrent leur habileté dans l'art des armes. Au galop, il faut percer une tête de Turc, une tête de Maure et une autre de Méduse. Le lendemain est donné *Les Fâcheux*, une pièce de Molière écrite pour Fouquet et sa fameuse fête de Vaux, le 17 août 1661. Louis avait adoré et, pour cette seconde représentation, Fouquet, attendant toujours sa condamnation, a demandé à Jean-Baptiste Poquelin l'adjonction d'un fâcheux de plus à la distribution première, inspiré du marquis de Soyecourt, chasseur enragé ; Louis l'a désigné de sa canne à Molière comme un intéressant original.

Le sixième jour est donné *Tartuffe*, que Louis a déjà lu et beaucoup aimé — cette seule opinion l'éclaire mieux que mille de ses actions ordinaires de convenance royale. La reine mère et les dévots ne sont pas de son avis, ils s'activent et la pièce est interdite pour une durée de trois ans. Le 13 mai, dernier jour de la fête, Molière est encore à l'honneur avec *Le Mariage forcé.*

La faveur de Molière auprès de Louis XIV demeure un mystère. Louis XIV le protégea envers et contre tout et leur relation s'établit très au-dessus d'un rapport banal entre protecteur et protégé. Des deux côtés il y eut estime, admiration et amitié. On se demande alors de quoi s'étonner le plus : de ces sentiments chez le critique génial de la société de son temps et de l'homme de toujours, ou des mêmes sentiments chez un prince comme Louis XIV ? Le sentiment de supériorité ontologique qu'avait fait naître la machine publicitaire lancée par Anne d'Autriche et Mazarin, multipliée par Colbert, pour installer Louis au premier rang de l'humanité n'affectait pas ses rapports avec un Molière, un Lully, plus tard avec un Racine ou un Lalande. Les artistes et le roi sont de plain-pied. La chose n'est pas délirante aujourd'hui, elle l'était il y a trois cents ans, surtout dans le cas de Molière, les comédiens étant alors, par une étrange Église, réduits à l'infamie.

Le contact, semble-t-il, s'établit très vite entre Louis et Jean-Baptiste. Ils se voient pour la première fois en 1658 au Louvre, chez Anne d'Autriche. Molière y joua *Nicomède* et *Le Docteur amoureux.* En 1663, Molière reçoit une pension de 1 000 livres. Du 11 au 22 octobre, la troupe, convoquée à Versailles, y joue *Sertorius* de Corneille et, de Molière, *Dom Garcie de Navarre, L'École des maris, Les Fâcheux, L'Impromptu de*

Versailles et *Le Dépit amoureux*. Le 29 janvier 1664, ils paraissent ensemble — le roi et l'histrion — chez Anne d'Autriche au Louvre à la première du *Mariage forcé*, comédie-ballet, mais surtout bouffonnerie pure, Molière jouant, Louis dansant — le rôle exige qu'il se démène comme un possédé, il le fait avec ivresse. Lui-même a commandé la pièce qui a été écrite en trois jours, Lully composant la musique. Le 28 février, Louis est le parrain du fils aîné de Molière. Le monarque et le comédien sont aussi intimes que peuvent l'être, au XVIIe siècle, un souverain et un saltimbanque.

Molière est aussi tapissier valet de chambre du roi, cette fonction l'amène trois mois par an à faire le lit de son maître. Ils se voient souvent. En matière théâtrale, ils sont compères en quelque sorte. Le roi agit de même avec Lully en fait de musique. L'Italien peut se permettre les pires plaisanteries à l'effarement des courtisans, Louis rit aux éclats. Il y a connivence profonde entre le roi et le baladin. Pour Philippe Beaussant, elle aurait beaucoup tenu au respect professionnel des artistes pour Louis XIV, qui fut l'un des premiers danseurs de son temps et un acteur remarquable, si bien qu'ils pouvaient justement le tenir pour l'un des leurs.

Le mémorialiste Primi Visconti l'a bien saisi :

> En public, il est plein de gravité et très différent de ce qu'il est en son particulier. Me trouvant dans sa chambre avec d'autres courtisans, j'ai remarqué plusieurs fois que si la porte vient par hasard à être ouverte, ou qu'il sort, il compose aussitôt son attitude et prend une autre expression de figure, comme

s'il devait paraître sur un théâtre ; en somme, il sait bien faire le roi en tout[4].

Le Grand Canal de Versailles sera décidé en 1667, entamé en 1668. La même année, le *Grand Divertissement* du 18 juillet estomaque les populations. « La passion du roi pour son domaine ne peut faire de doute », dira Pierre Verlet. La dépense ne cesse de grimper jusqu'à la guerre de Hollande : 339 000 livres en 1668, 676 000 en 1669, 1 633 000 en 1670, 2 621 000 en 1671. Colbert, qui voudrait fixer Louis au Louvre, s'arrache les cheveux.

Le vieux château disparaît : il est absorbé dans la masse du château neuf où il est rattaché en quatre points aux anciens pavillons d'angle. La façade orientale sur la cour royale est la seule respectée.

Un ver dans le fruit : le jansénisme

La Fronde réduite, la paix faite, Louis marié, reste à réparer les immenses dégâts des guerres civile et extérieure. Tandis que s'impose un autre souci qui ne cessera de s'envenimer. Le jansénisme empoisonne tout le règne et bien au-delà.

Jansénisme vient de Jansénius, évêque d'Ypres et spécialiste de saint Augustin à qui il avait consacré un énorme ouvrage intitulé *Augustinus*, publié en 1640, deux ans après sa mort.

D'essence théologique — débat sur la grâce divine — la question janséniste deviendra politique. Elle agitera les esprits jusqu'à la Révolution, dont les ennemis l'accuseront d'avoir été le fourrier. L'un des fourriers...

On l'a vu, la France du XVIIe siècle est religieuse à un point inimaginable aujourd'hui. Les protestants vaincus par Louis XIII et Richelieu ne représentent que 5 % de la population et doivent se contenter de la liberté de culte que leur garantit l'édit de Nantes.

La France est catholique comme elle ne l'a jamais été, car le clergé de la Contre-Réforme est le mieux formé et le plus efficace qu'on ait connu depuis Clovis. Mais, comme toujours et partout, la division est à l'œuvre. La grâce en est cette fois l'incroyable prétexte.

Pour les uns, la grâce de Dieu est proposée à tous les hommes ; tous, s'ils l'acceptent, peuvent aller au paradis. Pour les autres, rien n'est moins sûr : personne n'a le choix, les uns sont destinés au ciel, les autres à la géhenne. Les jésuites, bien plus optimistes qu'on ne les a souvent dépeints, sont les principaux défenseurs de la première opinion, en même temps que du pouvoir romain et de la théorie monarchique. Les jansénistes soutiennent la seconde. Les jésuites aiment le pouvoir — la place de confesseur du roi leur sera réservée durant tout le règne —, les jansénistes s'en défient. Les premiers sont assez facilement mondains, les seconds pratiquent l'austérité que la créature pécheresse, incertaine de son salut, doit cultiver pour être honnête vis-à-vis d'elle-même. Honnêteté et jansénisme sont synonymes.

Le plus célèbre des jansénistes, Blaise Pascal, a ainsi résumé la dispute dans la deuxième de ses *Provinciales* — série inachevée de dix-huit lettres étincelantes contre les jésuites, échelonnées de 1655 à 1657 et qui remportent dans toute la France un succès prodigieux. Le débat se concentrait sur deux notions de la grâce, la suffisante et l'efficace.

Leur différend, touchant la *grâce suffisante,* est en ce que les jésuites prétendent qu'il y a une grâce donnée généralement à tous les hommes, soumise de telle sorte au libre arbitre, qu'il la rend efficace ou inefficace à son choix, sans aucun nouveau secours de Dieu, et sans qu'il manque rien de sa part pour agir effectivement ; ce qui fait qu'ils l'appellent *suffisante*, parce qu'elle seule suffit pour agir ; et que les jansénistes, au contraire, veulent qu'il n'y ait aucune grâce actuellement suffisante, qui ne soit aussi efficace, c'est-à-dire que toutes celles qui ne déterminent point la volonté à agir effectivement, sont insuffisantes pour agir, parce qu'ils disent qu'on n'agit jamais sans *grâce efficace*[1].

Comment le suffisant ne serait-il pas efficace, s'il est vraiment suffisant ? La mauvaise foi de Pascal égale ici son génie et elle aura le même succès : on s'arrachera ses *Provinciales*.

Maintenant, il nous faut remonter le temps.

En 1649 — Louis a alors onze ans — Nicolas Cornet, syndic de la Sorbonne, débusque dans l'*Augustinus* sept propositions sur la grâce qui lui paraissent hérétiques. En 1653, le pape Innocent X condamne, sans éclat, par prudence, ne voulant rien enflammer, cinq de ces sept propositions.

Le clergé français se divise aussitôt en jansénistes et en « jésuites ». En 1655, un vicaire de Saint-Sulpice, appartenant au second parti, refuse l'absolution au marquis de Liancourt, ami du premier. Le scandale est considérable.

L'année suivante, le nouveau pape, Alexandre VI, condamne à son tour les cinq propositions déjà flétries par Innocent X. Sa bulle *Ad Sacram* est enregistrée à Paris en 1657, lors d'un lit de justice réuni le 19 décembre.

Trois ans plus tard, le 13 décembre 1660,

Louis XIV, chez Mazarin malade, déclare aux présidents de l'assemblée du clergé que l'heure est venue d'anéantir le jansénisme, trois raisons l'y obligeant : sa conscience, son honneur et le bien du royaume. Pourquoi cette sortie de ce garçon de dix-huit ans, foncièrement étranger à toute réflexion théologique ?

Poussé par son confesseur, il discerne dans le jansénisme un ferment inadmissible de contestation, un avatar de la Fronde. Car le janséniste, en cela huguenot, se tient seul devant Dieu avec sa conscience. Sans doute se veut-il catholique et même très ardemment, mais s'il reconnaît l'autorité de Rome, il ne la juge pas infaillible. Il n'y a pas ici-bas pour lui d'autorité innocente. Ainsi le droit divin des rois n'est-il ni la loi ni les prophètes. Cela est intolérable, Louis n'en démordra jamais. Jusqu'à sa mort le jansénisme lui apparaîtra subversif, et il mourra inconsolé de ne pas l'avoir extirpé du royaume.

L'heure de l'extirpation était peut-être venue en 1660 — il la laissera pourtant passer —, mais la question janséniste sera l'une de celles, avec la question protestante, qui lui permettront le mieux de démontrer sa capacité illimitée d'obstination.

L'entrée du roi marié, le 26 août 1660, signe le triomphe de Mazarin. N'ayant jamais reçu les ordres majeurs, il a, six jours auparavant, annoncé son intention de devenir prêtre — on le soupçonne aussitôt de vouloir être pape —, n'ayant rien de mieux à espérer, car sa santé empire tous les jours.

Il occupe ses derniers mois à mettre ses affaires en ordre — achevant de caser ses créatures et rédigeant son testament. Sa fortune était si énorme et si contestée qu'il prétend d'abord la laisser au roi, pour la « blanchir », sachant bien que celui-ci ne pouvait pas l'accepter ; et la manœuvre réussit.

Attaqué par un œdème pulmonaire et une néphrite aiguë, maigre à décourager un loup affamé, couvert de plaques violettes, il se fait transporter à Vincennes le 8 février 1661 pour y mourir au milieu de la cour. Le 7 mars, le curé de Saint-Nicolas-des-Champs lui donne l'extrême-onction. Le roi en larmes doit se contenter de regarder la cérémonie par une fente de la porte. Le Grand Saltimbanque — ainsi le surnommait le cardinal de Retz — meurt enfin le 9 mars à deux heures du matin.

Le roi avait passé la nuit dans un petit lit près de sa chambre. C'est le visage baigné de larmes, débordant d'une douleur jugée trop ostensible, entouré de trois maréchaux — Gramont, Noailles, Villeroi —, qu'il ira se recueillir devant les restes de l'homme qui avait été pour lui le père dont l'avait privé la mort de Louis XIII. Puis le pleureur surprend tout le monde en devenant d'un seul coup Louis XIV.

Au pouvoir

Louis commence par s'enfermer trois heures dans son cabinet avec Le Tellier et Hugues de Lionne, ministres d'État, sans le surintendant Fouquet qui n'a pas été prévenu. Il invente ainsi le « conseil étroit » ou « conseil d'en haut » qui exclut les membres de la famille royale et les princes du sang. Anne d'Autriche, « outrée de douleur », a ce cri : « Je m'en doutais qu'il serait ingrat et voudrait faire le capable[1] ! »

À l'archevêque de Rouen venu lui demander à qui s'adresser en matière ecclésiastique, il répond : « À moi, monsieur l'archevêque[2] ! »

Voilà, le ton est donné.

Le lendemain 10 mars, Louis convoque à Vincennes un conseil élargi. Il y a là le chancelier Séguier, le surintendant Fouquet, Le Tellier, Lionne, La Vrillière, Duplessis-Guénégaud, Loménie de Brienne et son fils qui prend note du discours du roi, adressé à Séguier :

Monsieur, je vous ai fait assembler avec mes ministres et mes secrétaires d'État pour vous dire que jusqu'à présent, j'ai bien voulu laisser gouverner mes affaires par feu M. le cardinal ; il est temps que je les gouverne moi-même. Vous m'aiderez de vos conseils quand je le demanderai. [...] Je vous prie et vous ordonne, monsieur le chancelier, de ne rien signer en commandement que par mes ordres et sans m'en avoir parlé à moins qu'un secrétaire d'État ne vous les porte de ma part [...]. Et vous, mes secrétaires d'État, je vous ordonne de ne rien signer, pas même une sauvegarde ni un passeport sans mon commandement ; de me rendre compte chaque jour à moi-même, et de ne favoriser personne dans vos rôles du mois. [...] Pour Lionne, il est assuré de mon affection, et je suis content de ses services... [...]. La face du théâtre change. Dans le gouvernement de mon État, dans la régie de mes finances et dans les négociations au-dehors, j'aurai d'autres principes que ceux de feu M. le cardinal.

S'adressant particulièrement à Fouquet, il précise :

Et vous, monsieur le surintendant, je vous prie de vous servir de Colbert, que feu M. le cardinal m'a recommandé[3].

On ne croit pas que le guitariste, le danseur, le chasseur, jusque-là soumis à sa mère et à son mentor, tiendra parole. On se trompe. De ce jour date la réputation formidable de dissimulation de Louis qui, depuis des années point de mire d'une multitude d'observateurs professionnels très concrètement intéressés à le deviner, a attendu son heure sans rien laisser paraître de ses intentions.

Comment se présente-t-il à ce moment-là ?

Il a vingt-deux ans ; une stature d'athlète — contrairement à une légende qui en a fait un petit homme, il est grand, très grand même pour l'époque ; les calculs les plus précis lui donnent cinq pieds huit pouces, soit 1,84 mètre. D'abondants cheveux châtain foncé ; les yeux bruns, brillants et doux ; souvent l'air rêveur ; le nez plutôt long, les joues vermeilles piquées de petite vérole, les dents gâtées comme tout le monde. L'esprit lent qui trompa son monde, car aussi sûr qu'il était lent. Cette lenteur le fit mépriser par ses compagnons de jeu — Brienne, Guiche, Lesdiguières, Rohan…

« Ces jeunes gens, rapportera Boileau, ne trouvant pas dans le roi la vivacité qu'ils avaient eux-mêmes, s'imaginaient que Sa Majesté n'avait pas beaucoup d'esprit[4]. » Il s'en aperçut et ne leur pardonna pas.

« Il se cachait à moi comme à tout le monde, écrira Brienne, et je lui trouvais parfois si peu d'intelligence que j'en étais étonné. J'avoue que je m'y mépris[5]. »

Il a la passion du secret, héritée, paraît-il, de sa mère. « Il ne dit pas un mot de ce qu'il pense », jugera l'archevêque de Lyon. Il cultive un personnage de « sphinx indéchiffrable », selon Jean-Christian Petitfils.

Il a une mémoire prodigieuse, beaucoup de politesse et de courtoisie, un grand bon sens, « il n'avait que cela, du bon sens », dira Sainte-Beuve.

Il est timide, mais très gai en privé, supportant la plaisanterie. Un jour, dans la chambre de la reine, Anne-Lucie de la Mothe-Houdancourt lui pince les fesses. « La chienne[6] ! » s'écrie-t-il en riant. Bref, le balourd se révèle vif comme la poudre.

Mazarin, mourant, lui a recommandé quatre personnages, les meilleurs pour le servir : Colbert, qui réglerait l'État « comme une maison particulière », Le Tellier, Lionne et Fouquet*, avec des réserves sur ce dernier, un peu trop homme d'expédients, et dont il convient de contrôler la virtuosité.

Dès le 10 mars à Vincennes, Louis nomme Colbert intendant des Finances et le charge d'éplucher les comptes de Fouquet, son supérieur officiel.

Colbert les épluche si bien que le roi est bientôt sûr de la corruption de son surintendant. Il faudrait dire de la corruption exceptionnelle, extraordinaire, extravagante, de son surintendant, car la corruption, depuis des siècles, est un moteur du pouvoir : il est parfaitement admis que les ministres et leurs affidés fassent fortune aux frais de l'État, pourvu que les services rendus équilibrent au moins leurs pillages. Richelieu est mort richissime et Mazarin bien plus encore. Colbert lui-même, le justicier, a discrètement commencé sous le défunt cardinal à faire sa pelote.

Fouquet ne vole pas plus que d'autres et il est criblé de dettes, car il mène un train d'enfer qui excite toutes les envies et toutes les suspicions. Colbert joue sur le velours : le bouc émissaire est idéal.

Deux mois plus tard, le 4 mai, Louis XIV, convaincu de la noirceur de son ministre, lui retire la surintendance. Pour Colbert, ce n'est pas assez,

* Fouquet a multiplié les acrobaties pour financer la guerre contre l'Espagne.

Fouquet doit être autrement puni. On sait qu'il a acheté Belle-Île, au large de la Bretagne, et qu'il l'organise en place forte. Pourquoi si ce n'est pour défier l'État ? Défier le roi ? Colbert se renseigne. Un rapport détaillé arrive en juin sur son bureau ; il l'apporte au roi. À Belle-Île, il y a déjà quatre cents canons, cinq mortiers, une garnison de deux cents hommes, on travaille jour et nuit aux fortifications... Le crime inexpiable de lèse-majesté est patent. L'arrestation est décidée, mais silence...

Fouquet se doute de quelque chose et, pour fortifier sa position, il accumule les maladresses, allant reprocher à Anne d'Autriche de prendre le parti de ses ennemis, intriguant pour le contrôle des galères du Levant, imaginant enfin de se gagner l'appui de Louise de La Vallière, maîtresse du roi depuis juillet, première conquête d'une célèbre série dominée par l'éclatante Françoise (dite Athénaïs) de Rochechouart de Mortemart, marquise de Montespan, jusqu'au mariage secret avec Françoise d'Aubigné, veuve Scarron, marquise de Maintenon, en 1683 où le Roi-Soleil, alors âgé de quarante-cinq ans, mettra fin de lui-même à une chronique galante qui aura duré vingt-deux ans.

Dans sa logique de financier pour qui tout est à vendre, Fouquet fait offrir vingt mille pistoles à la maîtresse en titre par la marquise du Plessis-Bellière. Louise est l'honnêteté même, l'amour seul l'a portée à se donner à Louis. C'est la première fois, peut-être la dernière, que le roi se voit aimé pour lui-même*. Enchanté de cette innocence, Louis aime Louise de tout son cœur.

Donc Fouquet, sans discernement — à sa décharge, on trafiquait de tout dans l'entourage du roi —, juge expédient d'intéresser la favorite à la disgrâce qu'il pressent. Outragée, Louise se plaint aussitôt à son amant. Jaloux déjà de sa victime, Louis sur-le-champ est envahi d'une haine inextinguible.

Et le 17 août 1661, Fouquet, toujours léger, croit se refaire bien voir en donnant une fête au roi en son château de Vaux, comme il est de mode alors chez les grands. Mais Vaux est trop beau et Fouquet en fait trop. Splendeurs, magnificence, éblouissement. Ballet, loterie, souper pour trois mille personnes, représentation dans le parc des *Fâcheux* de Molière, jeux d'eaux, feu d'artifice... Le roi, l'aurait-il voulu, n'aurait pas pu rivaliser ; l'humiliation l'accable et la jalousie le dévore.

« Madame, dit-il à sa mère en partant, est-ce que nous ne ferons pas rendre gorge à tous ces gens-là[7] ? »

Le 27 août, il prend la route de Nantes, où Fouquet, chargé d'obtenir des Bretons un don gratuit de trois millions, doit le rejoindre.

Le 5 septembre, Louis XIV a vingt-trois ans et Fouquet est arrêté vers midi, à la sortie du Conseil, sur la place de la cathédrale par le sieur d'Arta-

* La sincérité des cousines Mancini était indéniable, leur désintéressement incertain. On peut aussi soupçonner celui des maîtresses postérieures, Mme de Maintenon incluse.

gnan, sous-lieutenant aux mousquetaires, héros futur d'Alexandre Dumas.

Anne d'Autriche était restée à Fontainebleau. Louis l'informe sur-le-champ en ces termes :

J'ai discouru ensuite sur cet accident (l'arrestation) avec ces messieurs qui sont ici avec moi (Condé, Turenne, Lionne entre autres). Je leur ai dit que je ne voulais plus de surintendant, mais travailler moi-même aux Finances avec des personnes fidèles qui agissent sous moi [...]. Il y en eut de bien penauds, mais je suis bien aise qu'ils voient que je ne suis pas si dupe qu'ils s'étaient imaginés et que le meilleur parti est de s'attacher à moi.

Et termine par ces mots :

J'ai déjà goûté le plaisir qu'il y a de travailler soi-même aux finances, ayant, dans le peu d'application que j'y ai donnée cette après-dînée, remarqué des choses importantes dans lesquelles je ne voyais goutte, et l'on ne doit pas douter que je continue[8]...

Le 12 septembre à Fontainebleau, la suppression de la surintendance est officielle. Elle est remplacée par un conseil royal des Finances de cinq personnes. Une chambre spéciale de justice est créée le 15 novembre de la même année pour juger le prisonnier et ses complices. Sa mission est élargie à la recherche de toutes les malversations de finances publiques depuis 1635. Immense programme !

Le procès repousse les limites de l'iniquité. Tribunal d'exception, irrégularités monstrueuses, falsification et détournement de pièces capitales, pressions, menaces, achat de témoins, total mépris des droits de la défense. Tout cela machiné par Colbert qui déploie contre sa victime la plus vicieuse des férocités. Mais Fouquet se défend comme un diable, dénonçant et illustrant l'incroyable désordre des finances du temps de Mazarin et la prévarication institutionnelle dont il a profité, mais comme tout le monde, Colbert notamment... L'accusé n'épargne que le roi, car le roi « ne savait pas ».

Fouquet fait bientôt figure de martyr. Des magistrats honnêtes et des amis fidèles — Olivier d'Ormesson, Mme de Sévigné, Mlle de Scudéry, La Fontaine, Pellisson, Roquesante... — prennent sa défense devant l'opinion et l'opinion se retourne. On prie pour Fouquet dans les églises de Paris. Le retournement est si marqué que l'on peut dater de 1661 la première brèche dans l'état de grâce dont Louis a bénéficié jusque-là. On commence à le regarder d'un autre œil.

L'instruction dure trois ans, le roi trépignant, puis le jugement tombe. Les juges sont au nombre de vingt-deux. Treize votent le bannissement, neuf la mort, l'accusation de lèse-majesté n'a pas été retenue. Fouquet sauve sa tête. Le roi en est très dépité. Il est au palais Brion, chez Louise de La Vallière, lorsque l'arrêt lui est communiqué. Sa réaction est sans appel :

« S'il eût été condamné à mort, je l'aurais laissé mourir[9] ! » dit-il.

Louis commue le bannissement en emprisonnement à vie. Avec Jean-Christian Petitfils nous dirions qu'« il n'est pas dans l'Histoire d'autre exemple d'un droit de grâce utilisé pour aggraver une peine ».

Certains historiens attribuent cette vindicte à la rage que Louis aurait conçue de la démarche de Fouquet auprès de sa maîtresse ; quoiqu'il en fût, la clémence d'Auguste était loin.

L'acharnement royal scandalisa les honnêtes gens. Fouquet fut conduit au donjon de Pignerol où il mourut en 1680. Quant aux juges qui avaient cru devoir être justes, leurs carrières s'arrêtèrent là.

Louis s'ennuie avec la reine, gentille, mais peu amusante ; il se laisse impressionner par Henriette d'Angleterre, femme de son frère, elle-même dégoûtée d'un homme qui préférait son sexe au sien, couvert de rubans, inondé de parfums capiteux, chargé de bijoux, dont les couleurs, les odeurs et le clinquant ne masquent pas la veulerie. Avec cela le duc d'Orléans, quand Louis le laisse aller à la guerre, y déploie les vertus d'un héros et d'un capitaine. Il fut sa vie durant le « juge de paix » de l'étiquette, consulté de toutes parts et d'abord par le roi dès qu'une affaire de préséance embarrassait les ignorants, si bien qu'il fut très occupé.

Les relations du roi et de sa belle-sœur vont assez loin. Elle est grande, efflanquée, voûtée, avec une lippe gênante, mais elle possède un teint d'opale et, consciente sans doute de ses disgrâces, s'applique à être aimable. Elle a seize ans.

Le manège de Louis et d'Henriette n'échappe à personne. Monsieur se plaint à sa mère. Anne d'Autriche gronde Henriette. Henriette suggère à Louis, pour éteindre tout soupçon, de feindre de courtiser l'une de ses filles d'honneur. Ils choisissent Louise de La Baume Le Blanc, demoiselle de La Vallière, Tourangelle de dix-sept ans, ravissante, d'un blond parfait — en ce temps-là comme bien plus tard à Hollywood, les hommes préfèrent les blondes —, douée enfin d'une voix à émouvoir un bœuf, d'un regard à attendrir un tigre.

Et Louis devant cette beauté, qui en secret depuis plusieurs mois ne respire que pour lui, très simplement, oublie Madame. La consternation tombe sur les dévots. Le jeune Bossuet s'indigne en chaire. Marie-Thérèse, qui donne à Louis en cette année 1661 son fils aîné, le Grand Dauphin, est laissée dans l'ignorance. Anne d'Autriche, dont le premier cercle est très catholique, se désole. Que faire ?

Adultère et heureux de l'être, Louis s'éloigne d'une religion hostile à son bonheur. Il cesse de se confesser, se privant de communion, piétinant son titre de Roi Très Chrétien. À la Pentecôte de 1664, Monsieur lui demande s'il fera ses dévotions. Le roi lui rétorque qu'il ne fera pas l'hypocrite comme lui, qui va à confesse parce que la reine mère le veut.

Louise de La Vallière aura quatre enfants de Louis. Deux vécurent : le troisième, Marie-Anne, née en 1666, légitimée Mlle de Blois, qui épousera le prince de Conti et mourra à Paris en 1739 ; et le dernier, né en 1667, légitimé Louis de Bourbon, comte de Vermandois, qui mourut à quinze ans d'une fièvre maligne.

Cette même année 1667, Louis songe à dire à son fils le Grand Dauphin pourquoi il a fait Louise de La Vallière duchesse de Vaujours et pourquoi il a reconnu leur fille, Mlle de Blois. Ses réflexions sont notées en marge de ses *Mémoires* :

« Je crus qu'il était juste d'assurer à cette enfant l'honneur de sa naissance et de donner à la mère un établissement convenable à l'affection que j'avais pour elle depuis six ans[1]. »

Au mois de mai 1667, en route pour les Pays-Bas espagnols, entre la prise de Charleroi et celle de Tournai, à l'étape d'Avesnes, Mme de Montespan récompense enfin Louis de la cour de plusieurs mois qu'elle avait elle-même provoquée. Ce rapprochement transforme le roi.

On le tient de la duchesse de Longueville, dont l'expertise en fait d'amours ne peut être contestée. D'une gaucherie jusque-là navrante avec les belles, Louis manifeste brusquement une aisance princière. Ayant rappelé la balourdise du roi son cousin, Anne-Geneviève de Bourbon, duchesse de Longueville, sœur du Grand Condé, maîtresse du La Rochefoucauld des *Maximes*, l'une des beautés les plus remuantes du Grand Siècle, constate : « À cette heure, ce n'est plus ainsi, il commence, il soutient la conversation comme un autre homme[2]. »

Cadeau d'adieu, le duché de Vaujours n'est pas reçu comme tel. Louise refuse son congé, endure tout, rebuffades de Louis, moqueries de Françoise de Montespan qui, avec la langue la mieux pendue de France et de Navarre et une drôlerie féroce, la traite comme une femme de chambre. Elle se maintient plusieurs années, jusqu'en 1674, où elle se retire à Paris chez les grandes carmélites du faubourg Saint-Jacques, et meurt en 1710, sans que Louis ait manifesté la moindre émotion. « C'est qu'elle était morte pour moi du jour de son entrée aux carmélites[3]. »

Cette conduite fait scandale.

En 1675, Bossuet obtient de Louis la promesse de rompre avec Mme de Montespan, à qui un vicaire de Versailles a refusé l'absolution, la renvoyant avec ces mots : « Allez, Madame, cessez vos scandales et vous viendrez vous jeter aux pieds des ministres de Jésus-Christ[4] ! » La promesse tient un an. Mais Françoise de Montespan finit par triompher d'une kyrielle d'éphémères rivales, car la quarantaine venue, Louis se met à vivre plusieurs années d'exaspération sensuelle. « Tout lui est bon, dit la Palatine, pourvu que ce soient des femmes ; paysannes, filles de jardiniers, femmes de chambre, dames de qualité, pourvu qu'elles fassent seulement semblant d'être amoureuses de lui[5]. »

Dans la dernière catégorie, celle des dames de qualité, notons tout particulièrement Élisabeth de Grancey, Jeanne de Rouvroy, Lydie de Rochefort-Théobon, Charlotte-Eléonore de La Mothe-Houdancourt, et Anne de Rohan-Chabot, princesse de Soubise, qui se met des émeraudes aux oreilles aux soupers du roi pour indiquer que son mari est à Paris et que la place est libre.

Pour Françoise de Montespan, Louis XIV fait construire tout près de Versailles le château de Clagny, dont Mme de Sévigné a laissé une description éblouie. Joueuse enragée, la favorite perd des fortunes à la bassette ou au lansquenet. Lors de la paix de Nimègue, en 1678, elle est au sommet de sa fortune. Son train est royal. La reine n'a qu'un page et fulmine : « Cette *poute* me fera mourir[6]. »

Louis pourtant finit par en avoir assez. Elle lui fait des scènes où son bagout l'emporte toujours, le laisse déconfit et penaud. Sa beauté se fane. Après la naissance d'un septième bâtard, le comte de Toulouse, en 1678, il ne la touche plus.

Enfin survient Marie-Angélique de Scorailles de Roussille, demoiselle de Fontanges, à peine arrivée d'Auvergne. Elle a dix-huit ans et une beauté « fort au-dessus de tout ce qu'on avait vu depuis longtemps à Versailles[7] », selon Ézéchiel Spanheim, envoyé à Paris de l'Électeur de Brandebourg. Louis en perd très vite la tête ; elle aussi. Elle affiche d'emblée le même luxe et la même superbe que Mme de Montespan. Délaissée, celle-ci connaît enfin les tourments qu'elle-même a infligés à Louise de La Vallière et à toutes les autres que Louis a distinguées du temps de sa prééminence. Comme La Vallière elle refuse de quitter la place et Louis, que les ruptures franches* indisposent par-dessus tout, la laisse plusieurs années auprès de lui, dans le magnifique appartement des Bains, continuant d'aller

* Cette horreur des franches ruptures fut un aspect important du caractère de Louis. Elle ne touchait pas que ses amours. Toutes ses relations — avec ses ministres, ses généraux, ses serviteurs au sens le plus large — en étaient affectées. Il avait le goût de l'amitié et détestait faire de la peine. « Je suis votre ami » est l'une de ses expressions les plus fréquentes. Il l'emploie pour Colbert aussi bien que pour un lieutenant de ses chevau-légers, complétant souvent cette déclaration d'un « vous vous en apercevrez bientôt » qui laissait pantelant le sujet distingué.

la voir, tout à fait platoniquement, par courtoisie ou calcul, les deux mobiles peut-être confondus. Le premier parce qu'elle reste la mère de leurs enfants, le second afin de modérer les ragots de la cour.

La présence persistante de Mme de Montespan entraîne régulièrement ce spectacle extravagant, qu'a décrit Primi Visconti :

> Lorsqu'elles assistaient à la messe à Saint-Germain, elles se plaçaient devant le roi, Mme de Montespan sur la tribune à gauche vis-à-vis de tout le monde et l'autre à droite, tandis qu'à Versailles, Mme de Montespan était du côté de l'Évangile et Mlle de Fontanges sur des gradins élevés du côté de l'Épître. Elles priaient, le chapelet ou le livre de messe à la main, levant les yeux en extase comme des saintes. Enfin la cour est la plus belle comédie du monde[8] !

Marie-Angélique donne le ton. Une mèche tombée de ses cheveux lors d'une chasse à Fontainebleau « vite rajustée par un ruban » est copiée le lendemain par toute la cour et toute la ville. La coiffure « à la Fontanges » est encore dans les dictionnaires. Le destin de sa créatrice sera moins durable. Louis s'ennuie au bout d'un an. La belle est remplacée. Elle était, semble-t-il, bête. Fut-ce la seule raison de sa disgrâce ?

Il l'avait pourtant faite duchesse de Fontanges, comme La Vallière a été faite duchesse de Vaujours, et pour le même motif, cadeau d'adieu, avec 20 000 livres de pension ; ce n'était pas malhonnête. Elle perdit un fils prématuré, s'en remit mal, et mourut un an plus tard, le 28 juin 1681, à Port-Royal de Paris.

Les maîtresses du roi, Louise de La Vallière, Françoise de Montespan, Marie-Élisabeth de Ludres, Marie-Angélique de Fontanges, d'autres sûrement, moins fameuses, moururent volontiers au couvent.

C'est Françoise d'Aubigné, veuve Scarron, marquise de Maintenon, qui, comme on dit, emporte la timbale : elle épouse le roi, veuf de Marie-Thérèse d'Espagne, scellant ainsi par ce mariage le destin le plus extraordinaire du Grand Siècle. Elle était la petite-fille d'Agrippa d'Aubigné — ami d'Henri IV, huguenot de combat par la plume et l'épée, grand poète —, et la fille d'un aventurier de basse espèce, scélérat invétéré qui assassinera sa première femme avec son amant, abandonnera la seconde sans le sou et partagera son existence entre des escroqueries stupides, la fuite et la prison. En 1647, à La Rochelle, Françoise et sa mère, retour de la Martinique, mendient à la porte du collège des jésuites.

Deux tantes successivement l'avaient arrachée à cette misère. La première, Mme de Mursant, est protestante, la seconde, Mme de Neuillant, catholique. Elle est élevée dans les deux religions, la dernière l'emporte. Placée pensionnaire chez les ursulines de Niort, elle refuse de prendre le voile, et est mariée à Paul Scarron, poète difforme et bouffon lubrique qui promet en l'épousant de lui « apprendre des sottises ». Son salon de la rue Neuve-Saint-Louis est le rendez-vous des libertins de Paris. Françoise assiste à leurs débats, affichant la fameuse réserve qu'elle pratiqua toute sa vie. Scarron meurt en 1660. Elle s'installe dame pensionnaire chez des religieuses, place Royale, puis rue Saint-Jacques, ce seront ses pensions Vauquer. Anne d'Autriche lui fait verser 2 000 livres de pension. Surnommée la « Belle Indienne », à cause de la Martinique, elle fait les beaux jours de l'hôtel d'Albret où elle est la cousine pauvre, faisant nonobstant quantité de « mourants », car elle est ravissante avec de grands yeux noirs et sa réserve rayonne de promesses. En 1666, elle prend pour confesseur l'abbé Gobelin, réputé l'un des plus rigoureux de Paris, où pullulent les Torquemada. Mme de Montespan l'apprend et l'engage sur-le-champ pour gouverner ses enfants. En 1672, la veuve Scarron occupe une maison de la rue de Vaugirard en compagnie des trois premiers bâtards royaux, le premier qui ne vivra pas, le deuxième futur duc du Maine et le troisième futur comte de Vexin. Le roi vient en secret les voir, et la voit aussi. La trouve froide et irritante. En 1674, les bâtards légitimés s'installent à Versailles, la « Belle Indienne » avec eux. Mme de Montespan commence à s'inquiéter. Elle a raison. Sans cesser de la trouver froide, Louis lui trouve désormais du charme, et de la conversation. À la fin de l'année il lui verse une prime de 100 000 francs*. Elle achète la terre de Maintenon. La voilà marquise.

Fontanges passe. En décembre 1679, on voit la nouvelle marquise dans le carrosse du roi. À la portière, à côté de lui. Elle a quarante-cinq ans

* Au XVIIe siècle, livre tournois et franc sont synonymes.

et offre, comme l'écrit Jean-Christophe Petitfils, les « attraits d'un beau fruit mûr » avec de « grands yeux de velours qui jetaient des éclats de diamant noir », des « lèvres charnues », un « sourire engageant[9] ». En 1680, sa faveur est complète. Tous les soirs de huit à dix, Bontemps, premier valet de chambre, la mène chez le roi et la ramène, « à la face de l'univers[10] », écrit Mme de Sévigné.

Sa piété en souffre beaucoup. Pour se racheter un peu, elle travaille à rapprocher le roi de la reine qui proclame : « Dieu a suscité Mme de Maintenon pour me rendre le cœur du roi[11]. »

Marie-Thérèse meurt le 30 juillet 1683 d'une septicémie. Dans la nuit du 9 au 10 octobre — fruit d'une espèce de conspiration des religieux et des dévots les plus proches du roi — est célébré dans le plus grand secret le mariage du Roi-Soleil et de Françoise d'Aubigné. Dès la mort de la reine, le duc de La Rochefoucauld, intime de Louis, conseille à la marquise de ne pas quitter le roi car il a besoin d'elle…

Les hommes d'Église — Bossuet, Harlay de Champvallon, archevêque de Paris, le père de La Chaise, confesseur du roi — sont ravis : le satyre couronné semble se calmer.

Dans ses *Mémoires*, Louis s'étend sur ses amours illicites et il semble bien là qu'il n'écrit que pour lui seul, comme on le fait pour fixer ses idées. Son exemple, assure-t-il, « n'est pas bon à suivre ».

« Comme le prince devrait toujours être un parfait modèle de vertu, il serait bon qu'on se garantît absolument des faiblesses communes au reste des hommes, d'autant plus qu'il est assuré qu'elles ne sauraient demeurer cachées[12]. »

Il reconnaît ses égarements, sans se proposer d'y résister, mais il a pris deux précautions pour en diminuer les conséquences.

Un : « Il faut que le temps que nous donnons à nos amours ne soit jamais pris au préjudice de nos affaires[13]. »

Deux : « Il faut que nous demeurions maîtres de notre esprit ; que nous séparions les tendresses d'amant d'avec les résolutions de souverain ; et que la beauté qui fait nos plaisirs n'ait jamais la liberté de nous parler de nos affaires, ni des gens qui nous y servent[14]. »

Car les femmes sont redoutables.

« Elles ont toujours quelque conseil particulier pour leur élévation ou pour leur conservation. » Leur résister est une « nécessité absolue, et c'est faute de les avoir observées que nous voyons dans l'Histoire tant de funestes exemples, des maisons éteintes, des trônes renversés, des empires détruits[15] ».

Ce bon sens aujourd'hui s'appelle misogynie. Louis ne s'en départira jamais. Encore un exemple :

En 1665, devant Le Tellier, Lionne, Colbert, les maréchaux de Gramont et de Villeroi, il va plus loin, se déclarant incapable de résister à ses désirs :

« Vous êtes mes amis, ceux en qui j'ai le plus confiance. Les femmes ont bien du pouvoir sur ceux de mon âge. Je vous ordonne que si vous remarquiez qu'une femme, quelle qu'elle puisse être, me gouverne le moins du monde, vous ayez à m'en avertir. Je ne veux que vingt-quatre heures pour m'en débarrasser et vous donner contentement[16]. »

Ce commandement étonnant ne sera jamais exécuté, aucun des cinq confidents ne s'y serait risqué, sauf peut-être Colbert un jour d'amertume, mais les choses étaient dites, Louis avait sa conscience pour lui.

On peut cependant croire sincère son souci de séparer ses amours de ses affaires, il ne démordra jamais de sa méfiance :

« Dès que vous donnez à une femme la liberté de vous parler de choses importantes, il est impossible qu'elle ne vous fasse faillir[17]. »

Beaucoup plus tard, Mme de Maintenon, devenue sa femme, dont l'influence fut bien plus forte que celle de toutes les maîtresses réunies et de la reine elle-même — Marie-Thérèse n'ayant jamais cherché à peser sur quoi que ce fût —, sera maintenue éloignée de toute décision. Mais Louis la questionnera souvent : « Qu'en pense Votre Solidité ? », comme il questionna cent personnes, sans que ses réponses ne soient jamais la loi et les prophètes. Mme de Maintenon procédera toute sa vie de biais pour avancer ses pions.

Le père de La Chaise, lui faisant un jour remarquer qu'un nom rayé de la liste des bénéfices était celui d'un candidat de Mme de Maintenon, Louis répondit : « C'est à cause de cela que je l'efface, je ne veux absolument pas qu'elle s'en mêle[18]. »

La puissance et la gloire

Tandis que s'instruit le honteux procès de Fouquet, Louis XIV médite sur le métier de roi. Le pouvoir… Quel pouvoir et pour quoi faire ?

L'expression « monarchie absolue » fut la plus dévoyée de l'Histoire. Les adversaires de l'Ancien Régime l'ont voulue synonyme de pouvoir sans limites ; les rois auraient pu faire tout ce qu'ils voulaient. Rien n'est plus faux : absolu signifie « sans liens » et ce n'est pas jouer sur les mots qu'énoncer cette différence. Le roi, s'il le veut, décide seul mais ne peut pas décider de tout. Il n'a pas *tous* les droits. Les coutumes et l'évolution de la société depuis au moins Hugues Capet l'empêchent d'agir à sa guise.

Bossuet a ainsi défini les premières règles de l'autorité absolue du monarque :

Le prince ne doit de comptes à personne.

Le prince juge en dernier ressort.

Le prince ne peut pas être contraint.

Les rois ne sont pas pour cela affranchis des lois.

La dernière proposition limite les trois premières. Quelles sont les lois qui s'imposent au roi, rendant légale sa souveraineté ?

Le souverain doit respecter les lois divines, qui entraînent plus de devoirs que de droits. Le mépris des commandements de Dieu, exprimés dans le Décalogue, délierait ses sujets de leur devoir d'obéissance.

Le souverain doit respecter la loi naturelle qui fonde en l'homme la raison, la justice et l'équité ; elle est commune à tous les hommes, chrétiens et païens. Le roi doit légiférer selon la raison et la justice, faute de quoi ses sujets ne sont pas engagés. En 1685, les protestants n'admettront pas, à juste titre, que l'édit de Fontainebleau révoquant l'édit de Nantes leur interdise et d'émigrer et de célébrer leur culte.

Le souverain doit enfin respecter ses sujets. Il ne peut contrevenir aux lois du royaume, antérieures à l'autorité royale et supérieures aux lois du roi. En droit privé, le monarque doit respecter les personnes et les biens : le roi ne peut s'attribuer les héritages appartenant à ses sujets, ni en disposer à sa volonté.

On reconnaît peut-être là des limites idéales, il y en a aussi de pratiques.

Les états généraux ne sont pas convoqués, mais les états provinciaux dominent un tiers du royaume. La Bretagne et le Languedoc résistent victorieusement aux empiètements de l'administration. Il aura été plus facile à Louis XIV de révoquer l'édit de Nantes que d'envoyer un intendant à Rennes.

Les parlements et autres cours supérieures (chambres des comptes, cours des aides...) conservent leur droit d'enregistrer les actes royaux. Louis XIV les a bridés autant qu'il l'a pu légalement, sans pouvoir entamer leurs prérogatives fondamentales. Le droit d'enregistrement reste capital. *Les lois n'obligent que publiées.*

La monarchie doit ménager une multitude de corps royaux, provinciaux, municipaux, coutumiers, professionnels. *Tout est corporatif en France.* Les corps ensemble constituent le corps même du royaume. Ils sont les relais de l'opinion publique. Les privilèges des uns sont défendus par les autres, dès qu'ils sont menacés. Le pouvoir y regarde à deux fois avant de les attaquer.

Le monarque absolu en France ne peut pas être un tyran.

Pierre Bayle, philosophe calviniste exilé, qui se fit contre tout son siècle, calvinistes compris, l'apôtre de la tolérance — il fut l'auteur de *La France toute catholique sous le règne de Louis-le-Grand*, ouvrage dans lequel les jésuites, qui avaient obtenu du roi l'autodafé de sa *Critique de l'histoire du calvinisme du père Mainbourg*, sont taillés en pièces —, glorifie l'autorité des rois et déclare : « Le seul et vrai moyen d'éviter en France les guerres civiles est la puissance absolue du souverain, soutenue avec vigueur et armée de toutes les forces nécessaires à la faire craindre[1]. »

Le père Quesnel, janséniste exilé, dont les livres avaient tant de succès que Louis XIV obtiendra contre lui du pape Clément XI, tout à la fin de son règne, la fameuse bulle *Unigenitus*, après avoir combiné en vain son arrestation, affirme qu'on doit regarder le roi comme le ministre de Dieu, lui être soumis et lui « obéir parfaitement ».

Deux des principales victimes de l'intolérance du siècle, dans les deux cas intolérance royale, n'en défendent pas moins le prince avec une étonnante vigueur.

Louis se propose d'assumer totalement la fonction royale, d'être le roi sans relâche, jour et nuit, toujours et partout. Incarner, en les transcendant, et le peuple et la nation. Assurer le bien commun qu'il est seul à pouvoir connaître parce que ce bien est son seul intérêt. Comme il est seul comptable de son royaume, dont la valeur est incomparable à la somme des intérêts particuliers de tous ses sujets, et bien que cette somme en soit l'assise, car le roi seul peut l'estimer. Voilà sa conviction.

Dans ses *Mémoires*, on a vu, dans l'année 1667, son opinion sur les femmes et comment les fréquenter. On apprend ailleurs qu'il sait distinguer entre sa fonction* et sa personne. « La royauté est sacerdotale, mais le roi n'est pas Dieu, comprend-il clairement[2] », écrit Petitfils.

L'indépendance absolue des rois en matière temporelle découle de cette doctrine. « Le roi ne tient que de Dieu et de son épée[3] », écrit Louis en 1661.

En 1662, reprenant une idée de Hobbes, l'abso-

* Monarque de droit divin, son pouvoir vient de Dieu. Cette proposition de saint Paul est approuvée au fil des siècles par des cohortes de théologiens et de légistes souvent confondus.

lutiste anglais dont les thèses avaient été publiées en France en 1660, il soutient que le sens de l'intérêt général est inaccessible à l'individu et qu'il n'est donc pas d'ordre possible sans renoncement de celui-ci à ses droits naturels au profit du prince qui seul peut agir pour le bien de l'État.

Il nuance cependant, écrivant :

> Ces obéissances et ces respects que nous recevons de nos sujets ne sont pas un don gratuit qu'ils nous font, mais un échange avec la justice et la protection qu'ils prétendent recevoir de nous. Comme ils nous doivent honorer nous devons les conserver et défendre[4]...

Dans le droit-fil de cette conception, le roi se doit aux faibles :

> Si Dieu me fait la grâce d'exécuter tout ce que j'ai dans l'esprit, je tâcherai de porter la félicité de mon règne jusqu'à faire en sorte, non pas à la vérité qu'il n'y ait plus ni pauvre ni riche, car la fortune, l'industrie et l'esprit laisseront éternellement cette distinction entre les hommes, mais au moins qu'on ne voie plus dans le royaume ni indigence ni mendicité, je veux dire personne, quelque misérable qu'il puisse être, qui ne soit assuré de sa subsistance, ou par son travail ou par un secours ordinaire et réglé[5].

Ces intentions excellentes réclament des moyens qui resteront inaccessibles. La même année 1662 où sont rédigées ces lignes, une famine fait des milliers de morts au nord de la Loire. On ne put rien faire que distribuer symboliquement du blé et des pièces d'argent dans la cour du Louvre et ailleurs quelques cargaisons de vivres achetées en Bretagne, en Aquitaine, et jusqu'à Dantzig.

Le roi reconnaît le danger de n'avoir d'autre censeur que sa conscience :

> Il est bien plus facile d'obéir à son supérieur que de se commander à soi-même et quand on peut tout ce que l'on veut, il n'est pas aisé de ne vouloir que ce que l'on doit[6].

La crainte de Dieu seule peut borner le roi, car, comme tout le monde alors, Louis XIV croit à l'intervention permanente de Dieu dont la justice est immanente : les fautes sont punies comptant, le méchant ne perd jamais rien pour attendre.

Louis, heureusement, c'est lui qui le dit, est protégé d'éventuels excès par sa connaissance — connaissance particulière, supérieure, exclusive, on l'a vu — du bien commun. Le vrai danger qui menace ses peuples n'est pas sa démesure, puisqu'il en est protégé, mais les abus des ministres :

> Nous n'avons pas affaire à des anges, mais à des hommes à qui le pouvoir excessif donne presque toujours à la fin quelque tentation d'en user[7].

Aussi faut-il toujours les choisir d'un rang modeste, pour les rendre à leur « néant » s'ils s'écartent du droit chemin. Ainsi précise-t-il à son fils :

> Pour vous découvrir même toute ma pensée, il n'était pas de mon intérêt de prendre des sujets d'une qualité plus éminente. Il fallait, avant toute chose, établir ma propre réputation et faire connaître au public par le rang même d'où je les

prenais, que mon intention n'était pas de partager mon autorité avec eux. Il m'importait qu'ils ne conçussent pas eux-mêmes de plus hautes espérances que celles qu'il me plairait de leur donner : ce qui est difficile aux gens d'une grande naissance[8].

À partir de ces principes, comment gouverne-t-il ?

Par son conseil, dit le Conseil du roi, dit aussi conseil étroit. C'est un ensemble de conseils distincts, dont les deux principaux sont le conseil d'En-haut et le conseil des Finances. Aussi appelé conseil d'État, le premier se réunit trois fois par semaine et ne comprend plus que des membres désignés par le roi qui portent le titre de ministre d'État. Il traite des affaires générales et ne compte jamais que trois à sept membres. Le conseil royal des Finances a repris les affaires de la surintendance sous la présidence du roi. Il comprend un chef du conseil et trois conseillers, dont un intendant des Finances qui fut Colbert dès sa création. Il se réunit lui aussi trois fois par semaine. Un conseil des Dépêches, aussi présidé par le roi, étudie les rapports des intendants et des gouverneurs, et en rédige les réponses.

Le roi s'efforce de ne pas se couper du peuple par le système des placets. Un placet, selon Littré, est une « demande succincte par écrit pour obtenir justice, grâce ou faveur ». Les placets étaient une survivance de l'ancienne justice directe des premiers capétiens :

« Je fis connaître, informa-t-il le Dauphin, qu'en quelque nature d'affaires que ce fût, il fallait me demander directement ce qui n'était que grâce. » Il ajoutait : « Je m'instruisais par là en détail de l'état de mes peuples. Ils voyaient que je pensais à eux et rien ne me gagnait tant leur cœur [9]. »

À Versailles, tous les lundis, une table est dressée dans la salle des gardes pour y déposer les placets. Louvois se chargera de les dépouiller et de les rapporter au Conseil une semaine plus tard pour être répartis aux secrétaires d'État concernés lesquels, huit jours après, présentent leurs rapports. Louis décide selon trois formules : « néant », « accordé » et « Le roi y fera considération », quand il souhaite réfléchir.

Si puissant qu'ait pu être le roi, au-delà des barrières qui encadraient l'absolutisme, une administration squelettique aurait freiné les excès de pouvoir. La structure administrative centrale était d'une faiblesse insigne à son avènement, elle le restera tout au long du règne malgré des aménagements.

Les effectifs de la « fonction publique » sont si réduits qu'aujourd'hui on ne peut qu'être saisi de stupeur à l'idée qu'ils suffirent à administrer vingt millions de sujets séparés par d'innombrables différences : une vingtaine d'idiomes, des douanes partout, des coutumes particulières et des attachements locaux.

Un noyau de 800 personnes a toute la France en charge. Il comprend le roi, les membres du Conseil, les secrétaires d'État, les conseillers d'État, les maîtres des requêtes, les chefs de bureaux et leurs commis. Ce noyau recourt aux services des officiers de finance, de justice et de police — 45 780 individus en 1665, d'après une enquête de Colbert. Ces officiers sont propriétaires de leurs charges, ils les ont achetées à l'État et beaucoup, pour avoir payé une fois, jugent devoir être payés toujours, estimant détenir contre l'État une créance éternelle. Leur zèle n'en est pas pour autant stimulé et leur service s'en ressent.

Les agents d'exécution — les 27 brigades de la maréchaussée, les commis, les exempts du Châtelet, les gardes de la prévôté de l'Hôtel (police de la cour), le guet parisien, les huissiers des fermes — ne sont que quelques milliers. On les imagine surmenés.

Il faut vingt-deux jours pour traverser la France du nord au sud, dix-neuf d'est en ouest.

Ces effectifs auront à peine varié à la fin du règne. Trente et un « commissaires départis » auront en charge tout le pays. Ils seront encore appelés « intendants de justice, police et finances ». Le mot « justice » leur donne autorité sur les tribunaux royaux et seigneuriaux. Le mot « police » définit leur compétence administrative, « police » à l'époque étant synonyme d'administration. Le mot « finance » englobe le fisc et l'économie, les impôts et la production. Énormes pouvoirs d'une poignée d'hommes de confiance.

Ils sont dix-huit dans les pays dit « d'élections », douze dans les pays « d'états », qui votent leurs impôts, et les provinces nouvelles. Ils sont choisis parmi les conseillers d'État et les maîtres des requêtes. Le roi les voit tous tour à tour. Ces contacts revêtent pour lui la plus grande importance.

À Versailles, le 30 janvier 1711, il reçoit l'intendant de Flandre, Charles-Erienne Maignart de Bernières. La situation s'est éclaircie depuis 1709, l'année du Grand Hiver et de Malplaquet, mais la Flandre reste l'endroit le plus menacé du royaume par les Anglais de Marlborough et les impériaux du prince Eugène. Il lui dit :

« Vous m'avez souvent mandé par le passé des choses tristes et dures ; mais je vous en sais bon gré, car je veux qu'on me mande toutes les vérités, quelques fâcheuses qu'elles puissent être[10]. »

L'intendant répond : « Si quelque chose manque, Sire, ce sera ma faute et vous ne devez vous en prendre qu'à moi.[11] »

Les intendants s'occupent de tout avec des équipes si légères qu'il paraît aujourd'hui invraisemblable qu'ils aient pu remplir leurs tâches. L'intendance d'Alsace à Strasbourg, en 1710, fonctionne avec six personnes : l'intendant, deux secrétaires, trois commis. « Après la Fronde, écrit Grégoire Hanlon, cité par Petitfils, l'acceptation soudaine de l'absolutisme par les élites urbaines constitue pour le moment un des grands mystères politiques du XVIIe siècle[12]. »

Le mystère s'explique en partie par le sentiment public. Après des années d'anarchie et de dévastations, le royaume dans son ensemble attendait un pouvoir fort. De 1665 à 1667, quelques démonstrations l'imposèrent : les Grands Jours d'Auvergne, à Clermont et au Puy, les Grands Jours de Nîmes...

où la justice fut mobilisée contre des seigneurs brigands. Ces procédures, expressément solennelles (les juges eurent statut de commissaires royaux), eurent un grand retentissement. Les curés donnaient le dimanche des nouvelles des procès et les crieurs publics le reste du temps. On traita 1 400 affaires, 340 condamnations furent prononcées contre des nobles tombés dans la crapulerie, contumaces pour la plupart : ils avaient fui dans les montagnes.

L'acceptation soudaine de cet absolutisme s'explique pour une autre partie par la modération du roi et de Colbert. L'extension du pouvoir des intendants — représentants directs du roi (« le roi en sa province ») — avait été très critiquée sous Louis XIII. Leur rôle fut réduit à celui d'inspecteurs, leur commission limitée à des enquêtes et leurs décisions à des actes de justice. Tandis qu'on laissait aux compagnies d'officiers une part substantielle de l'impôt perçu pour la couronne.

En Languedoc, par exemple, pays d'états, levant les impôts pour le roi, le respect du système aboutit à laisser aux responsables de leur perception — grands seigneurs, officiers, partisans locaux — une part croissante des flux fiscaux censés remonter à Paris. De 29,6 % en 1647 à 36,4 % en 1677. Moins de la moitié des impositions quittait la province. Une partie des revenus royaux étant consommée sur place par les dépenses militaires et les travaux publics. Personne n'était lésé. Le roi, malgré cette ponction, recevait davantage du Languedoc dont la capacité d'emprunt était stimulée par ce *modus vivendi*, et les officiers languedociens captaient ainsi une part supplémentaire des impôts directs. Ainsi l'oligarchie locale était-elle partie prenante à la réussite de l'absolutisme : « gagnant-gagnant ».

L'exemple du Languedoc pourrait être multiplié. On retrouvait partout le même accommodement avec le pouvoir royal : soumission et enrichissement. Ce processus d'intéressement général rendait inutile la multiplication des agents directs de l'État, les fonctionnaires d'aujourd'hui.

Routine et propagande

Louis XIV se fait très vite une réputation d'horloge. Une sourcilleuse ponctualité commande tous ses mouvements, suivant un emploi du temps immuable. Saint-Simon écrira : « Avec un almanach et une montre, on pouvait à trois cents lieues d'ici dire ce qu'il faisait[1]. »

À sept heures et demie, le premier valet de chambre, qui couche au pied de son lit, lui dit : « Sire, voilà l'heure ! » Il change de chemise de nuit, prend de l'eau bénite et les « entrées » commencent, « petit lever » et « grand lever ». Au « petit lever » correspondent les « grandes entrées » du grand chambellan, du premier gentilhomme de la chambre, du grand-maître et du maître de la garderobe, des premiers valets de chambre et de quelques seigneurs privilégiés.

Louis, toujours dans son lit, se lave les mains avec de l'alcool et récite l'office du Saint-Esprit. Il se lève, chausse ses mules, enfile une camisole de laine et une robe de chambre à ramages ou à rayures ; le premier barbier lui ôte son bonnet de nuit, lui ajuste une perruque courte « à la brigadière » et, un jour sur deux, lui fait la barbe.

Les « secondes entrées » commencent. Arrivent le médecin et le chirurgien ordinaires, l'apothicaire-chef, les secrétaires de cabinet, les lecteurs de la chambre, le contrôleur de l'argenterie et les gentilshommes à « brevet d'affaires » qui ont le privilège de voir le roi sur sa chaise percée.

Le « grand lever » débute avec « les entrées de la chambre ». L'assistance s'étoffe — jusqu'à une centaine de personnes. Cardinaux, ambassadeurs, ducs et pairs, maréchaux de France, gouverneurs, ministres... qui voient ou aperçoivent le roi s'habiller, commençant par la chemise, finissant par la cravate, les hauts souliers à bouts carrés et les gants. Puis Louis s'agenouille sur son prie-Dieu et tout le monde s'en va. Prière faite, il passe dans son cabinet où il « donne l'ordre » pour la journée, en présence du Grand Dauphin, des fils et petits-fils de France, qui sont une quinzaine, des légitimés et des premiers valets de chambre. Après quoi le lever est terminé.

La messe l'occupe de neuf à dix heures.

Il tient conseil de dix heures à midi et demie. À treize heures, il dîne. À quinze heures, il prend l'air, promenade ou chasse ; préférant la chasse à courre à la chasse à tir. À dix-sept heures ou dix-huit heures selon la saison, il assiste au salut au saint sacrement et préside un nouveau conseil jusqu'à dix-neuf heures.

À ce point-là, ses occupations varient. Les mardi, jeudi et samedi, il y a « appartements », autrement dit le roi reçoit pour distraire sa cour. Les salons ouvrent à dix-neuf heures. Passionné de billard, Louis y joue souvent jusqu'à vingt et une heures. Après quoi il y a souper et bal jusqu'à minuit. À minuit, il va se coucher. Le coucher est une dernière cérémonie qui le mène jusqu'à une heure où les feux sont éteints. Plus tard, hors les jours d'appartements, il sera chez Mme de Maintenon de vingt heures à vingt-deux heures.

Le pouvoir est inséparable du bien commun. Les *Mémoires* de Louis XIV sont assez éloquents ; ils vont au-delà du catalogue de bonnes intentions à quoi pourrait les limiter une lecture précipitée. Bien commun...

Il dépend de la paix, mais plus encore de la guerre pour un roi de ce temps-là. De la paix au-dedans et de la guerre au-dehors, car tous les princes de cette époque sont expansionnistes. Régner, c'est conquérir ; qui n'avance pas recule. Les marchands seuls, tels ceux de Venise ou d'Amsterdam, seraient pacifiques si on les laissait tranquilles, hélas ils font des jaloux si bien qu'eux aussi doivent se battre.

Louis XIV cherchera toujours à s'étendre, aussi longtemps qu'il sera le plus fort. Pour se protéger, dira-t-il, des « mauvais desseins » de ses voisins. Sans doute était-il sincère.

Mais jusqu'où se protéger ? La question est capitale. De la réponse dépend le constat que Louis fut un conquérant pur, de l'espèce qui ne s'arrête jamais, ou un monarque raisonnable, certes soucieux de se renforcer, mais conscient de ses limites.

Les conclusions de toutes ses guerres ne laissent guère de doute : Louis XIV, sans surprise, fut bien plus sage que Napoléon et même qu'un Bismarck. (L'annexion de l'Alsace et d'une partie de la Lorraine en 1871 entraînera directement la première ruine de l'Allemagne en 1918 et par ricochet la seconde en 1945.)

Modéré, il le fut toujours, car il aurait pu aller bien plus loin qu'il n'alla, tant qu'il fut le plus fort — c'est-à-dire trente ans durant.

La fameuse rive gauche du Rhin — dont la possession fut l'un des rêves de la Révolution et de l'Empire — fut longtemps à sa portée. Il refusera obstinément d'aller jusque-là, contre ses généraux et contre l'opinion — l'opinion, chose impensable, était expansionniste.

L'une des raisons qui le retenaient fut le respect du droit dynastique : entre souverains légitimes — autrement dit de droit divin —, on ne peut pas se permettre n'importe quoi. Aussi s'abstiendra-t-il d'annexer la Lorraine dont les ducs étaient légitimes, malgré un tenace désir, très raisonnable chez un roi de France.

En 1668, à trente ans, débordant d'ardeur, il choisit de finir la guerre de Dévolution à des conditions si généreuses que Turenne en fut consterné — on le vit sortir du Conseil comme « frappé d'un coup de massue » —, Louvois frôlant l'apoplexie. À Nimègue, onze ans plus tard, à l'apogée du règne, terminant sa guerre de Hollande, il gagne beaucoup mais rend beaucoup de ce qu'il a conquis. À Ryswick, achevant la guerre de la ligue d'Augsbourg en 1697, il rendit presque tout ne gardant que Strasbourg, soulevant en France un tollé. Mme de Maintenon, elle-même pacifiste évangélique, jugera qu'il y a une « espèce de honte de restituer ce qui avait coûté tant d'effort et tant de sang ». En 1713, à la fin de la guerre de Succession d'Espagne, il n'est plus en état de faire des cadeaux et se battra le dos au mur pour la moins mauvaise paix possible, avec un succès certain.

Son premier et dernier souci fut « d'arrondir son pré carré », ce n'est pas le fait d'un candidat à l'Empire du monde.

La gloire est pourtant l'obsession de ce modéré. Le paradoxe est si violent que l'Europe entière se méprit. L'obsession ostentatoire masqua la prudence profonde. On ne vit ou ne voulut voir que le glorieux impénitent qui se faisait peindre dans ses palais en vainqueur magnifique, laissant vanter la moindre escarmouche en exploit supérieur à tous ceux d'Alexandre — ainsi le passage du Rhin, en fait un maigre bras du fleuve, que les Français, à vingt contre un, passèrent à gué sans encombre. Qui faisait frapper des médailles où lui seul apparaissait, accaparant tous les lauriers, s'agît-il d'un combat naval à mille lieues de Versailles où il eût été bien en peine de figurer, lui qui ne mit qu'une fois le pied sur un vaisseau, à Dunkerque, où il fit semblant de commander une manœuvre dont le rudiment lui échappait.

Il fallait qu'il en fût ainsi, que tout remontât à lui, qu'il s'attribuât tous les mérites. La galerie des Glaces à Versailles est l'apogée de cette exaltation quasi païenne du prince qui rappelait volontairement les panégyriques romains — Louis est souvent costumé en Romain dans ses innombrables élévations ; la porte Saint-Denis en témoigne encore. Il n'eut de cesse de perfectionner le système glorificateur installé en sa faveur par Anne d'Autriche et Mazarin pour renforcer après la Fronde le lien national, rassembler la France autour du roi. L'enthousiasme courtisan ne cessa d'enfler cette mythologie, sans que Louis songeât un instant à le modérer, au contraire.

Louis fut seul en son temps à outrer à ce point la propagande royale. En son temps et depuis longtemps : aucun roi ne s'était fait glorifier de la sorte depuis la chute de l'Empire romain, dont les empereurs étaient des dieux. Ces excès gênent aujourd'hui, ils gênaient déjà il y a trois cents ans.

Dans les formes, les formes extérieures seulement, car Dieu existe au-dessus du roi et le pouvoir dit absolu était bien plus limité que beaucoup d'autres depuis, ces emphases architecturales, numismatiques, picturales et sculpturales, rappelant d'un côté le siècle d'Auguste, ne le cèdent en rien, d'autre part, à ces cultes qui s'épanouirent au XXe siècle et dont on ne citera pas les idoles. Ne leur cèdent en rien dans l'ordre de la propagande et les dépassent infiniment dans celui de l'art et même celui de l'innocence.

Cette apothéose permanente remporta longtemps un succès indéniable. Comme si, entrant dans le dessein de Louis, le peuple avait partagé sa conviction qu'il l'incarnait tout entier et que sa gloire était la sienne.

Propagande... Les historiens d'aujourd'hui conviennent qu'il ne s'agissait que de cela. « L'encens, selon François Bluche, était de pure propagande, destiné à entretenir le loyalisme des sujets[2]. » Louer le roi, c'est magnifier l'État, l'armée, la loi, les grands hommes du royaume, la France enfin. Bon.

Bluche se repose, pour l'affirmer, sur la Palatine qui écrit en 1701 :

> Je demandais un jour à quelqu'un de raisonnable pourquoi dans tous les écrits, on louait toujours le roi. On me répondit qu'on avait expressément ordonné aux imprimeurs de n'imprimer aucun livre qui ne contînt son éloge, et cela à cause des sujets. Les Français d'ordinaire lisent beaucoup, et la province lisant tout ce qui vient de Paris, l'éloge du roi leur inspire du respect et de la considération pour lui. Voilà pourquoi cela se fait et non à cause du roi qui ne le voit ni l'entend jamais depuis qu'il n'assiste plus à aucun opéra[3].

Donc, pour une fois, le roi ne savait pas.

On finira quand même par s'inquiéter de ces hyperboles permanentes. Le zèle des sycophantes ne pourra pas tout glorifier : les défaites, les famines, la misère des dernières années. Tout ce concret si éloigné de la gloire abstraite.

L'étranger ne s'était jamais laissé abuser. On y prit pour argent comptant les légendes latines des médailles et des tableaux, les élégies, les odes et les panégyriques en français qui exaltaient tous les jours en Louis « le plus grand roi de l'univers » avec une insistance maniaque. La publicité métallique du règne compte 318 médailles à la gloire de Louis XIV. Parmi elles, 218 le rattachent au dieu Mars, 88 à Jupiter.

Dans toute l'Europe on se crut visé par ses « mauvais desseins » ou l'on affecta de le croire. Ses ennemis accusèrent très vite celui qui se laissait qualifier de plus grand roi de l'univers d'aspirer à la monarchie universelle. L'accusation portera d'autant mieux qu'elle était absurde.

On dépeignit Louis XIV en ogre pendant tout son règne. Des pamphlétaires appointés, principalement installés en Hollande au service de Guillaume d'Orange, en firent une espèce de monstre d'orgueil et de dureté, les débordements de ses sycophantes français, frénésies appointées elles aussi, les aidant puissamment à forcer le trait.

« Grandeur et magnificence » fut le mot d'ordre proclamé. Il fut suivi scrupuleusement et même avec passion par tous ceux dont la fonction pouvait le servir. Architectes, comédiens, danseurs, écrivains, musiciens, peintres et sculpteurs. Colbert lui-même, le glacial comptable, n'y fut pas insensible, peut-être même fut-il celui qui l'était le moins.

On trouve ces deux mots en marge dans ses dossiers, avec des points d'exclamation que le contexte ne permet pas de juger réprobateurs. « Grandeur et magnificence !!! » Les prédicateurs eux-mêmes se laissèrent presque tous griser ; le plus grand,

Bossuet, alla très loin dans le panégyrique. Il fallut attendre la mort du roi pour que Jean-Baptiste Massillon, prononçant son éloge funèbre, osât s'écrier : « Dieu seul est grand mes frères et dans ces derniers moments surtout où il préside à la mort des rois de la terre ! » Et cette audace fit frémir. Les jansénistes et les protestants avaient été à peu près seuls à garder la tête froide. Ils ne l'emportèrent pas au paradis.

De la guerre

Au moment d'aborder cette affaire de la guerre qui domina tout le règne et fut la première et permanente expression de l'action royale (un conflit achevé entraînant le suivant qu'il fallait préparer), jusqu'à devenir la « première industrie du royaume » et le « moteur de son économie », on doit se demander si l'égocentrisme inouï du Roi-Soleil était fondamental, si le souci de sa personne l'emportait sur tout. S'interroger si le royaume — qui dans le style du temps, mais ce temps est le sien, n'est jamais chez lui *le* royaume mais *mon* royaume —, dont il prétend mieux que personne connaître les besoins et se prétend seul à pouvoir les satisfaire, n'est pas une espèce d'alibi, de couverture à une passion personnelle dévorante, ravalant Narcisse à l'indifférence radicale de soi.

Dans ce cas, les guerres* du Roi-Soleil auraient été sinon caprices, au mieux divertissements. Divertissements selon Pascal : « Un roi sans divertissement est un homme plein de misère[1]. »

* Lui-même a avoué sur sa fin : « J'ai trop aimé la guerre. » Selon certains auteurs, cet aveu lui aurait été arraché par des prêtres trop zélés à l'article de la mort.

Quoi qu'il en fût, le bilan de cette affection fut bénéficiaire. Le royaume sortit grandi de ses entreprises belliqueuses et grandi à tous points de vue, hors le point de vue évangélique. On peut reconnaître quelque vertu à l'éclatant égocentrisme de Louis XIV, puisque la France en profita et que la gloire de son règne déborda la sienne propre.

Dans la mesure de sa conviction que lui seul, par essence, pouvait connaître le bien public et qu'il désirait sincèrement ce bien — on ne peut pas mettre ce désir en doute —, cette passion éclatante le dépassait à ses propres yeux pour englober tout le royaume avec ses sujets. Encore une fois, c'est dans la forme seulement qu'il peut apparaître aux âmes craintives une brute couronnée.

On le verra à la fin, dans les temps tragiques de la Succession d'Espagne, quand l'ennemi n'avait plus qu'à marcher sur Paris, l'appel au peuple du 12 juin 1709 démolit toutes les supputations de délire personnel. Il s'adressera aux Français, en tant que Français et non pas comme sujets, afin de leur expliquer pourquoi malgré les désastres militaires, les catastrophes climatiques — le Grand Hiver venait de ravager le pays —, la misère générale, il fallait continuer à se battre. Louis demande au peuple son soutien, sans donner le sentiment de se forcer le moins du monde à lui parler, osera-t-on dire, d'égal à égal (cela dans les deux sens...). Et ce soutien, il l'obtiendra massivement.

On a vu que sa gloire l'obséda comme personne, qu'il l'évoqua toute sa vie comme son bien le plus précieux.

« L'amour de la gloire va assurément devant toutes les autres passions de mon âme[2] », écrira-t-il. À tel général envoyé débrouiller une situation difficile il dira : « Je vous confie mon bien le plus précieux qui est ma gloire[3]. » Son héritage tout entier, dont le plus visible aujourd'hui est architectural, proclame cette obsession.

Or la gloire, à l'époque, est d'abord militaire. Corneille donnait le ton : « À vaincre sans péril… » « Il n'est de gloire que celle des armes », écrira encore Vauvenargues cent ans plus tard, sans être beaucoup contredit. « Zéro mort », l'idéal si séduisant des guerres d'aujourd'hui, n'effleurait pas les esprits il y a trois cents ans.

La société du XVIIe siècle restait féodale. Clergé mis à part, le prestige médiéval de la noblesse d'épée était intact et ses valeurs dominantes. Les bourgeois rêvaient de s'y agréger ; le roi lui-même y poussait ceux dont il avait fait ses premiers serviteurs. Ils mariaient leurs filles dans ses rangs et leurs fils étaient nombreux à entrer dans l'armée.

La conscription n'existait pas. La noblesse seule était astreinte au service obligatoire, « l'impôt du sang » qui l'exemptait de payer la taille. Les soldats étaient volontaires. Les armées ne recrutaient que les amateurs de plaies et bosses. Encore Pascal : « Tous les hommes recherchent d'être heureux. Cela est sans exception […]. Ce qui fait que les uns vont à la guerre et que les autres n'y vont pas, est ce même désir qui est dans tous les deux, accompagné de différentes vues[4]. »

Louis soutint quatre guerres qui durèrent trente-trois ans sur les cinquante-quatre de son règne : la guerre de Dévolution, la guerre de Hollande, la guerre de la ligue d'Augsbourg, appelée aussi guerre de Dix Ans, la guerre de Succession d'Espagne. Il provoqua les trois premières. La dernière lui fut imposée. Elle dura onze ans, mena la France au bord du gouffre et finit en triomphe modeste.

La guerre avec quoi ? En 1659, à la paix des Pyrénées, l'armée compte environ 250 000 hommes, chiffre alors énorme, mais c'était un ramassis de troupes hétéroclites où la discipline était inconnue. Michel Le Tellier, intendant des armées depuis 1643, bientôt secrétaire d'État à la Guerre, divise ces effectifs par cinq et transforme un agrégat intermittent de bandes disparates en institution permanente.

En 1666, quatre ans après la « prise du pouvoir » par Louis XIV, l'armée est vraiment royale. Le Tellier, plutôt timide et effacé, malgré ses talents d'organisateur et d'administrateur, sera couvert de fleurs, à tel point que l'on verra en lui une « partie du roi lui-même ».

La hiérarchie est simplifiée. Le roi nomme les maréchaux, les généraux, les chefs de corps. Les troupes sont payées régulièrement, entraînées constamment. Des magasins sont construits et approvisionnés. Les étapes sont déterminées. L'armement est standardisé ; le fusil remplace le mousquet ; l'artillerie réduit le nombre de ses calibres.

Les effectifs augmenteront sans cesse : 50 000 hommes en 1662, 72 000 en 1667, 380 000 à la fin.

L'armée, avant les bâtiments, sera la première passion de Louis XIV. Avant de songer à Versailles, il entrera dans le détail de la chose militaire avec une application maniaque. Capitaine des unités de sa maison, il les fera manœuvrer lui-même à intervalles rapprochés, les passera souvent en revue, en dressera minutieusement les états, traçant de sa main leurs tableaux d'effectifs. De Gaulle n'ira pas jusque-là.

L'armée passera avant tout : avant les femmes, avant la chasse, avant la musique, avant le théâtre. Louis XIV y appliquera une persévérance inlassable et une minutie prodigieuse. Lors de la guerre de Succession d'Espagne, à la fin de sa vie, il saura par cœur la topographie de l'actuelle Belgique et des Allemagnes rhénane et danubienne avec les noms de centaines de villages et de hameaux, pour rédiger exactement ses instructions à ses généraux éberlués. Quant aux bâtiments, il en voyait tout, cent fois, mille fois, d'un œil que ses architectes, avec bien plus d'accablement que de courtisanerie, jugeaient infaillible.

L'armée sera la seule force organisée d'une nation sous-administrée dont l'unité ne tenait qu'à la personne sacrée du roi et à sa capacité de réprimer toutes les dissidences. Ses canons porteront gravée la devise latine *Ultima ratio regum*, qui se passe de traduction.

L'armée sera mise à toutes les sauces. Elle maintiendra l'ordre dans les provinces encore mal convaincues d'être entièrement françaises, assurera le recouvrement de l'impôt, la « conversion » des protestants, les secours aux populations victimes de calamités.

« "La place des armes" a été d'une importance presque incommensurable[5] », a pu écrire François Bluche. Pour Jean-Christian Petitfils, la guerre fut le « principal moteur économique du royaume[6] ».

La France seule, fait unique dans son histoire, s'imposera au continent jusqu'à la fin du règne. Les désastres qui en jalonnèrent les dernières années, pendant la guerre de Succession d'Espagne, furent tous réparés et la conclusion de ce conflit gigantesque, guerre mondiale avant la lettre, ne fut pas malheureuse. Le bilan en est flatteur.

Deux hommes, Colbert et Louvois, se consacrèrent à son service ; le premier pour la financer, le second pour assurer son bon fonctionnement.

Ils assureront ensemble à leur maître l'hégémonie en Europe. Le premier sur terre pour cinquante ans, le second sur mer une trentaine d'années. La conjonction de ces deux supériorités ne s'était jamais vue en Europe et ne se reverra jamais ; ce n'est pas la moindre raison de la fascination qu'exerce toujours le siècle de Louis XIV.

Chien et chat. Colbert et Louvois

Les morts, toutes deux inattendues, de Colbert et de Louvois — le premier, l'aîné de vingt ans, disparut en 1683 ; le second, qui avait un an de moins que le roi, en 1691 — n'abolirent pas leur influence. Ils dirigeaient tous deux respectivement les deux clans les plus puissants qui se soient élevés au pouvoir sous l'Ancien Régime. Dans l'esprit du roi, ces deux clans devaient mutuellement se contenir. Il pratiquera jusqu'à la fin envers eux la politique de bascule qu'il recommandait à son fils « car la jalousie de l'un sert souvent de frein à l'ambition de l'autre[1] ». Ces clans survécurent longtemps à leurs chefs et au Roi-Soleil.

L'un et l'autre administrateurs hors pair. Tous deux brutaux et pragmatiques. Tous deux sans cesse en rivalité violente.

En 1661, Jean-Baptiste Colbert est d'emblée l'homme fort du système. Il a quarante-trois ans, son expérience est considérable. Il a été le bras droit de Mazarin, il connaît tous les rouages de l'administration, les finances n'ont pas de secret pour lui. Son extraordinaire puissance de travail est soutenue par la passion de l'action. Il fait le modeste admirablement face au roi qui aura pleine confiance en lui, chose unique dans tout le règne de Louis le Soupçonneux. Colbert veut tout savoir des questions qu'il traite. Il a la passion du détail, descendant jusqu'à l'infime pour le plus grand bonheur du roi, lui aussi maniaque, qui lui demande « du détail en tout ».

Colbert dispose d'une famille foisonnante où les talents ne manqueront pas et d'un formidable réseau d'obligés. En dix ans, il contrôlera tout, sauf la guerre, mais la guerre dévorera tout.

Colbert a été le tombeur de Fouquet. Il va en prendre la place. Intendant des Finances en 1661, surintendant des Bâtiments, Arts et Manufactures en 1664 (l'actuel ministère de la Culture en cent fois plus important), contrôleur général des Finances en 1665, secrétaire à la Marine en 1667, la liste déjà écrasante de ces fonctions n'est pas exhaustive. Louis XIV lui confiera l'éducation de ses enfants illégitimes, ceux de Louise de La Vallière et ceux de Françoise de Montespan ; il les élèvera avec les siens — il en aura dix — dans une discrétion exemplaire, Mme Colbert y prenant la plus grande part.

Il a pour dessein général la prospérité du royaume, autrement dit, en plus moderne, la croissance économique et la hausse du niveau de vie. Il voit large et loin. Il se passionne pour la mer, la marine, l'outre-mer, défendant contre Louvois, et même contre le roi qui ne l'approuve que mollement, une politique d'établissements lointains. Désolé de la faiblesse de l'émigration au Canada, face à l'accroissement continu de la population anglaise dans les futurs États-Unis, Colbert prône les mariages mixtes entre Français et Indiennes, seul au monde en ce temps-là à défendre semblable fusion.

Hélas, les colons du Québec ne se précipitent pas sur les squaws et l'Église, manquant de foi, fait avorter le projet craignant que les dangereuses Indiennes ne paganisent les chrétiens touchés par leurs charmes.

En France Colbert devance son temps, mais il est en retard sur la Hollande et l'Angleterre. Pour lui comme pour Amsterdam et Londres, l'économie commande tout et le commerce en est la clé. Le diagnostic est impeccable, mais le grand moyen qu'il retiendra pour la développer — accumuler les espèces métalliques en réduisant au minimum les importations — n'est pas à la hauteur de ses ambitions.

Richelieu est son modèle, à l'agacement amusé de Louis qui se moque gentiment de lui : « Voici Colbert qui va encore nous parler du grand cardinal[2]... »

Le travail est sa religion. Il cultive des façons glaciales qui intimident les fâcheux et lui font gagner du temps. Catholique convaincu et même fervent, il déteste les moines, alors innombrables (il y a deux cent cinquante mille religieux en France, avec les religieuses), qui ne produisent rien et ne font pas d'enfants ; il déteste aussi les rentiers pour la première de ces deux raisons. Les protestants, travailleurs et entreprenants, ont toute son estime. On a remarqué que la lamentable révocation de l'édit de Nantes n'eut lieu qu'après sa mort ; de bons historiens en concluent — fantastique éloge — que lui vivant on n'avait pas osé.

Louis XIV se reposera immensément sur lui, jusqu'à lui adresser le commandement fameux :

« Je vous ordonne de faire ce que vous voudrez[3]. »

La boutade fut prise pour telle.

C'est en vain qu'il voudra tenir un budget pour l'État. On sait aujourd'hui, on l'a vu, que l'expression « monarchie absolue » ne signifie que monarchie sans liens, le roi pouvant décider seul, mais qu'il n'est pas question pour lui de décider n'importe quoi, qu'il est constamment borné par les coutumes et par les droits des corps intermédiaires. Le seul domaine où il paraît pouvoir tout se permettre, dégagé de toute prévision, est celui de la dépense. Colbert est là pour payer.

Les dépenses personnelles du roi, pour sa maison militaire d'abord, pour Versailles ensuite, pour la guerre enfin le désespèrent et il mourra dans l'amertume, lui contrôleur des Finances, de n'avoir rien pu contrôler et de voir réduit aux expédients le monarque qu'il voulait faire « le plus pécunieux de l'univers[4] ».

Pourtant, comme le roi, il défend « la grandeur et la magnificence ». Il dira au chevalier de Clerville, maître des fortifications, dont Vauban fut un disciple et le successeur, lui confiant l'aménagement du port de Toulon : « Nous ne sommes pas en un règne de petites choses. Il est impossible que vous puissiez imaginer rien de trop grand[5]. »

Colbert avant la lettre sera ministre de la Culture. Il s'est attribué ce domaine sans attendre d'être nommé surintendant des Bâtiments. La première fonction des arts est pour lui de glorifier le roi et, plus largement, d'affirmer la primauté de la France dans tous les domaines du savoir. À ses yeux, tout se tient et il ne laissera à personne la bride sur le cou. Le peintre Lebrun sera dictateur des arts, l'écrivain Chapelain des lettres. Lebrun a du génie, Chapelain en manque — il n'est que l'auteur d'une *Pucelle* qui lui vaut un éreintement général et de Boileau le surnom de Pucelain, qu'il ne lui pardonnera pas. Toutefois il a tout lu et il a bon goût. Voltaire écrit : « Chapelain avait une littérature immense et, ce qui peut surprendre, c'est qu'il avait du goût et qu'il était l'un des critiques les plus éclairés[6]. » Colbert lui confie la rédaction des notices pour dresser la liste de tous les écrivains européens, français compris, dignes de recevoir une pension du roi, car la propagande du règne ne s'arrêtait pas aux frontières. La liste comprendra quatre-vingt-huit noms et les gratifications accordées aux étrangers irriteront fort certains princes. Le pape ordonnera à l'élu distingué chez lui de refuser l'argent ; l'empereur fera de la surenchère, doublant la somme accordée à l'un des siens.

Colbert se reposera encore sur Chapelain pour le choix d'un secrétaire qui le secondera aux Beaux-

Arts. Ce sera Charles Perrault, l'auteur des *Contes,* nommé contrôleur général des Bâtiments.

Le 3 février 1663, Colbert, avec Chapelain, Perrault et quelques autres, inaugure dans le secret un petit conseil, embryon de l'Académie des Inscriptions et Belles Lettres, d'abord appelée « Petite Académie », dont Louis précisera ainsi la mission : « Je vous confie la chose du monde qui m'est la plus précieuse, qui est ma gloire[7] » (Louis n'a jamais craint de se répéter). Ce petit groupe va s'occuper de composer tous les textes destinés à cette illustration.

Colbert était passionné de livres, de reliures, d'impressions et d'illustrations. Bibliophile d'élite, il s'attaque à la réforme de la Librairie royale. En 1666, il l'installe magnifiquement rue Vivienne, à côté de son hôtel particluier, et l'enrichit dans des proportions grandioses. Il a trouvé seize mille volumes quand il en a pris le contrôle, elle en contiendra plus de soixante mille à sa mort. La sienne, appelée « la Colbertine », profitera généreusement de cette augmentation. Louis XV l'achètera. Elle est aujourd'hui l'un des principaux ornements de la Bibliothèque de France.

Les splendides collections de Fouquet l'avaient ulcéré de jalousie : le roi, à côté, n'avait rien. Il va s'acharner à lui constituer la première collection d'objets d'art du royaume. Recrutant des rabatteurs dans toute l'Europe pour traquer le meilleur. Ne rien envoyer plutôt que « du commun et du médiocre[8] ». Louis n'avait pas deux cents tableaux en 1661, il en aura deux mille cinq cents à la mort de Jean-Baptiste.

Il reprend en main les ateliers du Louvre installés par Henri IV. Le palais devient vite une ruche d'artistes. Ciseleurs, ébénistes, graveurs, orfèvres, peintres et tapissiers y logent et y travaillent. L'Imprimerie royale vient les rejoindre ; les imprimeries particulières sont spécialement surveillées pour éviter les écrits subversifs, mais la tâche est difficile, les effectifs manquent, les ateliers sont mouvants, Colbert voudrait en réduire le nombre afin de mieux les contrôler, là encore, peu de progrès. Puis la Hollande est là où d'excellents professionnels ne se soucient aucunement d'encenser le Roi-Soleil.

Colbert est le maître Jacques de la monarchie absolue.

Louis XIV lui donne un rival dès 1662. Rival d'autant plus mal accepté que Louvois est un jeune homme, héritier d'un clan plus ancien dans les allées du pouvoir que le clan Colbert, le clan Le Tellier, aux affaires dès Richelieu avec son chef Michel.

L'ascension du jeune Louvois qui va très vite contrôler l'énorme domaine de la guerre entamera largement l'influence de Colbert, à tel point qu'on le croira plusieurs fois en disgrâce.

François Michel Le Tellier, marquis de Louvois, sieur de Chaville, est le troisième fils de Michel Le Tellier, créateur on l'a vu de l'armée moderne et l'un des principaux dignitaires de l'État sous Mazarin, jusqu'à pouvoir espérer lui succéder avant de se faire une raison. François, comme son père, sera secrétaire d'État à la Guerre et ministre d'État. Il a quatorze ans et demi quand ce dernier lui obtient la survivance de sa charge en 1655. Il lui succède officiellement au premier poste en 1677 à l'âge de vingt-huit ans, lorsque Michel Le Tellier devient chancelier de France ; mais dès vingt-deux ans, il en exerce les responsabilités, le roi lui ayant donné la signature en 1662 (en l'absence de son père — très souvent absent).

En 1665, il est tout-puissant dans ce département qui va l'emporter sur tous les autres jusqu'à la fin du règne, bien après sa propre mort. Mais à cette époque, la France est encore en paix et le roi, qui raffole des beaux régiments et adore les manœuvres et les revues qu'il veut grandioses, y dépensant des sommes énormes, piaffe d'impatience à l'idée d'entrer en campagne. Louvois flatte ces penchants qui lui donnent de l'importance.

Le « noyautage » de l'administration militaire par Le Tellier a établi la prééminence des bureaux — *la plume* — sur l'aristocratie d'épée d'où sortent les généraux, jusqu'à ce que Louis fasse entrer des roturiers dans cette élite séculaire... Louvois renforcera la plume.

Le père a bien deviné le fils qui se révèle un organisateur hors de pair, lucide, précis, infatigable — sans imagination ni audace, avec une âme de policier fasciné par le secret. Toujours brutal et partisan des solutions extrêmes, le grand Louvois fera faire au roi ses plus grosses bêtises — les

« réunions » abusives, le sac du Palatinat, les dragonnades dans les Cévennes… L'affaire du Palatinat, qui brouillera la France avec les princes allemands, restant la plus tristement célèbre.

Il se serait fait plus désagréable qu'il n'était pour mieux se faire obéir. Il pouvait être bon garçon, généreux, et même d'une délicatesse inouïe, faisant par exemple à l'un de ses amis sans fortune, le chevalier de Nogent, la surprise d'une maison ravissante entourée d'un jardin de rêve, construite en quelques semaines sur le coteau de Meudon, sous la terrasse de son château, en remplacement d'une bicoque médiocre qu'il lui avait donnée. Nogent, revenant de l'armée, faillit défaillir à la vue de ce cadeau.

Louvois, pour Colbert, est un souci permanent, et paraît un moment pouvoir le supplanter, en 1671, quand le roi le fait chancelier de ses ordres, contre Colbert également candidat. La même année, la mort d'Hugues de Lionne ayant laissé vacant le secrétariat aux Affaires étrangères, une créature du clan Le Tellier l'emporte : Simon Arnauld, marquis de Pomponne.

Colbert s'inquiète vite des dépenses de Louvois. En 1666, il écrit à son maître :

> Sire, à l'égard de l'assemblée des troupes et de leurs marches, je n'ai pas cru qu'une affaire si importante serait confiée à un jeune homme de vingt-quatre ans sans expérience sur cette matière, fort emporté, et qui croit de l'autorité de sa charge de ruiner le royaume et qui veut le ruiner parce que je le veux sauver[9] !

Ruiner le royaume ? Colbert voit les finances qu'il a rétablies depuis cinq ans menacées par les dépenses d'un roi pour qui rien n'est trop beau, dans quelque domaine que ce soit, dès que son prestige est en jeu. Il écrit des manœuvres et revues commandées par le roi :

Votre Majesté a tellement mêlé ses divertissements avec la guerre de terre qu'il est bien difficile de les diviser [...]. Si Votre Majesté était bien informée de tous les désordres que ces marches perpétuelles de troupes causent dans les provinces, combien les peuples en sont dégoûtés[10]...

« L'augmentation et la beauté » des troupes de la maison du roi lui inspirent cette critique — lui seul se permet ce genre d'intervention :

La prodigieuse différence qui se trouvera entre ces troupes de la maison du roi et celles des armées abattra le cœur des officiers et des soldats de celles-ci et les ruinera parce que dès lors qu'il y aura un bon officier ou un bon soldat dans les troupes d'armée, il fera tous ses efforts pour entrer dans celles de sa maison[11].

Il insiste :

Cette distinction trop grande de sa maison en toutes choses ralentit le zèle de tous les autres sujets ; les grands rois ont toujours embrassé leur dernier et plus éloigné sujet comme le plus proche [...]. François 1er, Henri IV n'ont jamais fait ces distinctions ; ce dernier s'est souvent fait garder par tous les vieux corps[12]...

Les vieux corps sont les six premiers et plus anciens régiments de l'infanterie : Picardie, Piémont, Champagne, Navarre, Normandie et la Marine.

Mais la maison du roi reste intouchable. Vingt ans plus tard, le 27 mai 1685, ayant passé en revue le régiment du Roi, Louis, qui n'est plus un jeune homme, dit à Louvois :

« Je trouve mon régiment si beau et j'en suis si content que j'ai envie d'embrasser Montchevreuil[13] » (son colonel).

Trente ans plus tard, le 19 avril 1714 — il mourra l'année suivante — il dira des gardes-françaises et des gardes suisses : « Je les ai vus souvent et je ne les ai jamais trouvés si beaux[14]. »

Louis ne change rien et s'agace. Colbert est son rabat-joie. Un jour que celui-ci est malade, il lui fait, commentée par toute la cour, faveur énorme, une visite solennelle, accompagné de tous ses gardes, et lui donne ce conseil :

« Colbert, la tristesse engendre le mal, soyez gai et vous guérirez[15]. »

Il y eut certainement une espèce d'amitié entre le roi et son ministre. Rien de tel avec Louvois.

Louvois sera surintendant des Postes en décembre 1668 et chancelier de l'ordre du Saint-Esprit en 1671. En 1683, à la mort de Colbert, il héritera la surintendance des Bâtiments, Arts et Manufactures.

On lui doit l'institution de l'Ordre du Tableau, qui ouvrait le commandement aux roturiers, et celle des milices provinciales, qui reprenait le système

1

1 Portrait de Louis XIV par Charles Le Brun. Pastel, vers 1665.
Paris, musée du Louvre.

2

3

2 Portrait de Lully. Gravure, XVIIe siècle. Paris, BnF.

3 Portrait présumé de François Couperin. Peinture anonyme, XVIIe siècle. Versailles, Châteaux de Versailles et de Trianon.

4 Louis XIV et les chevaliers participant au carrousel de 1662. Gravure par Jacques Bailly. Versailles, bibliothèque municipale.

5 Louis XIV en soleil dans le *Ballet de la nuit*, 1653. Aquarelle, mine de plomb et lavis. Paris, BnF.

6 Louis XIV en Apollon dans le ballet *Les noces de Thétis et Pélée*, 1654. Plume, lavis et gouache. Paris, bibliothèque de l'Institut.

4

*« Le métier de roi
est grand, noble,
délicieux.
C'est par le travail
que l'on règne,
pour cela
qu'on règne. »*

56

7
8

7 *Promenade de Louis XIV en vue du Parterre du nord dans les jardins de Versailles*. Peinture d'Étienne Allegrain, vers 1688.
Versailles, Châteaux de Versailles et de Trianon.

8 *Vue du bosquet de la Salle des festins dans les jardins de Versailles*. Peinture d'Étienne Allegrain, vers 1688. Versailles, Châteaux de Versailles et de Trianon.

9 Jules Hardouin-Mansart. Peinture de Hyacinthe Rigaud, 1685.
Paris, musée du Louvre.

10 *Vue de l'Orangerie, des escaliers des Cent-Marches et du château de Versailles vers 1695*. Peinture attribuée à Jean-Baptiste Martin l'Ancien, XVIIe siècle.
Versailles, Châteaux de Versailles et de Trianon.

9
10

11

11 *Visite de Louis XIV à la manufacture des Gobelins, le 15 octobre 1667.*
Tapisserie de basse lisse d'après les cartons de Saint-André pour *La Suite de l'Histoire du Roi*, XVIIIe siècle.
Versailles, Châteaux de Versailles et de Trianon.

« S'agrandir est la plus digne et la plus agréable occupation des souverains. »

12

12 Allégorie à Louis XIV, protecteur des Arts et des Sciences.
Peinture de Jean Garnier, XVIIe siècle.
Versailles, Châteaux de Versailles et de Trianon.

« N'ayez d'attachement pour personne. »

des classes de la marine inventé par Colbert et permit de porter l'armée à trois cent mille hommes, ainsi que la fondation d'écoles militaires.

Il se signale par la création d'un service des subsistances inégalé en Europe, prévoyant tout et contrôlant tout* dans les moindres détails avec une obstination inlassable. Pour la première fois, les soldats sont régulièrement nourris et payés. L'administration civile et ses commissaires des guerres deviennent enfin presque tout-puissants face aux soldats de métier ; puissance parfois néfaste.

Louvois est le maître d'une armée qu'il fait de très loin la plus forte d'Europe. Les Colbert — le grand Colbert et son fils Seignelay — éléveront la marine de guerre à son apogée.

En dix ans, célérité inégalée en fait de marine, Colbert construit et organise la flotte la plus belle et la plus puissante du monde à partir des épaves laissées par Mazarin.

Soucieux de ne pas inquiéter l'Angleterre, Mazarin a laissé dépérir celle de Richelieu jusqu'à ne plus compter que neuf vaisseaux de troisième rang qui prenaient l'eau de partout, trois flûtes et des galères pourries. Installés aux îles d'Hyères, les Barbaresques faisaient la loi d'Antibes à Perpignan. Les marins s'expatriaient. Le tiers des équipages du Hollandais Ruyter, qui fut le premier homme de mer de son temps, était français. En 1661, la marine alignait 1 000 canons ; elle en

* Marchés, magasins, transports, fournitures (il inspectait en personne les sacs de farine destinés à la troupe et les chariots qui les transportaient, tâtant les essieux).

aura 6 500 en 1674. Trois ans plus tôt, elle avait dépassé l'Angleterre et les Provinces-Unies avec deux cents navires de guerre. Les bâtiments de la Royale sont les plus beaux qu'on ait jamais vus. Les plus dorés et les mieux construits. Les Anglais ne s'en consolent pas.

Louis est flatté que son pavillon flotte sur des vaisseaux splendides, mais il reste terrien dans l'âme. La marine lui demeure étrangère, malgré la magnificence de ses escadres. La notion d'Empire maritime lui échappera toujours. Il préférera jusqu'à la fin ses régiments à ses navires. Dans ses *Mémoires* il écrit :

> Dans mon intérêt propre, je considérais que le bien de l'État ne permettant pas qu'un roi s'expose aux caprices de la mer, je serais obligé de commettre à mes lieutenants tout le destin de mes armes, sans jamais pouvoir agir de mon chef [...]. La guerre de terre est une matière plus avantageuse que la guerre maritime dans laquelle les plus vaillants n'ont presque jamais lieu de se distinguer des plus faibles[16].

On constate à ces réflexions la persistance chez Louis XIV de la vieille idéologie chevaleresque de la prouesse personnelle. Louis par là tient aux anciens contre les modernes.

Les préludes de magnificence

À peine Louis a-t-il pris le pouvoir qu'il affiche sa volonté de ne jamais céder à quiconque en rien dans l'ordre des préséances.

Le 10 octobre 1661, l'ambassadeur d'Espagne à Londres, le baron de Watteville, passe en force devant le comte d'Estrades, ambassadeur de France, contre l'usage établi. Louis XIV expulse aussitôt le représentant de Philippe IV à Paris. Le roi d'Espagne, son beau-père, propose réparation : la révocation de Watteville et l'abstention de ses ambassadeurs en toutes occasions publiques à Londres. Louis réclame l'extension de ce principe à toutes les cours d'Europe. Le 24 mars 1662, il accepte les excuses de l'Espagne en audience solennelle.

Il écrit à son fils aîné, Monseigneur, le Grand Dauphin :

> Ce succès se peut sans doute appeler heureux, puisque j'ai obtenu ce que mes prédécesseurs n'avaient même pas espéré. Obligeant les Espagnols non seulement à ne plus prétendre la concurrence, mais même à déclarer si solennellement et par un acte si authentique qu'ils ne la prétendraient plus. Et je ne sais si depuis le commencement de la monarchie il s'est rien

passé de plus glorieux pour elle : car les rois et les souverains que nos ancêtres ont vus quelquefois à leurs pieds tous leur rendre hommage n'y étaient pas comme souverains et comme rois, mais comme seigneurs de quelque principauté moindre, qu'ils tenaient en fief et à laquelle ils pouvaient renoncer. Ici c'est une espèce d'hommage véritablement d'une autre sorte, mais de roi à roi, de couronne à couronne, qui ne laisse plus douter à nos ennemis mêmes que la nôtre ne soit la première de toute la chrétienté[1].

Il complète par ces mots qui achèvent de le dépeindre :

Ce succès pourtant n'eût pas été tel, je le puis dire avec vérité, si depuis le commencement jusqu'à la fin, je n'eusse suivi mes propres mouvements, beaucoup plus que ceux d'autrui : ce qui a été pour moi un long et durable sujet de joie[2].

Après l'Espagne, l'Angleterre.

Les Anglais prétendant faire saluer le premier leur pavillon dans des eaux qu'ils décrètent abusivement britanniques (deux juristes exaltés, Welwood et Selden, pour qui les « mers d'Angleterre » comprenaient toute la Manche et la mer du Nord jusqu'aux côtes de France, de Hollande et du Danemark, avaient gagné Charles II à leur délire), Louis XIV écrit à son ambassadeur à Londres, le 25 janvier 1662 :

Le roi mon frère, ni ceux dont il prend conseil ne me connaissent pas encore bien, quand ils prennent avec moi des voies de hauteur et d'une certaine fermeté qui sent la menace. Je ne connais puissance sous le ciel qui soit capable de me faire avancer un pas par un chemin de cette sorte, et il me peut bien arriver du mal mais non plus une impression de crainte[3].

Les deux puissances se regardent alors en chiens de faïence jusqu'en 1667, où il est convenu que les navires des deux nations « se salueraient en même temps ou ne se salueraient point du tout[4] ».

Le pape à son tour apprend vite de quel bois se chauffe le roi de France.

Alexandre VII, « pédant présomptueux », disait Mazarin, veut abolir le privilège d'extraterritorialité attaché aux ambassades et à leurs dépendances. Interdites à la police pontificale, ces enclaves sont des refuges pour la pègre romaine. Ayant cédé sur d'autres points sans être payé de retour, Louis refuse cette concession.

Il envoie le duc de Créqui en ambassade extraordinaire pour défendre les droits de la France. Créqui, féroce soldat, arrive à Rome le 11 juin 1662 avec une imposante escorte. Le 20 août, les Corses du pape, excités par une bagarre entre un Français et l'un des leurs, viennent tirer sur l'ambassade. Au balcon du palais Farnèse, Créqui lui-même essuie une salve de mousqueterie ; un page de sa femme qui rentrait chez elle en carrosse est tué.

Le pape exprime des regrets légers. Louis est outré, dénonce un attentat prémédité « dont jusqu'ici il n'y avait pas d'exemple chez les barbares mêmes[5] ». Exige des excuses solennelles, la dissolution de la garde corse, les destitutions du gouverneur de Rome et du chef de la police pontificale. Le pape néglige de répondre. Créqui s'en va et, loin de Saint-Pierre, des juristes le remplacent. En juillet 1663, le parlement de Provence prononce la réunion à la couronne d'Avignon et du Comtat, tandis que 16 000 soldats s'en vont soutenir Parme et Modène en bisbille de frontières avec Alexandre, lequel va s'affairer en vain à constituer une sainte ligue contre la fille aînée de l'Église.

Ses efforts méprisés, il cède soudain sur tout, congédie sa garde corse comme « incapable de servir », déclare la nation corse exclue à jamais du service pontifical, reconnaît les droits des ducs de Parme et de Modène, accepte enfin la construction d'une pyramide du souvenir, où les exactions de ses hommes seront vigoureusement flétries. Louis alors lui rend Avignon et le Comtat — contre la volonté de leurs habitants... Il faudra la Révolution pour remettre les choses en place.

Le 29 juillet 1664, le cardinal Flavio Chigi, neveu d'Alexandre VII, présente à Fontainebleau les excuses officielles du pontife humilié.

« On ne s'avisera pas de longtemps à Rome », écrivit Hugues de Lionne, secrétaire d'État aux Affaires étrangères, « de considérer un roi de France comme un roi du Japon[6] ! ».

Les « préludes de magnificence », ainsi appelait-on ces démonstrations, ne s'arrêtèrent pas là.

Vingt ans plus tard, le doge de Gênes à son tour vient s'humilier devant Louis, le 15 mai 1685 dans la galerie des Glaces. Un an avant, la flotte de Duquesne a jeté sur la ville quatorze mille bombes incendiaires qui en ont réduit les trois quarts en cendres, pour la punir de son alliance espagnole. Mais le compte n'y était pas, il fallait aussi des excuses.

Le doge est très bien reçu et couvert de cadeaux — beaux portraits et magnifiques tapisseries des Gobelins — après quoi il déclare, ayant pris congé du roi : « Il y a un an nous étions en enfer, aujourd'hui nous sortons du paradis[7]. »

À l'époque, ces façons de faire ne soulevaient guère d'indignation. Selon Petitfils, le comportement de Louis ne différait pas de celui des autres souverains. Le point d'honneur chez tous était primordial.

La guerre, enfin !

1667 est l'année de la première guerre de Louis XIV, la guerre dite de Dévolution, exception faite, deux ans avant, d'un conflit mineur avec l'Angleterre pour soutenir les Hollandais, alors nos alliés. Londres leur avait dérobé l'île de Gorée devant le Sénégal, Tobago et Saint-Eustache dans les Antilles et surtout la future New York, alors nommée Nieuw Amsterdam en Amérique du Nord.

Louise de La Vallière, enceinte pour la quatrième fois, est faite duchesse de Vaujours en mai, tandis que Louis envahit les Pays-Bas dans le même esprit qu'Alcibiade partant conquérir la Sicile, avec le même bonheur.

Vaujours, cadeau d'adieu, car Françoise de Montespan s'impose deux mois plus tard, en Flandre, devant toute l'armée. La nouvelle duchesse accouche le 2 octobre — un an jour pour jour après avoir mis au monde Mlle de Blois, première légitimée des enfants naturels de Louis — d'un garçon qui est titré comte de Vermandois et fait pour ses deux ans amiral de France, afin que Colbert ait les mains libres avec la marine.

Avant de jeter le gant à la superbe Mortemart, Louis avait remarqué un jour : « Elle voudrait bien que je l'aimasse. » Ils auront sept enfants ensemble, dont six survécurent et furent légitimés comme les précédents, à la même horreur des bien-pensants.

Louis XIV ne voulut vraiment que les deux premières guerres de son règne : la guerre de Dévolution et la guerre de Hollande. Ses « réunions » avaient provoqué la guerre de ligue d'Augsbourg, mais il s'en serait bien passé ; la dernière, pour la Succession d'Espagne, lui fut imposée.

Il voulut expressément l'une et l'autre, les prépara minutieusement, y commanda son armée en personne, à l'antique.

Dévolution ? Le Littré dit : « Terme de jurisprudence. Attribution des biens à une ligne successorale par suite de l'extinction ou de la renonciation de l'autre. » Et Littré précise : « Guerre de Dévolution, guerre avec l'Espagne à l'occasion des prétentions de Louis XIV sur les Pays-Bas, en vertu de son mariage avec Marie-Thérèse. »

La dévolution qu'invoquaient les juristes français à l'appui des prétentions du roi était un peu différente de la définition de Littré, il n'y avait ni extinction ni renonciation. En Brabant et un peu en Flandre, dans ces mêmes Pays-Bas que guignait le roi, les filles d'un premier mariage héritaient les biens de leur père avant les enfants d'une seconde union. La mise en avant d'un usage privé, évidemment inapplicable à une succession royale, était discutable.

Le mariage de Louis XIV avec Marie-Thérèse, fille de Philippe IV d'Espagne, devait garantir la paix entre les deux grandes puissances catholiques de l'Europe. L'Espagne s'était engagée à verser pour son infante une dot de 500 000 écus d'or, moyennant quoi cette dernière renoncerait à ses droits sur la couronne de son père à la mort de celui-ci. Or Philippe IV était mort en 1665 sans qu'un écu ait été payé. Il laissait de son second mariage un héritier de cinq ans, Charles II, chétif et contrefait, incapable de procréer, que la Faculté ne jugeait pas pouvoir vivre au-delà de quelques mois (il vivra trente-cinq ans de plus).

Le testament de Philippe IV stipulait qu'à la mort de l'avorton, tout l'héritage irait à la sœur cadette de Marie-Thérèse, Marguerite-Thérèse, fiancée à l'empereur d'Autriche Léopold 1er. Ainsi serait reconstitué l'Empire de Charles Quint qui avait menacé d'étouffer la France.

La France protesta poliment que ce testament ne correspondait pas à ce qui avait été convenu et que la dot de Marie-Thérèse n'ayant pas été payée, ses droits étaient intacts. Rien n'y fit. La régente d'Espagne, elle-même Viennoise, toute dévouée à l'Empire, était gouvernée par son confesseur, un jésuite allemand qui ne l'était pas moins et dont elle allait faire un Premier ministre. La protestation demeura sans réponse, alors Louis XIV prépara la guerre.

Depuis Richelieu, l'armée française était la première d'Europe, Le Tellier l'avait encore renforcée sous Mazarin et son fils Louvois, on l'a vu, devait en faire la plus grosse machine militaire depuis l'Empire romain. Pour l'heure, elle comptait 72 000 hommes. Fort de cet argument, le roi adresse à l'Europe, le 8 mai 1667, un *Traité des droits de la Reine Très Chrétienne sur divers états de la monarchie d'Espagne* qui met le feu aux poudres.

Louis XIV réclame pour sa femme le duché de Brabant, le marquisat d'Anvers, le comté de Namur, le duché de Limbourg, Malines, la Haute-Gueldre, le comté d'Artois, le duché de Cambrai et une partie du Luxembourg… Sans doute réclame-t-il beaucoup pour avoir au moins quelque chose, mais l'émoi est considérable dans les chancelleries.

Une réponse au *Traité des droits de la reine* est incontinent rédigée par un polémiste franc-comtois sous ce titre compliqué : *Le Bouclier d'État et de Justice contre le dessein manifestement découvert de la monarchie universelle sous le vain prétexte des prétentions de la reine de France.* Apparaît ici pour la première fois l'accusation d'aspiration à la monarchie universelle qui sera reprise de tous côtés contre le roi de France pendant près de cinquante ans. Cette accusation absurde donne la mesure de la méfiance qu'inspire la « Grande Nation » depuis les traités de Westphalie.

La régente d'Espagne rejette les prétentions françaises. Louis entre en campagne le 21 mai 1667 sans déclaration de guerre, les Français disant ne combattre que pour « nous mettre en possession de ce qui nous est usurpé ».

Une facile campagne de sièges subjugue les Pays-Bas en quelques semaines. Turenne prend Binche, Charleroi et Ath ; Aumont prend Bergues, Furnes et Armentières ; Courtrai, Tournai, Douai, Audenarde sont enlevées en quelques jours, enfin Lille tombe. Le roi y entre le 28 août. La cour suit les troupes.

Louis a déployé aux yeux de tous, dames et soldats, une témérité dangereuse, illustration de sa passion pour les héros de l'Arioste, s'attirant les hourras de la troupe et des remontrances de Turenne qui menaça de quitter l'armée, « s'il continuait de venir dans la tranchée sur un grand cheval blanc, avec plumet blanc, comme pour se faire remarquer [1] ».

L'un de ses pages, il est vrai, a été foudroyé devant Tournai à ses côtés, un autre à Lille à deux pas de lui. Alors il s'abstiendra d'imiter Henri IV, non sans déclarer à ses troupes :

« Puisque vous voulez que je me conserve pour vous, je veux aussi que vous vous conserviez pour moi [2]. »

Déjà Saint-Maurice, l'ambassadeur de Savoie, a remarqué : « Il a les commandements très doux[3]. »

La facilité de la conquête française augmente les inquiétudes du reste de l'Europe. Voisins des Pays-Bas, les Hollandais, encore alliés de la France, se laissent convaincre par les Anglais que leur tour pourrait venir s'ils restaient inertes. Le Grand Pensionnaire, Jean de Witt, entre donc dans une alliance avec Londres et Stockholm pour proposer une médiation. Louis XIV en est extrêmement irrité.

Lille s'est rendue le 28 août. Reste Bruxelles, la capitale, où fut couronné Charles Quint, et le triomphe aurait été complet. Mais Turenne renâcle : la mauvaise saison sera bientôt là et le ravitaillement de l'armée laisse déjà à désirer. (Grosse pierre dans le jardin de Louvois.) L'automne passe, l'hiver commence en habiletés diplomatiques.

En janvier 1668, Louis donne à Madrid le choix suivant : ou il garde les places prises ou il prend la Franche-Comté.

Madrid ne répond pas. Alors, en plein hiver, chose incongrue, puisque la guerre ne se faisait qu'à la belle saison, il s'empare en quinze jours de la Franche-Comté. Le printemps n'est pas commencé qu'il a concentré une énorme armée sur la Somme pour retourner aux Pays-Bas, dès les beaux jours revenus.

La paix est signée, le 2 mai 1668, à Aix-la-Chapelle. Louis rend la Franche-Comté et garde les places des Flandres, dont Lille est le joyau, à la grande frustration de l'armée qui aurait voulu avaler le reste. En 1659, déjà Mazarin n'avait pas voulu s'emparer de ces mêmes Pays-Bas, provoquant les mêmes regrets. Toute l'affaire a été bouclée en un an.

Cette année 1668 est encore marquée par le *Grand Divertissement royal* — ce nom est un programme — donné à Versailles le 18 juillet.

Philippe Beaussant, dans son *Louis XIV artiste*, date de ce jour-là l'annonce de sa volonté de s'établir à Versailles pour de bon, d'abandonner le Louvre et Saint-Germain pour cette butte cernée de marais.

Le coup vient de loin, car Louis XIV est un homme de longs desseins. Le château est encore celui de Louis XIII, bien que l'on travaille au parc depuis plusieurs années — le creusement du Grand Canal a commencé trois ans plus tôt.

C'est dans le parc que la fête sera donnée. Il ne pouvait pas en être autrement : le vieux château, minuscule à l'échelle royale, était incapable de l'accueillir, mais toutes les grandes fêtes du règne — rien ne dit mieux que Louis XIV fut un homme de plein air — y auront lieu, une fois même le grand Versailles habitable, car il n'y a pas de fête sans jeux d'eau ni feux d'artifice.

Le *Grand Divertissement* s'organise autour de trois thèmes choisis pour exalter la majesté du maître : le soleil, l'eau et l'espace. Le maître s'y affiche en auteur de son propre cadre ; pour le roi, par le roi. Versailles, c'est lui. (Il y dirigera toute sa vie des travaux perpétuels, car il voudra toujours autre chose, avec une application infatigable.)

On retrouve Lully et Molière avec *Georges Dandin,* les trompe-l'œil aussi somptueux qu'éphémères, mais Roger a disparu avec tous les héros de l'Arioste. Louis XIV à présent n'a cure de déguisements, il est le seul héros.

C'est la dernière fois que le petit château de Louis XIII apparaît intact ; Louis a déjà commandé à Le Vau de l'englober dans une extension — deux appartements reliés par une terrasse — l'un pour le roi, l'autre pour la reine.

Sus aux Bataves !

La paix d'Aix-la-Chapelle n'est pas la seule de l'année 1668, en septembre la « paix de l'Église » donne aux jansénistes un répit de dix ans. Dans le même domaine du religieux, la conversion au mois d'octobre de Turenne au catholicisme est célébrée sans retenue. Le roi voudrait que cet événement annonçât l'extinction de la Réforme dans son royaume, car comment rester huguenot lorsque le meilleur d'entre eux rallie la vraie foi ?

Paix de l'Église ? Il s'agit d'un compromis entre l'Église officielle et les jansénistes. Vu l'inflexible opinion du roi sur ces derniers, ce compromis ne sera qu'une trêve, Port-Royal finira par être rasé. Dans ses *Mémoires*, en 1661, Louis avait écrit :

« Je m'appliquai à détruire le jansénisme et à dissiper les communautés où se fomentait cet esprit de nouveauté, bien intentionnées peut-être, mais qui ignoraient ou voulaient ignorer les dangereuses suites qu'il pourrait avoir[1]. »

Le compromis dit « Paix de l'Église » a dépendu de Clément IX, pontife pacifique, qui se garda de jeter de l'huile sur le feu de la vieille querelle.

S'étant félicité dans un bref du 28 septembre 1668 que les évêques français les plus jansénistes aient enfin signé le formulaire qui condamnait les cinq propositions litigieuses de Jansénius, il décide de ne pas le publier, pour ménager l'amour-propre des signataires.

Cette simple abstention dégèle la situation. Le 13 octobre 1668, le nonce reçoit à Paris l'élite de la « secte », dont le Grand Arnauld, bête noire de Rome, et lui dit : « Monsieur, vous avez une plume d'or pour la défense de l'Église[2]. » Le 24, Louis en personne accueille aimablement le même Grand Arnauld. Le 31, Sacy quitte la Bastille où il était enfermé depuis 1666. Louis le reçoit à son tour au Louvre, quelques jours plus tard.

Le 15 février 1669, les religieuses de Port-Royal-des-Champs, admonestées par Sacy, signent enfin le formulaire anti-Jansénius. Port-Royal est rétabli le 3 mars. La même année, les solitaires y retournent et Louis fait frapper une médaille avec la légende : *La concorde rétablie dans l'Église de France.*

La médaille est accompagnée de ce commentaire académique :

« Il s'était élevé parmi les théologiens de France des disputes si vives sur ces matières de la grâce, que l'animosité des esprits causait déjà un grand scandale, et qu'il était à craindre que les choses n'allassent encore plus loin. Le roi agit de concert avec le pape pour étouffer ces semences de division. Le Saint Père adressa plusieurs brefs aux prélats du royaume, et Sa Majesté fit publier des arrêts qui rendirent à l'Église gallicane sa première tranquillité[3]. »

Tartuffe[*] est autorisé en février au grand dam des dévots. Colbert est nommé le même mois secrétaire d'État. Et Louis, à qui le précieux code forestier et les grandes ordonnances du mois d'août de son ministre ont paru certes nécessaires, mais aussi prosaïques, s'impatiente. L'Église est tranquille, le royaume aussi, il en est satisfait, mais ce n'est pas tout que d'être tranquille. Le temps passe, il a trente ans. Et la gloire ?

Pour certains historiens, il aurait senti sa jeunesse le fuir et sa gloire s'étioler dans ces travaux pacifiques. Être roi, c'est faire la guerre.

Depuis l'année dernière, il rumine une leçon qu'il voudrait bien donner à ces Hollandais qui se sont alliés à l'Angleterre et à la Suède pour appuyer les Espagnols en mauvaise posture.

De quoi se mêlaient-ils ? N'étaient-ils pas de nos alliés ? En 1666, n'avait-il pas déclaré la guerre à l'Angleterre pour les secourir ?

Puis leur richesse est insultante. La Hollande est un pays tout petit dont la population n'atteint pas le dixième de celle de la France ; elle est pourtant la première puissance financière et commerciale du monde. Les Hollandais arment des milliers de vaisseaux marchands et commercent dans le monde entier — Amsterdam est le plus vaste entrepôt du monde et sa première place financière — le Wall Street du XVIIe siècle. Ils inondent l'Europe de leurs marchandises.

* Anne d'Autriche n'est plus là pour s'y opposer.

« Cette domination économique désolait déjà Richelieu[4] », rappelle Inès Murat ; elle est le cauchemar de Colbert.

Marchandises qu'ils n'ont pas produites, qu'ils ont achetées dans le monde entier et qu'ils revendent dans le monde entier. Ils sont les courtiers du monde et ses armateurs. Acheteurs, ils sont si puissants qu'ils contrôlent les marchés ; vendeurs, ils sont inévitables et de même font les prix. Leur flotte est immense. Ils arment neuf mille vaisseaux par an.

Colbert dans son cauchemar leur en donne seize mille... Le ministre attribue aux Bataves la plupart des difficultés qu'il rencontre à développer le commerce français. En 1667, il a établi un tarif douanier dissuasif à l'entrée de leurs produits dans le royaume et ils ont osé répliquer, taxant le vin et les eaux-de-vie. Alors Colbert a taxé les harengs et les épices. Comme Louis enfin, il juge inadmissible leur accord de 1668 avec Londres et Stockholm pour une médiation en faveur de Madrid. Il va si loin qu'il caresse le rêve d'annexer la Hollande.

Les Hollandais ne sont pas seulement les courtiers du monde, ils sont calvinistes aussi, calvinistes intraitables. Les catholiques sont brimés chez eux (comme les calvinistes en France). Puis ils affichent une austérité insultante. Ils sont tous vêtus de noir. Le Grand Pensionnaire se déplace à pied et sa femme fait la cuisine. Pareilles leçons d'économie et de simplicité sont d'autant plus insupportables que la France se débat dans la famine monétaire. Enfin, ils sont républicains.

Le roi rumine toutes ces perfidies. Une leçon, décide-t-il, ils méritent une leçon... Comment faire sans se mettre trop de monde à dos ? Car si Louis XIV est superbe, il est aussi prudent.

L'Angleterre vient à son secours en mars 1669. Charles II lui propose soudain de se convertir au catholicisme, moyennant de solides subsides, car son Parlement toujours plus ladre lui refuse de quoi vivre. Contre cette conversion et ce financement, Charles offre une alliance aveugle — il se battra avec la France contre n'importe qui (hormis l'Espagne car il est l'un des garants du traité d'Aix-la-Chapelle).

Louis XIV flaire une aubaine dans cette proposition : l'alliance anglaise va sanctifier la guerre de Hollande.

1670 commence. Colbert est au zénith. Saint-Maurice n'hésite pas à écrire : « Il n'y a pas de ministre qui soit mieux que M. Colbert », ajoutant naïvement que « s'il voulait, dès cette heure, il serait le premier et gouvernerait avec autant d'autorité que l'a jamais fait le cardinal Mazarin[5]... »

À Versailles sort de terre le Trianon de porcelaine, ainsi nommé pour les carreaux de couleur dont il est revêtu. On s'ébahit devant cette merveille qui cessera très vite de plaire et sera rasée. Le 31 mars naît le duc du Maine, de Mme de Montespan, qui sera le préféré des bâtards du roi.

1671. L'humeur en France est belliqueuse après la Dévolution qui l'a laissée sur sa faim. On est grand, on est fort, pourquoi se gêner ? Colbert s'inquiète et Louvois prend la main. La charge de chancelier des ordres du roi*, par exemple, est vacante. Les deux rivaux la briguent. Louvois l'emporte, malgré Mme de Montespan qui, alliée de Colbert, s'est jetée en sa faveur aux genoux du roi. Colbert s'en montre fâché au conseil d'En-haut. Louis XIV, le 24 avril, lui fait porter cette lettre :

> Je fus assez maître de moi avant-hier pour vous cacher la peine que j'avais d'entendre un homme que j'ai comblé de bienfaits comme vous me parler de la manière que vous faisiez. J'ai beaucoup d'amitié pour vous, il y paraît par ce que j'ai fait ; j'en ai encore présentement et je crois vous en donner une assez grande marque en vous disant que je me suis contraint un seul moment pour vous, et que je n'ai pas voulu vous dire moi-même ce que je vous écris, pour ne pas vous commettre à me déplaire davantage. C'est la mémoire des services que vous m'avez rendus et mon amitié qui me donnent ce sentiment ; profitez-en et ne hasardez plus de me fâcher encore, car après que j'aurai entendu vos raisons et celles de vos confrères, et que j'aurai prononcé sur toutes vos prétentions, je ne veux plus en entendre parler. Voyez si la marine ne vous convient pas, si vous ne l'avez pas à votre mode, si vous aimeriez mieux autre chose ; parlez librement. Mais après la décision que je donnerai, je ne veux pas une seule réplique[6]...

Pendant ce temps on prépare la guerre de Hollande. Gardien des finances, Colbert la redoute peut-être autant qu'il la souhaite. Une guerre encore les détruirait bien plus vite qu'il n'a pu les rétablir depuis son entrée en fonction. L'année précédente, il a rédigé un *Mémoire sur le manque de*

* Administrateur des biens de ces ordres.

fonds des mois de juillet et d'août 1670, mise en garde implicite contre toute aventure militaire.

Hugues de Lionne, le diplomate, est aussi réservé. Il y a mieux à faire qu'à se jeter sur la Hollande, mais il se tient coi.

Turenne assure à l'inverse que la guerre durera six mois ; son coût par conséquent sera supportable. Et Turenne est entendu par qui ne demande qu'à le croire.

La diplomatie française fait des merveilles avant l'offensive. Notre ambassadeur à La Haye endort les Hollandais par une négociation de façade. Le traité secret de Douvres engage l'Angleterre à soutenir la France, moyennant trois millions de livres, et les Suédois, ne voyant rien de l'or d'Espagne que les Hollandais leur avaient promis, reviennent à l'alliance française. On s'occupe aussi du duc de Lorraine, qui aurait pu soutenir les Bataves par pure perfidie, en occupant ses états par surprise. Mais la surprise fait long feu, le duc a le temps de s'enfuir et l'opération fait mauvais effet en Allemagne : le roi de France, décidément, se croit tout permis. On signe des traités d'alliance avec l'Électeur de Brandebourg et celui de Bavière et l'on resserre les liens avec celui de Cologne et avec l'évêque de Münster. Ainsi l'Allemagne ne doit pas soulever de difficultés. La Hollande est isolée, elle en prend enfin conscience.

À Versailles, a commencé la construction de l'escalier des Ambassadeurs.

1672 arrive. La Hollande lève quelques troupes.

Le 6 avril, Louis XIV déclare la guerre. Tout va d'abord le mieux du monde. Le 12 juin, le passage à gué d'un bras du Rhin est célébré comme un fait d'armes inégalé par la propagande royale et orne encore la voûte de la galerie des Glaces. Louis est là, il brûle de se jeter à l'eau avec ses gardes du corps, mais Condé le supplie d'être prudent. Cette prudence lui sera reprochée par une noblesse ivre de gloire. En revanche, il ignore l'autre conseil du Grand Condé, meilleur encore que le premier : foncer sur Amsterdam. Amsterdam prise, tout était pris. Mais Louis est lent et le sera toujours.

Il veut parader. Plutôt que d'en finir d'un coup, il se donne en spectacle, assiégeant solennellement des villes résignées dont les échevins ne demandent qu'à donner les clés, imaginant par ce théâtre augmenter sa gloire, sans voir, étrangement, qu'il tourne à l'histrion.

Le 20 juin, au désespoir, les Hollandais ouvrent leurs écluses. Le pays est submergé, l'avance grandiose arrêtée net. Les Français ignorent tout du fonctionnement de ces équipements. Quand ils veulent s'en mêler, ils aggravent leur situation. Le maréchal de Luxembourg se coupe ainsi de ses propres arrières en rompant les digues du Lek aux environs d'Utrecht.

Les Hollandais proposent de négocier. Ils offrent Maastricht, les places conquises sur le Rhin, une indemnité de six millions de florins. On rejette — le brutal Louvois n'y aurait pas été pour rien — ces propositions. Ils surenchérissent, ajoutant le Brabant, la Flandre hollandaise et quatre millions de florins à leur première offre. Les buts de guerre de Louis XIV sont dépassés, mais Louvois lui représente qu'ils étaient trop timides et il croit Louvois. Il rejette cette seconde offre et avance pour consentir à se retirer des prétentions exorbitantes qui enflamment la résistance. Les Français ne revoient jamais les négociateurs qu'ils ont cru voir reparaître incontinent pour mendier la paix et le roi rentre en France, laissant derrière lui Luxembourg pour régler la situation.

Amsterdam est désormais une île intouchable. Les Hollandais continuent de crever leurs digues. Les troupes françaises, vivant sur le pays, multiplient les exactions. Informé, Louis s'en émeut. Louvois doit écrire à Luxembourg :

> Le roi a été bien surpris de voir que le pays est encore au pillage et exposé à toutes les violences des soldats [...] Sa Majesté m'a commandé de vous faire savoir qu'Elle désire que vous y remédiez par quelque voie que ce soit, en sorte que les paysans de la campagne soient dans un aussi grand repos en payant leurs taxes qu'ils l'étaient du temps des Hollandais[7].

La bourgeoisie commerçante des Provinces-Unies, représentée par le Grand Pensionnaire Jean de Witt, qui jusque-là détient le pouvoir, se satisferait d'une paix honorable. Le peuple, lui, chauffé à blanc par ses prêcheurs calvinistes, veut la guerre à outrance. Il met tous ses espoirs en Guillaume III d'Orange-Nassau, protestant intraitable. En juillet, ce prince morose autant qu'obstiné est nommé *stathouder*, autrement dit généralissime. Jusqu'à sa mort, trente ans plus tard, il sera l'ennemi le plus implacable de Louis XIV.

Le 20 août 1672 à La Haye, bien qu'il eût démissionné quinze jours plus tôt, Jean de Witt, l'homme des milieux d'affaires, haï pour sa modération, est assassiné avec son frère Cornelis par des émeutiers partisans du *stathouder*. Les deux hommes, d'abord poignardés, sont traînés dans la rue, pendus, éventrés et dépecés ! Cependant, l'Europe bouge. La régente d'Espagne et l'Électeur de Brandebourg, Frédéric-Guillaume de Hohenzollern, apportent leur aide aux Hollandais.

L'euphorie dissipée, Louis se fait plus raisonnable. Il accepte une médiation des Suédois de laquelle il ressortit qu'on traiterait à Cologne, les beaux jours revenus. Mais les beaux jours sont loin et l'hiver est désastreux pour l'image du roi et celle de la France.

Luxembourg contient sans trop de mal Guillaume d'Orange et ses troupes hispano-hollandaises mais, désireux d'inspirer un « salutaire effroi », il autorise deux massacres, à Swammerdam et Bodegrave — où Guillaume possède un petit château. Il a l'effroi et la haine avec : le nom français fera longtemps horreur aux Bataves. La France est mise au pilori en Allemagne et ailleurs. Naguère perçue en protectrice des petites nations, elle en est soudain la terreur et son roi l'ogre à abattre.

Les beaux jours reviennent. Louis repart en campagne. Le congrès de Cologne s'ouvre en juin 1673. En juillet, Louis en personne met le siège devant Maastricht, formidable forteresse implantée sur la Meuse avec une puissante garnison. Il a demandé un peintre à Colbert, « car je crois qu'il y aura quelque chose de beau à voir[8] », lui a-t-il précisé. Maastricht est prise en douze jours à la stupeur de l'Europe, la place passant pour imprenable.

Mais le congrès de Cologne n'avance pas. Le rabaissement des prétentions de Louis XIV n'est pas jugé suffisant par ses adversaires. L'empereur, la régente d'Espagne, le duc de Lorraine et le prince d'Orange concluent contre lui une « grande alliance de La Haye ». L'été passe. L'Europe se braque contre le roi de France. En octobre, l'Espagne lui déclare la guerre. Guillaume d'Orange machine tout.

Louis alors réduit son dispositif pour concentrer ses troupes en Flandre et sur le cours moyen du Rhin.

L'année finit là-dessus. Tandis qu'à Versailles le grand appartement du roi est enfin habitable.

Contretemps et apogée

Début 1674, le roi d'Angleterre informe son mécène français qu'il va rechercher une paix séparée avec les Hollandais. Elle est signée le 19 février. Les alliés allemands de la France font défection les uns après les autres pour rallier l'empereur. Le 28 mai, la diète de Ratisbonne déclare la guerre à la France. Tandis que Louis, pour la seconde fois, s'empare de la Franche-Comté. En juin, Turenne, qui tenait la rive droite du Rhin, doit repasser le fleuve.

Le 11 août, à Seneffe, près de Charleroi, le Grand Condé, torturé par la goutte, arrête Guillaume d'Orange qui marchait sur la France, au prix d'une boucherie terrible où trois chevaux sont tués sous lui. Le 30 novembre, Turenne entame l'extraordinaire campagne d'Alsace qui enthousiasmera Napoléon, remportant sur les impériaux une série de victoires foudroyantes — Altkirch, Mulhouse, Turckheim… Leurs débris ne sont que trop heureux de regagner l'Allemagne.

Le retour à la cour d'Henri de La Tour d'Auvergne, vicomte de Turenne, maréchal général, est sans précédent. On l'acclame tout le long de la route. Le roi l'embrasse devant tout le monde. Mais un boulet, l'été suivant, le tue à Salzbach le 27 juillet 1674. La France entière prend le deuil. Louis le fait enterrer à Saint-Denis comme Du Guesclin sous Charles V, après avoir déclaré, formule étonnante dans sa bouche : « Nous avons perdu le père de la patrie[1]. »

Condé, bien qu'à bout de forces, remplace Turenne en Alsace. Il fait repasser encore le Rhin aux impériaux revenus et retourne pour de bon s'enfermer à Chantilly. Les deux plus grands capitaines du siècle quittent la scène ensemble. Voilà pour la gloire et la nostalgie.

Mais il faut traiter enfin car rien ne va à l'intérieur. La guerre ruine le pays. Le déficit est passé de 8 millions en 1672, à 24 en 1676. Tous les impôts sont augmentés et beaucoup d'autres inventés. Loin de supprimer des offices, comme il l'a toujours voulu, Colbert, la rage au cœur, en imagine toute une panoplie. Les expédients foisonnent.

En 1673, on vend pour 8 millions d'exemptions de taille. On emprunte ; à 5,50 en 1672, 6,25 en 1674, 7,15 en 1676. On demande aux Gênois des avances sur recettes au taux extravagant de 10 %. En 1674, on crée une Caisse des Emprunts, qu'il faut fermer, deux ans après, devant la menace de banqueroute, le Trésor l'ayant ponctionnée pour boucler ses fins de mois, jusqu'à lui devoir 34 millions. On manipule aussi les monnaies, si bien qu'un scandale éclate où est pris un neveu de Colbert, Nicolas Desmarets, accusé d'avoir touché des pots-de-vin ; il s'en relèvera pour succéder un jour à son oncle.

Toutes ces affaires et ces mesures engendrent révoltes et complots. Bordeaux se soulève en 1675 contre les nouveaux impôts, avec la vallée de la Dordogne. La même année, la Bretagne se révolte pour les mêmes raisons. C'est la révolte des Bonnets Rouges, menée par un nommé Le Balp, notaire à Kergloff, qui rassemble 15 000 furieux. Le roi veut se rendre sur place, la mort de Turenne l'en empêche. Il dépêche 6 000 hommes, commandés par le capitaine-lieutenant de ses mousquetaires, un M. de Forbin. Le Balp est bientôt tué d'un coup d'épée par le marquis de Montgaillard dont il occupait le château et les Bonnets Rouges se dispersent. La répression garnit de pendus les chemins bretons et l'on impose au pays le logement de dix mille soldats (certains disent douze mille) en quartiers d'hiver, qui vivent, écrit Mme de Sévigné, « comme s'ils étaient encore au-delà du Rhin[2] », ajoutant : « Nous sommes tous ruinés. » L'amnistie est décrétée le 5 février 1676.

Maintenant, les complots. En 1674, le huguenot Jean-François de Paule, seigneur de Sardan, signe à La Haye avec Guillaume d'Orange un traité lui assurant 10 000 soldats, 60 navires et 300 000 livres à condition qu'il réunisse lui-même 12 000 hommes en Guyenne, Languedoc, Provence et Dauphiné dont il se dit député. Trois mois plus tard, l'Espagne lui promet 2 000 cavaliers et un million de livres, pour soulever les Cévennes ou le Vivarais. Les historiens ne savent pas encore avec précision si Sardan n'était pas mythomane — mythomane persuasif.

La même année 1674, le cadet de Gascogne Du Causé de Nazelle informe Louvois d'un autre complot, dirigé par le chevalier de Rohan. C'était, paraît-il, le plus bel homme de France, le plus séduisant et l'un des plus corrompus. Il avait été très proche du roi et son compagnon de jeu, mais ses débauches étaient telles que Louis avait dû se résoudre à ne plus le voir et à lui retirer sa charge de Grand Veneur.

Rohan a pour second Gilles du Hamel de Latréaumont, ancien maître de camp de cavalerie et aventurier normand, ennemi juré de l'absolutisme, conspirateur compulsif. En 1658 déjà, il avait joué un rôle moteur dans la révolte solognote dite des Sabotiers.

Une fois encore, les impôts de guerre sont en cause. Pour financer la campagne de cette année-là, Colbert a exhumé un impôt forestier dit « Tiers et Danger », en réclamant les arrérages des trente dernières années... et ruinant par là d'un seul coup les propriétaires de bois. Latréaumont dans sa province n'a pas de mal à réunir un gros parti de mécontents et se tourne — comme toujours depuis un siècle les comploteurs français — vers l'Espagne. Un agent secret du gouverneur des Pays-Bas espagnols, Franciscus Van den Enden, assure la liaison. C'est un Flamand d'Anvers, âgé de soixante-treize ans, philosophe et alchimiste, qui a été professeur de Spinoza et s'est installé à Picpus où il a fondé une école baptisée *Hôtel des Muses*.

Latréaumont demande 6 000 soldats, des armes pour 20 000 hommes, du matériel de siège et deux millions de livres. Il livrera aux Espagnols — débarqués à Quillebœuf — Le Havre, Abbeville ou Dieppe, selon la conjoncture ; la noblesse de Normandie réclamera les états généraux, tandis que de faux gardes du corps enlèveront le Dauphin lors d'une chasse au loup... Eugène Sue fera un roman de cette tentative si romanesque, *Latréaumont**, publié en 1837.

Rohan est arrêté le 11 septembre 1674, à Versailles, à la sortie de la messe ; Latréaumont en fuite est blessé à mort dans une auberge de Rouen ; Van den Enden est pris au Bourget de retour de Bruxelles. Le procès commence le 6 novembre à l'Arsenal, le verdict tombe le 26. Rohan est décapité le lendemain avec sa maîtresse, Renée-Maurice d'O de Villers et le chevalier de Préault, tandis que Van den Enden est pendu.

Ces troubles n'empêchent pas d'entreprendre à Paris la construction des Invalides, à l'instigation de Louvois, non plus que la représentation à Versailles d'une fête sans précédent, au moins par la durée, *Le Divertissement de Versailles*, qui devait durer près de deux mois, du 4 juillet au 31 août.

* Dans sa préface, il présente Latréaumont en ces termes : « Un géant, spadassin railleur, sorte de bouffon cruel, monstruosité morale et physique ; — un des plus séduisants et des plus grands seigneurs de la cour de Louis XIV. »

Un événement considérable marque l'année 1676, non pour le règne ni l'Histoire, mais pour l'idée que le roi pouvait se faire de lui-même, et de son aptitude à faire face aux conséquences de ses décisions qui engageaient vingt millions d'êtres humains dont, Roi Très Chrétien, il ne pouvait pas ne pas se sentir comptable devant le Seigneur. L'événement (non-événement) qui provoque cette prise de conscience relève de l'acte manqué.

Les pourparlers courant toujours à Cologne et ailleurs, la guerre qui devait durer six mois et durait depuis quatre ans courait aussi, sur terre et sur mer. La campagne débute en Flandre par la prise de Condé-sur-Escaut et le blocus de Bouchain le 10 mai. Là-dessus, Guillaume est signalé près de Valenciennes avec 50 000 hommes. Louis se porte à sa rencontre jusqu'à un lieu dit, la cens Urtebise — « cens » étant alors synonyme de ferme.

La position est magnifique. Louis XIV est le plus fort, il domine, par le nombre et par l'altitude. Tout est en place : une artillerie, une cavalerie, une infanterie confirmées. La victoire lui tend les bras. Sa maison est avec lui — gardes du corps, chevau-légers, gendarmes, mousquetaires —, aussi redoutable que chamarrée. La meilleure cavalerie du monde. L'ennemi ne se doute de rien.

Là-bas en bas s'avancent inconscients 50 000 condamnés à mort avec le pire ennemi de la France. Louis hésite. Il réunit un conseil d'urgence. « Messieurs, votre avis... »

Il y a là Créqui, Schomberg, La Feuillade et Lorges — hélas Turenne est mort et Condé à Chantilly. Les trois premiers — courtisans d'abord et des moins inspirés maréchaux du règne pensent qu'il vaut mieux ne pas engager le combat. Pourquoi exposer inutilement la vie du roi... L'Arioste est loin, de même le cheval blanc d'Henri IV, que Louis menait à la tranchée à Tournai et Lille, il n'y a pas si longtemps encore. Lorges seul, neveu de Turenne, préconise le combat. La prudence majoritaire prévaut majoritairement.

« Louis regretta toujours cette occasion manquée[3] », écrit Jean-Christian Petifils, et encore : « Le monarque demeura mortifié qu'on ait pu douter de sa bravoure. Longtemps après, il confiera à ses proches qu'il en rêvait encore la nuit. Le cauchemar d'Urtebise[4] ! » Ces remords, au moins, ne sont pas vulgaires.

L'année suivante — l'année militaire 1677 — commence en mars à Valenciennes. Louis se fait de plus en plus présent aux côtés de ses soldats. « Jamais prince n'a supporté plus gaiement les fatigues de la guerre[5] », raconte Quarré d'Aligny. Le premier à cheval toujours et le dernier démonté. Les mousquetaires emportent la place le 17 et vient le tour de Cambrai.

Le 11 avril, dans le val de Cassel, Monsieur, avec Luxembourg, met Guillaume en déroute, s'emparant de sa tente, de ses bagages — dont sa vaisselle d'or — et de cinquante-quatre drapeaux qui seront pendus à Notre-Dame. Luxembourg est déjà un seigneur de la guerre, mais Philippe d'Orléans ce jour-là, sous ses parfums et ses rubans, s'est révélé vrai capitaine. La France entière explose de joie. On crie partout : « Vive le roi et Monsieur qui a gagné la bataille ! » Monsieur ne commandera plus jamais d'armée.

Il faut pourtant traiter et vite. Et remplacer les alliés défectueux. Les Turcs se sont proposés en janvier 1676, mais on ne croit pas pouvoir donner suite, puisqu'ils sont musulmans. (François Ier n'avait pas eu ces scrupules.) La Pologne de Jean Sobieski se récuse, faillit même à son engagement d'attaquer l'Électeur de Brandebourg et signe avec l'empereur un traité de neutralité. Les Hongrois et les Transylvains, très ardents contre le même empereur, sont trop faibles pour peser. Fatigués de leur guerre espagnole, les Portugais se déclarent neutres. Et la régente de Savoie ne veut rien savoir.

Les belligérants décident enfin de se rencontrer à Nimègue ; les pourparlers s'ouvrent au mois de mai. Tandis qu'en Angleterre la position de Charles II se dégrade toujours. En novembre, à Londres, Guillaume d'Orange épouse Mary, fille aînée du duc d'York, frère cadet de Charles, qui est restée anglicane après la conversion de son père au catholicisme. Ce mariage compense largement la raclée de Cassel et la croissante aspiration des Hollandais à la paix. Guillaume y voit le moyen d'entraîner l'Angleterre contre la France. À peine rentré de Londres, il déclare vouloir s'opposer seul, et de toutes ses forces, à la paix.

Le printemps de 1678 ravive la guerre. Les Français prennent Gand le 12 mars, Ypres le 25. Anvers ne peut que tomber, ouvrant alors la route des Provinces-Unies. Les conséquences en sont tirées : le traité de paix entre la France et lesdites provinces est signé le 10 août. Le 14 août, quatre jours plus tard, Guillaume attaque Luxembourg près de Mons, sans succès. Il protestera « devant Dieu » avoir ignoré la signature du traité, qui lui rendait Orange, ses domaines du Charolais et de Franche-Comté…

L'Espagne paie presque seule la paix générale, le 17 septembre 1678, la France s'augmente de la Franche-Comté, du Cambrésis, d'une partie du Hainaut, d'une partie de la Flandre maritime et du reste de l'Artois qui lui manquait encore, rendant — échange inégal — plusieurs places conquises en Flandre et Wallonie.

L'empereur Léopold s'obstine jusqu'au 5 février 1679. L'échec devant Fribourg de son allié le duc de Lorraine, Charles V, le décide à signer. Il cède Fribourg sur la rive droite du Rhin avec un couloir la reliant à Brisach sur la rive gauche. Louis XIV garde la Lorraine, par mesure conservatoire — Charles V ayant refusé de céder Nancy et Longwy —, plus un droit de passage pour ses troupes vers l'Alsace.

Louis était parti en 1672 pour une promenade de six mois contre un adversaire insignifiant, il en finit sept ans plus tard, après s'être mis l'Europe sur les bras, mais il est vrai vainqueur incontestable.

Car les traités de Nimègue marquent l'apogée de la puissance française. « Louis XIV domine tout[6] », écrit Petifils, sans contredit.

Louis XIV voit le monde à ses pieds et son orgueil ne connaît plus de limites. Nimègue lui inspire cette vantardise à propos de cette paix qu'il a si anxieusement recherchée :

« Ma volonté seule a conclu cette paix tant désirée de ceux de qui elle ne dépendait pas[7]. »

Le peuple français ne fait rien pour refroidir cet échauffement. Les édiles parisiens lui décernent le titre de Louis le Grand et un seigneur espagnol écrit au même moment : « J'ai sillonné de nombreuses provinces françaises et malgré les énormes charges et le contrôle permanent que le roi fait peser sur ses sujets, je n'ai trouvé personne, noble ou roturier, qui ne l'applaudisse, ne le porte aux nues et ne se montre enclin à consacrer toutes ses forces et tous ses biens à le servir[8]. »

Pourtant, la crise financière alimentée par la poursuite de la guerre n'a fait que s'aggraver. Le seigneur espagnol n'a sans doute pas rencontré de banquiers ni d'officiers de finances, il eût entendu un autre son de cloche.

Colbert, sitôt la paix conclue, lance une politique d'assainissement, autrement dit de redressements fiscaux. Il faut faire « rendre gorge » aux traitants qu'on soupçonne d'avoir volé l'État. Le soupçon, en l'occurrence, vaut savoir.

Le remède est sans doute pire que le mal. Les faillites se multiplient chez les partisans qui ont pris les impôts à ferme et chez les receveurs et commissaires des guerres.

Colbert déteste les rentiers autant que les moines, oisifs les uns et les autres, aussi trouve-t-il expédient de diminuer le taux de la rente pour alléger la dette, si bien qu'en 1682, Louvois l'accusera d'avoir ruiné le crédit. Colbert meurt l'année suivante et son successeur, Le Peletier, liquide la Caisse des Emprunts par de nouvelles émissions de rentes à 12,5 %. L'armée a consommé toutes les ressources du pays. La gloire éclatante du règne masque mal une menace croissante de « banqueroute universelle ».

Le roi ne semble pas avoir pris toute la mesure du mal. Il sait que l'argent manque, que la guerre ne peut pas nourrir la guerre. Mais il assiste, sans apparemment trop s'émouvoir, à l'échec général du « colbertisme », cette doctrine mercantiliste qui visait à faire de lui « le monarque le plus pécunieux de l'univers ».

Les Hollandais ont obtenu à Nimègue l'abandon du tarif douanier dissuasif de 1667 et le retour à celui de 1664. La guerre n'aura pas pour eux de conséquences dramatiques. Ils retrouvent vite leur prospérité.

En France au contraire, la crise financière ruine les efforts du contrôleur général. Les manufactures royales fondées à grands frais — Saint-Gobain, Beauvais... — végètent faute de subventions et de commandes, les compagnies de commerce ne peuvent pas soutenir la concurrence. La Compagnie des Indes occidentales a prononcé sa dissolution dès 1674. La même année, l'intendant de la Nouvelle-France, autrement dit le Canada, est informé que sa province doit se suffire à elle-même, faute de vaisseaux disponibles pour des liaisons régulières. La Compagnie des Indes orientales, qui n'est jamais parvenue à prendre son essor, perd l'essentiel de ses établissements de l'océan Indien, ne conservant que l'île Bourbon (aujourd'hui La Réunion). La Compagnie du Sénégal est emportée dans la faillite de sa banque. La Compagnie du Nord, incapable de tenir tête aux Hollandais en mer du Nord et en Baltique, disparaît dans la banqueroute de ses dirigeants. Les malversations d'un commis de Colbert ont raison de la Compagnie du Levant.

La guerre a privé Colbert des moyens de sa politique.

1678. Mansart entame à Versailles la construction de l'aile du midi. C'est alors qu'éclate l'affaire des Poisons, dont la noirceur assombrira le rayonnement royal.

L'affaire commence le 12 mars par l'arrestation de Catherine Deshayes, femme Monvoisin, dite la Voisin, soupçonnée de sorcellerie. Le 17, l'un de ses amis, Adam Coeuret, dit l'abbé Le Sage, faux prêtre, faux sage, fripouille patentée, est lui aussi incarcéré.

Le 7 avril, Louis XIV établit une cour d'exception pour juger « une affaire de poisons » sous le nom de Chambre ardente. Elle a pour rapporteur Claude Bazin de Bezons, conseiller d'État, et Gabriel Nicolas de La Reynie, lieutenant général de police. La Chambre ardente se réunit à l'Arsenal et ses audiences sont secrètes.

Le bruit pourtant se répand très vite d'avortements, de magie, de maléfices, de messes noires et autres sacrilèges, mais l'affaire est très rapidement baptisée « des poisons ». Le poison est à la mode depuis de trop nombreuses années.

En 1666 déjà, la marquise de Brinvilliers a empoisonné son père, puis quatre ans plus tard, en juin, son frère Antoine Dreux d'Aubray, lieutenant civil du Châtelet, puis en septembre un autre frère, conseiller au Parlement. Condamnée à mort par contumace en 1673, elle est arrêtée en mars 1676 aux Pays-Bas, en pleine guerre de Hollande, à l'instigation de Louvois. Son procès devant le Parlement a lieu du 28 avril au 16 juillet. Elle est exécutée le lendemain, non sans avoir déclaré qu'elle voulait être brûlée toute vive pour rendre son sacrifice plus méritoire. Si bien que sa mort fait pleurer Paris.

Sur son bûcher, quatre ans plus tard, le 22 février 1680, la Voisin prononcera les mots de Jeanne d'Arc sur le sien — Jésus ! Marie ! — faisant écrire à Mme de Sévigné : « C'est peut-être une sainte[1]. »

Avant ça, elle aura soutenu avoir enterré deux mille cinq cents enfants dans son jardin et c'était le moindre forfait d'un extravagant déluge de confessions délirantes, minutieusement enregistrées par La Reynie — à la perplexité des historiens modernes, avertis que les sorciers sont très souvent fabulateurs pour se rendre intéressants et délateurs aussi par souci de compagnie. La Reynie, jugent-ils, qui avait de l'expérience, aurait pu le savoir mieux qu'eux et ne pas écrire n'importe quoi.

210 audiences, 442 accusés, 367 arrestations dont 218 sont maintenues, 34 condamnations à mort, 5 aux galères, 23 bannissements, tel est le bilan de la Chambre ardente.

Les accusés relèvent de toutes les conditions — du bas peuple aux grands seigneurs en passant par la robe. Les magistrats inculpés, puisqu'il y en eut, sont traités plus doucement que les autres par leurs confrères. Certains Grands seront tourmentés plus vivement que tous les autres — banal épisode du conflit classique entre la robe et l'épée.

Et certains observateurs discernent, sinon de la partialité, du moins une coïncidence dans les inculpations qui leur paraissent surtout tomber sur les amis de Colbert. C'est assez pour voir là-dedans la patte de Louvois. L'hypothèse se renforce avec les ennuis du maréchal de Luxembourg.

François Henri de Montmorency-Bouteville, duc de Luxembourg, était déjà l'un des premiers généraux de son temps, le vainqueur de Seneffe, de Cassel et de Mons, et la suite surpassera de loin ces premiers succès. On l'a vu, il est déjà le Tapissier de Notre-Dame pour la quantité de drapeaux qu'il a pris à l'ennemi et qui ont été accrochés dans la cathédrale de Paris.

La conjonction d'une grande naissance et du génie des armes est ce qui pouvait le mieux indisposer Louvois pour qui la guerre, dans tous les cas, est l'affaire de ses bureaux auxquels les plus grands chefs d'armée doivent toujours obéissance. Or Luxembourg n'est pas docile avec les plumitifs.

Le maréchal est d'abord soupçonné d'avoir tenté d'empoisonner un bourgeois et sa maîtresse. Puis accusé d'avoir versé dans des sortilèges assassins. Enfin le faux abbé Le Sage prétend que le « maréchal duc de Luxembourg avait fait un pacte avec le diable afin de pouvoir marier son fils avec la fille du marquis de Louvois[2] ». Le Sage a forcé son talent. On s'esclaffe de toutes parts.

La maison de Montmorency était illustre en Occident avant que le nom de Bourbon ne commençât d'être connu. Elle est alliée à la maison de France. L'accusation est grotesque. Luxembourg n'en passe pas moins quatorze mois à la Bastille, Louis ne voulant pas de faveurs. Son intendant qui a tout monté ira aux galères.

On dit aussi que la duchesse de Bouillon, Marie-Anne Mancini, nièce de Mazarin, a tué son vieux mari aidée de son jeune amant. Elle se présente devant la cour, appuyée d'un bras sur le mort et de l'autre sur son complice, le duc de Vendôme, et couvre en quelques mots La Reynie de ridicule. Lui ayant demandé si elle a invoqué le diable, le lieutenant de police s'entend répondre « qu'elle le voyait dans ce moment, qu'il était fort laid et fort vilain et qu'il était déguisé en conseiller d'État[3] ».

Sa sœur Olympe, comtesse de Soissons, plus compromise, s'entend prescrire par le roi un exil volontaire. Mais le pire est à venir et vient : des bruits courent sur Mme de Montespan ; Le Sage s'est lâché devant La Reynie. La Voisin, sa première complice, aurait rencontré deux femmes de la marquise, la chambrière Catau et une demoiselle des Œillets. L'affaire n'est pas neuve. De 1667 à 1679, Françoise dite Athénaïs, mère de sept enfants du roi, a obtenu de la Voisin toutes sortes de philtres et de maléfices. Certains sorts l'auraient aidée à gagner l'amour de Louis contre Louise de La Vallière, certains autres à le retenir, d'autres encore à le regagner, la lassitude venue ; cette lassitude qui vient toujours, prétend Choderlos de Laclos. Ces sorts n'opérant pas bien, selon la crapule Guibourg, elle aurait fait dire des messes noires sur elle-même pour y remédier.

Un délire de délation agite la Voisin, Le Sage, Guibourg et d'autres. Leurs calomnies sont monstrueuses et les soupçons dureront. Louis conservera jusqu'en 1709, où il les brûlera, les dépositions de l'équipe diabolique. En 1680, il y aura une scène violente entre les amants et plus rien ne sera jamais comme avant.

Louis laissera pourtant à sa maîtresse maintenant délaissée pour Françoise Scarron, bientôt marquise de Maintenon, son appartement de Versailles, et il ira tous les jours la voir jusqu'en 1691, où il la poussera doucement vers la sortie, lui ayant conservé « tout l'extérieur de la considération et de l'amitié[4] ».

Les insinuations contre Mme de Montespan ont pour effet sinon pour mérite l'étouffement de l'affaire des Poisons.

À peine prononcé le nom de sa maîtresse, Louis XIV a interdit l'utilisation de registres au profit de feuilles volantes. Après ça, il prescrit aux enquêteurs d'ignorer ou de fuir tout ce qui aurait risqué de le faire apparaître, leur commandant de se concentrer sur des individus parfaitement étrangers à sa personne. Enfin, la Chambre ardente est suspendue et des lettres de cachet dispersent les derniers inculpés dans des prisons royales. Ainsi les deux abbés, le faux Le Sage et l'indigne Guibourg, sauvent-ils leur tête.

Et le Grand Siècle suit son cours. La construction des écuries grandes et petites de Versailles est lancée, en même temps que celles de Marly. Il faudra trois ans pour achever les premières et sept les secondes.

Arrive enfin l'installation officielle à Versailles du roi et de sa cour en 1682.

La façade du château neuf, celle de la galerie des Glaces, est achevée. Hardouin Mansart termine les deux ailes des ministres du côté de la ville. En 1684, la Grande Galerie (celle des Glaces) est encombrée d'échafaudages, tandis que l'on commence l'aile du nord, contrepoint de celle du midi enfin habitable par le Grand Dauphin, dont la masse a tout rendu bancal.

Les maçons sont partout, avec plâtras et gravats. Selon le mémorialiste Dangeau, trente-six mille hommes se démènent encore en 1685 dans les chantiers du château, du parc, des dépendances. L'escalier des Ambassadeurs est tout neuf ; sa splendeur, ordonnée par Le Brun, stupéfie les contemporains. Mais la galerie des Glaces et les salons de la Guerre et de la Paix qui l'encadrent ne seront prêts que dans deux ans. Une troisième et dernière chapelle (on veut dire définitive, les deux premières ayant été démolies) sera commencée en 1689, consacrée en 1710, la dernière main n'y sera mise qu'en 1712, trois ans avant la mort du roi.

La ville de Versailles se développe au même

rythme jusqu'en 1684. Les courtisans devaient jusque-là se loger ailleurs qu'au palais, faisant bâtir sur des terrains cédés par le roi, selon un plan précis, pour y fixer la haute noblesse. La construction de l'aile du nord en pendant de celle du midi change cette donne. Le roi décide de la diviser en appartements, avec les grands communs, pour loger plus près de lui le maximum d'obligés. On estime à trois mille le nombre des bénéficiaires d'un logement au château.

L'installation de la cour à Versailles change tout. Le roi-machiniste, auteur et acteur de son propre spectacle, devint « roi-machine[5] ». Il est devenu son propre modèle, « un corps fonctionnant de façon autonome[6] », un automate, pourrait-on dire, si l'expression n'était pas réductrice.

Cette même année 1689 disparaît le mobilier d'argent, célèbre et imité dans tout l'Europe, que Louis avait fait fabriquer pour son exaltation. La disette financière entraînée par la guerre dite de la ligue d'Augsbourg, ou guerre de Dix Ans, l'a décidé à le vendre, gros sacrifice tempéré toutefois par un commencement de désaffection : Louis s'était quelque peu dépris d'un clinquant assez barbare. Il y en avait quatre tonnes, il en attendait six millions de livres, il n'en obtint que deux.

Trente ans après son installation, Louis aura déménagé plusieurs fois dans l'immense bâtiment avant d'installer sa chambre au centre de la cour de marbre. Il y mourra. Des millions de touristes la visitent aujourd'hui. Le goût changera pendant ces décennies de travaux. Le baroque lâchera pied devant le classique, sans pour autant être jamais complètement expulsé, au régal des spécialistes que ce mélange ravit.

Ce qui subsiste aujourd'hui de Versailles ne peut donner qu'une vague idée de la magnificence du Grand Siècle. Louis XV a détruit l'escalier des Ambassadeurs et les améliorations de Louis-Philippe — sauveur de l'ensemble — ont fait d'énormes dégâts. Mais peut-être est-ce le parc qui a le plus souffert.

Les détracteurs de Louis XIV s'indignent encore du prix de l'entreprise. Pierre Verlet l'a définie en des termes qui font justice des accusations les plus virulentes : « Versailles, écrit-il, fut un ouvrage de la paix, dont les progrès essentiels et les dépenses les plus considérables ont été accomplis chaque fois que celle-ci a été proclamée[7]. » Voici quelques chiffres avant l'addition finale.

536 000 francs pendant deux années de la guerre de Dévolution. La paix signée, les chiffres montent : 670 000 francs en 1669, 1 633 000 en 1670, 2 261 000 en 1671. 4 066 000 pendant les six ans de la guerre de Hollande, 677 666 francs par an. La paix de Nimègue est signée, Louis domine l'Europe, les dépenses montent : 4 886 000 francs en 1679, 5 641 000 en 1680... Et ainsi de suite. Pour finir, le total de la facture entre 1661 et 1715 atteignit 68 000 000 pour Versailles proprement dit, auxquels l'honnêteté commande d'ajouter 4 612 000 pour la machine de Marly qui apportait au parc

l'eau de la Seine et 8 984 000 francs pour l'aqueduc inachevé de Maintenon qui devait apporter celle de l'Eure. Le total général reste inférieur à 82 millions, à comparer avec le déficit budgétaire de 1715 qui fut de 75 millions.

« On s'accordera à penser que Louis XIV, en nous donnant Versailles a enrichi la France[8] », conclut Pierre Verlet sans scandale.

Réunions

L'encre de Nimègue n'est pas encore sèche que Pomponne, secrétaire d'État aux Affaires étrangères, fait venir à Gand un spécialiste du droit des fiefs pour dépouiller près de deux mille titres et chartes, « en partie pourris et mangés des rats ».

Il s'agit de déterminer lesquelles des propriétés concernées peuvent être réclamées par la France. Ainsi se trouve inaugurée une politique de « réunions » qui devait, pacifiquement, étendre et consolider les conquêtes des guerres de Dévolution et de Hollande… Enquête faite et la réunion décidée, les propriétaires ne seraient pas dépossédés, ils n'auraient qu'à reconnaître la souveraineté française, et faire allégeance au roi dans le plus pur style féodal. En cas de refus, les seigneuries seraient séquestrées et réunies de force. Louis s'instituait juge et partie. Les voisins de la France sans tarder s'émeuvent.

Les réunions se multiplient à partir de 1679. En Franche-Comté, quatre-vingts villages au duc de Wurtemberg ; en Lorraine, un grand nombre de possessions de princes et de grands seigneurs européens, du roi d'Espagne à un cousin du roi de Suède ; en 1680, vient le tour de l'Alsace. Sans Strasbourg, dont l'annexion aurait trop ému les Allemands. Strasbourg mérite un prétexte sérieux.

L'occasion incontestable arrive l'année suivante : le baron de Mercy, général de l'empereur Léopold, s'y installe à l'automne. Louvois feint d'y voir un prélude à l'établissement d'une puissante garnison impériale, inacceptable par la France et, dans la nuit du 27 au 28 septembre, trois régiments de dragons occupent la redoute du Rhin. Leur chef, le baron de Montclar, offre aux Strasbourgeois le choix entre la soumission ou les horreurs de la guerre. Ainsi Louis XIV peut-il faire son entrée à Strasbourg, avec la reine, le 24 octobre 1681, devant les Strasbourgeois perplexes, avant d'entendre un *Te Deum* dans la cathédrale.

Ces avancées répandent l'inquiétude en Europe. La diète impériale réunie à Ratisbonne ayant protesté une première fois, en juillet 1680, Louis a dicté cette réponse à son ambassadeur :

« Vous n'avez qu'une réponse générale à faire qui est que je prétends jouir de ce qui m'appartient en conséquence des traités de Münster et de Nimègue[1]. »

La diète décide là-dessus de lever 40 000 hommes.

Quand le roi de Suède, Charles XI, dont un cousin a été spolié du duché de Deux-Ponts en Lorraine, signe un traité de secours mutuel avec les Provinces-Unies, Louis à son tour s'inquiète d'une extension de cette alliance en Allemagne. Des conférences s'ouvrent à Francfort pour examiner les plaintes des victimes des réunions. Louis offre de restituer Fribourg-en-Brisgau et de s'interdire désormais toute réunion, dans le cadre d'une trêve de trente ans. En février 1682, l'empereur Léopold rallie la ligue hollando-suédoise ; l'Espagne fait de même en mai.

Le roi ne s'en émeut guère : l'Allemagne est faible et l'empereur est menacé au sud-est par une offensive turque, ayant déjà fort à faire avec les Malcontents hongrois subventionnés par la France ; enfin, le délabrement de l'Espagne est avancé. Puis un grand soulagement arrive d'Istamboul.

Au printemps de 1683, 300 000 Turcs marchent sur Vienne dont ils commencent le siège en juillet. Toute l'Allemagne et la Pologne se mobilisent pour l'Autriche, emmenés par le roi de Pologne et le duc de Lorraine, Jean Sobieski et Charles IV. Le soulagement est bienvenu mais il sera bref ; les Turcs seront battus, prévoit Louis XIV. Il faut agir avant que l'Empire ne puisse se retourner vers l'ouest... Aussi fait-il occuper les Pays-Bas espagnols, Madrid n'ayant pas reconnu les décisions de réunion de ses « arbitres ».

Le 12 septembre, date mémorable dans l'histoire de l'Europe, le roi de Pologne Jean Sobieski écrase les Turcs à Kahlenberg aux portes de Vienne. Les vaincus lèvent le siège et s'enfuient en déroute.

Le 26 octobre, l'Espagne déclare la guerre à la France, mais elle n'est pas suivie. Les combats restent circonscrits aux Pays-Bas. Ce n'est pas une guerre en dentelles. Pillages et dévastations se multiplient des deux côtés. Deux jours plus tôt, le 24, Louis XIV écrit au maréchal d'Humières :

« Je vous ordonne de faire toujours brûler cinquante maisons ou villages pour un qui l'aurait été dans mes états[2]. »

Tandis que Louvois recommande bien entendu une guerre implacable, écrivant à l'intendant Robert : « Je vous prie de ne point vous lasser d'être méchant[3]... » Quoi qu'il en soit, la partie est inégale et les Français l'emportent partout.

Arrive 1684, et le châtiment de Gênes, évoqué ci-dessus. Gênes, alliée de l'Espagne, ignorant les protestations françaises, s'obstine à construire des galères pour le Roi Catholique ; puis c'est une république... Gênes est détruite aux trois quarts par un bombardement naval de six jours. Les Gênois ne voulant pas plier, Louis prépare une seconde opération. Le pape tente de le fléchir. Louis répond qu'il veut « laisser un exemple mémorable de sa vengeance à tous ceux qui oseraient l'offenser[4] ».

Il adresse ensuite un ultimatum expirant le 15 août à la conférence de Ratisbonne où l'empereur « amusait le tapis ». Et le 15, deux traités furent signés, avec l'empereur et le roi d'Espagne. La situation est gelée par une trêve de vingt ans. La France, succès incontestable, reste notamment à Strasbourg, à Kehl — porte de l'Allemagne — sur la rive droite du Rhin, et à Luxembourg.

Enfin, en janvier 1685, le doge de Gênes vint exprimer au roi dans la galerie des Glaces de Versailles son « extrême regret » de lui avoir déplu.

Maints historiens voient dans cette date l'apogée du règne.

En France, s'abat sur Louis une tempête de louanges, dont une *Idylle sur la paix*, de Racine, son historiographe depuis 1677, qui est chantée à Sceaux lors d'une fête donnée au roi par Colbert. On peut lui préférer *Bérénice* ou *Phèdre*, d'après ce seul échantillon :

Divine paix apprends-nous par quels charmes
Un calme si profond succède à tant d'alarmes ?
Un héros des mortels l'amour et le plaisir
Un roi victorieux vous a fait ce loisir...

L'année suivante, s'étant fait lire, du même Racine à l'Académie française, le discours, célèbre sitôt prononcé, qui contenait un admirable éloge de Corneille, Louis lui dira : « Je suis très content ; je vous louerais davantage si vous m'aviez moins loué[5]. »

La révocation de l'édit de Nantes

Le 17 octobre de la même année 1685, Louis signe à Fontainebleau la révocation de l'édit de Nantes, parachevant aux yeux de l'Europe son portrait en tyran.

Il s'est toujours méfié des protestants et, s'il les a tolérés jusque-là, c'est contre lui-même. Il les juge « républicains » en vertu de leur « libre examen », au moins autant que les jansénistes. Leur loyauté incontestable envers la couronne ne peut faire que leurs modèles ne soient Genève ou Amsterdam. Si bien que pour lui faire plaisir, son entourage, au fil des années, l'a persuadé qu'ils sont presque tous, sinon tous, revenus au catholicisme de leurs aïeux, que la question ne se pose plus : l'édit est caduc.

Il signe donc de la meilleure foi du monde, persuadé d'agir en vrai roi chrétien, sûr aussi de répondre au vœu ardent de tout son peuple et non sans raison. Selon Petitfils, « consultés par référendum, les Français auraient massivement plébiscité leur monarque[1] ».

Les protestants sont quelque 800 000, lors de la

révocation. Ils subissent depuis des années de multiples brimades, car la France autant que son roi est massivement anticalviniste. En Poitou, par exemple, dès la fin des années 1660, on a entrepris de raser les temples édifiés depuis l'édit de Nantes. Le roi ne sait pas tout, mais il laisse faire ce dont il est informé. On a supprimé les tribunaux mi-partis, qui comprenaient des magistrats des deux religions. On leur a interdit de nombreux métiers : médecin, avocat, imprimeur, libraire... On les a exclus de la plupart des charges et offices du régime. Il leur reste l'armée, la marine et le commerce, où ils excellent, soulevant de grandes jalousies. On interdit aux catholiques de passer à la Réforme et d'épouser des calvinistes. Dès 1681, Mme de Maintenon écrivait : « Si Dieu conserve le roi, il n'y aura pas un huguenot dans vingt ans[2]. » Les dragonnades — ou logement forcé de soldats chez les particuliers — commencèrent cette année-là, cinq ans avant la révocation.

Louvois, enchanté, écrit à Marillac, intendant du Poitou :

> Sa Majesté désire que vos ordres sur ce sujet soient donnés de bouche aux maires et échevins des lieux sans leur faire connaître que Sa Majesté désire par là violenter les huguenots à se convertir[3]...

Marillac se montre tout de suite odieux envers les réformés, envoyant à la cour de longues listes de convertis. Les Poitevins accablés émigrent par milliers, accueillis par les rois d'Angleterre et de

Danemark et la municipalité d'Amsterdam. Le marquis de Ruvigny, délégué général des Églises réformées, réussit à voir le roi. Louis l'écoute courtoisement, mais lui déclare qu'« il croyait obéir à un devoir si sacré pour convertir ses sujets égarés et extirper l'hérésie d'au milieu d'eux, que fallait-il pour y parvenir que sa main droite coupât sa main gauche, il le ferait sans balancer[4] ».

La visite a au moins ce résultat que le roi fait remplacer Marillac par Lamoignon de Basville, qui suivra les consignes de modération ignorées par son prédécesseur.

À la même époque, le roi entre en conflit avec le pape Innocent XI pour l'affaire de la régale — vieille coutume qui lui laissait encaisser les revenus des évêchés vacants jusqu'à ce que leurs nouveaux titulaires aient fait enregistrer leurs serments par la Cour des comptes. Dans son litige avec le pontife, Louis doit s'appuyer sur le clergé français, viscéralement anti-huguenot, dont l'assemblée générale réclame tous les cinq ans, en ces termes paradoxaux, l'abolition de la « malheureuse liberté de conscience qui détruit la liberté des enfants de Dieu ». Cet appui implique de durcir les mesures contre les réformés.

Le 1er juillet 1682, l'assemblée du clergé adresse aux protestants un Avertissement solennel où elle les menace de « malheurs incomparablement plus épouvantables et plus funestes, que tous ceux que vous ont attirés à présent votre révolte et votre schisme[5] ».

Les réformés du Languedoc et Sud-Ouest exaspérés commencent à s'armer. En 1683, ceux du Vivarais tirent sur les troupes royales. Le commandant de ces dernières, le duc de Noailles, reçoit de Louvois l'instruction suivante : « [...] en un mot, causer une telle désolation dans ledit pays que l'exemple qui s'y fera contienne les autres religionnaires et leur apprenne combien il est dangereux de se soulever contre le roi[6]. »

Louis, quant à lui, aimerait en finir autrement avec la Réforme, doucement, avec le moins de violence possible, mais l'idée qu'il se faisait de lui-même et de son devoir allait déborder cette bonne intention :

Le roi se croyait un apôtre, écrira Saint-Simon, il s'imaginait ramener les temps apostoliques où le baptême se donnait à des milliers à la fois, et cette ivresse, soutenue par des éloges sans fin, en prose et en vers, en harangues et en toutes sortes de pièces d'éloquence, lui tint les yeux hermétiquement fermés sur l'Évangile et sur l'incomparable différence de sa manière de prêcher et de convertir de celle de Jésus-Christ et de ses apôtres[7].

Louis est d'autant plus sensible aux arguments de la foi qu'il a épousé Mme de Maintenon en 1683. Or celle-ci est très dévote et lui-même a décidé de faire oublier ses voluptés pécheresses passées.

En Béarn, en 1685 — l'année décisive — l'intendant Nicolas Foucault déploie un zèle inouï pour obtenir des conversions et plaire au roi. Il vient voir Louis, les poches bourrées de listes d'abjuration, et, lui montrant la carte de sa province, lui fait remarquer combien les temples sont trop proches les uns des autres. Il propose d'éclaircir ce foisonnement pour n'en laisser subsister que cinq, les cinq choisis étant accusés d'infraction aux édits qui entraînent démolition. Le roi l'approuve. Un mois plus tard, il n'y a plus un temple en Béarn.

Le même Foucault invente bientôt les « conversions par délibérations publiques ». Les notables de la RPR (religion prétendument réformée) sont enfermés dans une salle quelconque où les représentants de l'autorité, Foucault lui-même, ou l'évêque du lieu ou son grand vicaire à défaut, ou le commandant local de la force armée, les étourdit de promesses et de menaces. Si les hérétiques s'obstinent, on leur dépêche les dragons. Ainsi, dès le mois de juillet, il peut revendiquer 22 000 abjurations — le Béarn entier ne compte plus, selon ses calculs, qu'un millier de parpaillots...

Les « succès » de Foucault font perdre la tête aux autres intendants. Versailles, enfin éclairé, leur interdit de l'imiter. En vain... Poussés par une base fanatique excitée par un clergé incendiaire, les intendants se jugent intouchables. Et l'incroyable se produit : Louis, premier des monarques absolus, n'est plus obéi. La machine administrative ne répond plus aux commandes.

Preuve à l'appui, une lettre stupéfiante de Louvois à Foucault, datée du 8 novembre, où l'homme fort du régime, redouté de la France entière, est obligé de faire l'agneau :

Le roi reçoit tous les jours de nouveaux placets de gentilshommes de votre département qui se plaignent que, sans avoir examiné leurs titres, ni même les avoir fait assigner pour les représenter, vous les compreniez dans les impositions des tailles [...]. Ce qui a donné lieu au commandement que j'ai reçu de Sa Majesté. De vous demander raison de ce que vous avez fait sur ce sujet, et de vous renouveler l'ordre, qu'elle m'a plusieurs fois commandé de vous donner de sa part, de ne rien faire sans sa permission [...]. Si ceci ne vous porte pas à vous contenir, je serai obligé de supplier Sa Majesté de commander à quelqu'un de vous écrire ses intentions, en qui vous ayez plus de créance, et que vous vouliez bien prendre la peine d'informer en détail de ce que vous faites[8].

À ce moment-là, l'édit de Fontainebleau annulant l'édit de Nantes a déjà été envoyé dans les provinces.

On cherche depuis trois cents ans les responsables de la décision royale, sachant que Louis ne l'a pas prise seul, qu'il a consulté des années avant d'y arriver. Le vieux chancelier Michel Le Tellier, père de Louvois, apparaît être aujourd'hui le premier coupable. Le père et le fils auraient agi de concert. Louvois s'efforçant de priver son maître des informations qui l'auraient fait réfléchir. Tout allait bien dans son royaume, il n'y avait plus de protestants, serinait l'entourage immédiat, où l'on ne se faisait pas d'illusions sur la sincérité des conversions forcées.

Saint-Simon, encore, sur la question : le roi « recevait à tous moments des listes d'abjurations et de communions ; il les montrait aux courtisans avec épanouissement ; il nageait dans ces millions de sacrilèges comme étant l'effet de sa piété et de son autorité, sans que personne osât lui témoigner ce qu'on en pensait[9] ».

Condé, retiré à Chantilly, en savait beaucoup plus long que son cousin.

L'édit de Fontainebleau, puisque les protestants sont « éteints » en France, interdit le culte réformé dans le royaume. Les temples seront tous rasés. Les pasteurs ont quinze jours pour choisir entre l'abjuration et l'émigration. Défense est faite aux derniers fidèles de sortir du royaume ; des contrevenants arrêtés, les hommes iront aux galères, les femmes au couvent.

Louis est plus populaire que jamais. Un ouragan de louanges universelles bat les murs de Versailles. Mme de Sévigné donne le ton : « Jamais aucun roi n'a fait et ne fera rien de plus mémorable[10] ! » Bossuet surclasse tous les compliments, en janvier 1686, dans l'oraison funèbre du chancelier Le Tellier, mort le 30 octobre précédent. Louis y surpasse Constantin, Théodose, Marcien et Charlemagne. La racaille de Paris s'est ruée au temple de Charenton pour le démolir elle-même et déterrer les morts du cimetière attenant.

On estime à 200 000 le nombre des protestants qui quittèrent clandestinement la France entre 1679 et 1730 pour les Provinces-Unies, le Palatinat, l'Angleterre, la Suisse, la Poméranie, le Brandebourg, Le Cap en Afrique du Sud. Cette émigration concerna les élites du royaume, s'agissant pour la plupart d'entrepreneurs et d'artisans confirmés dont le départ causa à la nation une grande perte.

De ceux qui restent, les plus convaincus, révoltés par les exactions qui les accablent, entrent en dissidence. Le culte du Désert gagne les Cévennes et la répression s'aggrave. Louvois, toujours féroce, préconise « fort peu de prisonniers », d'en laisser « beaucoup sur le carreau », « n'épargnant pas plus les femmes que les hommes[11] ». L'échec de la « réunion » — Louis appelait « réunis » les protestants prétendument convertis — est très vite patent. Malgré tous les paravents que dresse son entourage pour lui épargner la réalité, il le comprend assez vite, s'y résignant semble-t-il, sans approuver pour autant les violences qui ne cessent de se commettre en son nom. Recommandant à plusieurs reprises l'indulgence envers les récalcitrants. Bien après la grande erreur de 1685, deux ans avant la fin du siècle, en 1698, il demandera une fois de plus aux intendants de s'abstenir de violences à l'égard des « nouveaux catholiques », qui refusent d'aller à la messe.

Vauban, il n'est pas le seul, a pris la mesure de l'émigration huguenote bien avant 1685. Lors de son intervention pour le renforcement du canal des Deux-Mers, à partir de 1679, il note avec dépit la disparition d'une importante fraction des cadres et de la main-d'œuvre qualifiée et le développement d'une grande insécurité dans une région jusque-là très sûre. Il rédige un *Mémoire pour le rappel des Huguenots*, proposant le retour à l'édit de Nantes, déplorant la fuite des hommes et des capitaux.

L'échec est patent, sans que se démente un instant l'enthousiasme du clergé et de l'ensemble du peuple. La France donne longtemps, jusqu'à la fin du règne, une image impressionnante d'unité autour de son roi, et les historiens considèrent encore que la révocation de 1685 contribua puissamment à la renforcer. La révocation correspondit à l'esprit du temps, attaché à l'unité religieuse de chaque pays. *Cujus regio, ejus religio*, à tel point que certains d'entre eux estiment aujourd'hui que les réformés en auraient admis la légitimité si on les avait laissés partir.

La ligue d'Augsbourg

Si la révocation resserre l'unité du royaume, au prix d'un accroissement fâcheux du rôle de l'Église dans les affaires publiques, à l'extérieur les conséquences en sont négatives.

Depuis la guerre de Hollande, Louis XIV, déjà accusé d'aspirer à la « monarchie universelle », concentre sur lui la hargne des pamphlétaires d'Europe, en terre catholique comme en terre protestante. On le traite un peu partout d'Antéchrist ou de Bête de l'Apocalypse. Victime aussi de sa propagande, qui le représente depuis vingt-cinq ans en imperator superbe, il passe pour un tyran insatiable. Ses alliés se refroidissent.

Aussitôt après la révocation, il imagine de contraindre son voisin le duc de Savoie à expulser ses Vaudois*, sous prétexte qu'ils accueillent dans leurs vallées alpestres les huguenots fugitifs du Briançonnais. En cas de refus, les troupes françaises accompliront le travail… Incapable de résister,

* Homologues de ceux que le parlement d'Aix-en-Provence avait persécutés sous François Ier, un siècle et demi auparavant.

le duc choisit d'associer ses troupes à celles du roi de France. La question est vite réglée, au printemps de 1686, mais le duc, ulcéré, passera dans le camp des ennemis de la France à la première occasion.

En Allemagne, il y a pire. À la mort sans enfant du comte palatin du Rhin, Louis revendique la moitié du Palatinat au nom de sa belle-sœur, seconde épouse de son frère Monsieur, pour affaiblir la position du successeur légitime, désigné par le traité de Münster, car ce Philippe-Guillaume de Palatinat-Neubourg, cousin catholique du défunt, est un fervent partisan de l'empereur Léopold. Toutefois, pour ne pas rompre la trêve de Ratisbonne, il s'en remet à l'arbitrage de Rome, malgré sa brouille avec le pape pour cause de régale, qui laisse sans titulaires une trentaine d'évêchés français.

Cette modération relative n'empêche pas les princes allemands, menacés d'une nouvelle « réunion », de conclure une série d'alliances défensives qui aboutit à la ligue d'Augsbourg en juillet 1686. Elle rassemble l'empereur, le roi d'Espagne, le roi de Suède, l'Électeur de Bavière, le nouvel Électeur palatin Philippe-Guillaume de Neubourg, et un fort contingent d'autres princes allemands.

L'isolement de la France va se poursuivre, malgré les efforts de la diplomatie royale.

À l'est de l'Europe, Léopold reprend le dessus : la révolte hongroise est écrasée et les Turcs, si redoutés pendant des siècles, sont enfoncés pour de bon depuis leur déroute de Vienne, subissant deux lourdes défaites, à Bude en 1686, et à Mohács en 1687. L'Empire va pouvoir jeter toutes ses forces sur le Rhin.

Le pape Innocent XI ne veut rien entendre. La succession de l'archevêque Électeur de Cologne, Maximilien de Bavière, ouverte en juin 1688, est pour l'irascible pontife une occasion de revanche sur Louis. Maximilien était un vieil ami de la France, le roi veut le faire remplacer par un autre ami, le cardinal de Fürstenberg, prince-évêque de Strasbourg, qui est son conseiller pour les affaires allemandes. Tollé en Allemagne. Contre l'évêque de Strasbourg, l'empereur propose celui de Ratisbonne. Le pape aussitôt l'appuie. Le vote au chapitre ne dégage pas de majorité. Le pape devient arbitre. Louis dépêche secrètement à Rome le marquis de Chamlay, adjoint de Louvois, afin qu'il s'entretienne avec le pape et atténue la régale et les privilèges, appelés franchises, de nos ambassadeurs à Rome, qui exaspèrent le pontife. En échange, Louis espère qu'Innocent XI renoncera à ratifier l'investiture de Joseph-Clément de Bavière. Innocent refuse de recevoir Chamlay et expédie les bulles qui font de Joseph-Clément l'archevêque Électeur de Cologne.

Le 24 septembre 1688, Louis publie un manifeste qui énumère ses principaux sujets de mécontentement : le refus de l'Empire de transformer la trêve de Ratisbonne en paix ; le rejet des prétentions légitimes de la duchesse d'Orléans à la succession de l'Électeur palatin ; la formation à ses frontières d'une ligue menaçante. Tout cela l'oblige à prendre des sûretés... mais si les coalisés se montrent raisonnables, acceptent de convertir en traité la trêve de Ratisbonne, il sera accommodant. En attendant, la première des sûretés sera d'occuper Philippsbourg.

Il y envoie le Grand Dauphin, flanqué de Vauban et du maréchal de Duras, auquel il adresse cette recommandation :

En vous envoyant commander mon armée, je vous donne des occasions de faire connaître votre mérite ; allez le montrer à toute l'Europe, afin que, quand je viendrai à mourir, on ne s'aperçoive pas que le roi est mort[1].

Philippsbourg résiste un long mois et finit par capituler le 29 octobre. On occupe aussi Avignon, propriété du pape, et Mannheim.

Léopold envoie en réponse une armée sur le Rhin.

Pendant ce temps, Guillaume d'Orange devient roi d'Angleterre, sous le nom de Guillaume III, prenant la place de son beau-père Jacques II, dont le catholicisme agressif a exaspéré ses sujets anglicans. Guillaume débarque le 15 novembre avec 13 000 hommes. Jacques II en a 40 000 qui le trahissent comme un seul à la suite de John Churchill, futur duc de Marlborough, qu'on retrouvera pour le malheur des armes françaises pendant la guerre de Succession d'Espagne.

Artisan de sa propre ruine, Jacques II prend la fuite en France. Louis le reçoit avec faste et l'installe à Saint-Germain.

Le 23 juin 1689, à Londres, un comité de parlementaires proclame conjointement Guillaume et sa femme Mary « roi et reine d'Angleterre, de France, d'Irlande et des États y appartenant ». Guillaume aussitôt, explicitement ou implicitement, est reconnu chef de la coalition rassemblée contre Louis XIV.

Pour prévenir la guerre, Louvois ne trouve rien de mieux que de ravager le Palatinat pour constituer un glacis qui gênera la progression des impériaux vers le Rhin. Loin de gêner ces derniers, sans parler de les effrayer — on a pensé aussi que l'opération les épouvanterait —, elle les renforce considérablement, poussant l'ensemble des princes allemands dans les bras de l'empereur.

Naguère en Hollande, les deux exécutions de Swammerdam et Bodegrave, ordonnées par Luxembourg, ont produit le même résultat en faveur de Guillaume d'Orange.

Les Électeurs de Brandebourg et de Saxe, le duc de Hanovre et le landgrave de Hesse sont les plus notables des ralliés à Léopold.

Comble de malchance, la reine d'Espagne, Marie-Louise d'Orléans, meurt brusquement et Charles II se remarie avec une Allemande, se rapproche des Provinces-Unies et ouvre aux impériaux ses forteresses belges.

Le 12 mai 1689, l'Autriche et les Provinces-Unies scellent une alliance offensive. Le 17, Guillaume d'Orange, devenu Guillaume III d'Angleterre, déclare la guerre à Louis XIV, qui l'a lui-même déclarée à l'Espagne, le 17 avril précédent. L'Europe une fois de plus prend feu.

Le roi a toutefois la satisfaction d'apprendre la mort d'Innocent XI et l'élection d'Alexandre VIII au trône de Saint-Pierre. Les relations avec Rome se détendent d'un seul coup. Louis rend Avignon au pape.

La guerre commence mal. Le moral n'y est pas. Mayence et Bonn sont perdues. Une descente en Irlande commandée par Lauzun, afin d'aider Jacques II, chassé par la révolution orangiste, à recouvrer son trône, tourne court. L'accueil de Louis au roi d'Angleterre vaincu inspire à Mme de Sévigné le 10 janvier 1689 ce commentaire enthousiaste :

> Le roi fait pour ces majestés anglaises des choses toutes divines, car n'est-ce point être l'image du Tout-Puissant que de soutenir un roi chassé, trahi, abandonné comme il est ? La belle âme du roi se plaît à jouer ce grand rôle[2].

Les échecs font accuser Louvois d'avoir promu des généraux plus obséquieux que capables. Sa faveur diminue. Alors remonte celle du clan Colbert, dont le fils Seignelay, comme son père passionné de marine, entre au conseil d'En-haut, Colbert de Torcy obtenant la survivance du secrétariat aux Affaires étrangères de son père, Colbert de Croissy.

En 1690, Luxembourg prend le commandement de l'armée des Flandres et tout change. Le 1er juillet, à Fleurus, il taille en pièces le prince de Waldeck.

Il aurait pu aller plus loin, mais le roi le freine, préférant comme toujours la guerre de places à celle de mouvement. Le 10 juillet, devant Bévéziers, la flotte de Colbert et de Seignelay, emmenée par Tourville, bat la flotte anglo-hollandaise en lui infligeant de lourdes pertes. La panique gagne Londres.

Le même jour en Irlande, les troupes franco-irlandaises débarquées sous le commandement de Jacques II Stuart, venu reprendre son trône, et de Lauzun sont rossées sur la Boyne par Guillaume et Schomberg, maréchal de France passé à l'ennemi. La rumeur atteint Paris le 27 juillet que Guillaume a été tué. Jean-Christian Petitfils : « Ce fut une immense explosion d'allégresse parmi le peuple. Explosion spontanée [...] Toute la nuit l'on chanta et l'on dansa. On s'embrassait, on défonçait des tonneaux de vin [...] pour boire à la santé du roi de France et maudire les mânes de son rival[3]. »

À Versailles, une foule survoltée déborde la garde, envahit la cour et allume des feux de joie sous les fenêtres de Louis.

En août, à Staffarde en Piémont, Catinat écrase le duc de Savoie.

En mars 1691, les coalisés battus partout se réunissent, assez moroses, pour faire le point à La Haye. Guillaume comme toujours leur remonte le moral, tandis que Louis investit Mons avec 100 000 hommes, pour entamer l'un de ces grands sièges solennels qu'il affectionne. Guillaume accourt trop tard à la rescousse et, déconfit, repasse en Angleterre. La mort du pape Alexandre VIII et l'élection d'Innocent XII au mois de juillet améliorent encore les relations avec Rome, jusqu'à une rare harmonie.

Louis ordonne d'oublier les quatre articles gallicans qui ont mené la France au bord du schisme et le pape travaille ardemment à la paix.

Ce même mois de juillet, Louvois meurt subitement d'une crise d'apoplexie ; il avait cinquante ans. Le soulagement est général. Son caractère exécrable n'avait fait qu'empirer avec les années, ajoutant le caprice à la dureté et à l'entêtement qui l'avaient toujours fait craindre. Puis la disparition de Colbert l'avait privé du contrepoids qui le tempérait. Le roi ne pouvait plus le supporter. Au point que sa mort le libère. C'est de cette année 1691, et non 1661, que Jean-Christian Petitfils date la « vraie prise de pouvoir de Louis XIV[4] ». Pendant trente ans, Colbert et surtout Louvois l'auraient empêché de s'exprimer totalement...

Saint-Simon, qui a seize ans, observe sur le visage du roi « un je-ne-sais-quoi de leste et de libéré[5] ». L'ambassadeur de Venise note : « Louvois était regardé comme l'âme du ministère », ajoutant que les affaires allaient recevoir « maintenant l'impulsion directe du roi[6] ».

Le soulagement général est pimenté d'inquiétudes particulières. Avec d'autres, Mme de Sévigné se demande si Louvois n'était pas irremplaçable : « Voilà donc M. de Louvois mort, ce grand ministre, cet homme si considérable, qui tenait une si grand place, dont le *moi*, comme dit M. Nicole [moraliste janséniste alors célèbre], était si étendu, qui était le centre de tant de choses[7] ! »

Louis affiche comme d'habitude un sang-froid royal. À l'envoyé de Jacques II qui lui présente ses condoléances, il répond : « Monsieur, dites au roi d'Angleterre que j'ai perdu un bon ministre ; mais que ses affaires et les miennes n'en iront pas plus mal[8]. »

Pour le prouver, il organise l'année suivante une gigantesque revue militaire au camp de Givry, assiège Namur avec un faste éblouissant et revient à Paris le 16 juillet, jour anniversaire de la mort de Louvois, avec une implacable impassibilité.

Pourtant, de 1691 à 1715, sous l'affichage de cette assurance, deux fléchissements marquent l'action royale, qui ne furent pas éphémères : le premier concerne les finances et dure de 1699 à 1708 ; le second, la guerre, et dure de 1701 à 1709. Dix ans de « passage à vide » dans la période la plus cruciale du règne face à l'Europe coalisée pour abaisser le royaume, le démembrer s'il se peut. Dans les deux cas, le ministre responsable est Michel de Chamillart, qui, d'abord partenaire du roi au billard, était devenu son ami et, affirme François Bluche, « presque son favori[9] ». Que François Bluche ait pu seulement employer le mot de « favori », tabou depuis cinquante ans, indique combien le grand âge a diminué le roi.

Chargé des Finances et de la Guerre, le domaine de Colbert plus celui de Louvois, Chamillart manque cruellement de l'envergure indispensable à remplir une seule de ces deux fonctions (il y eût fallu un surhomme) ; si consciencieux qu'il soit — il l'est extrêmement — il ne peut que succomber à la tâche. Il n'est pas le seul insuffisant, l'âge ayant rendu Louis ombrageux, on remarque que le roi prend plaisir, selon Saint-Simon, toujours critique, à s'entourer de « fort jeunes gens[10] » ou d'obscurs commis.

Jusqu'alors le pouvoir était absolu, mais non pas personnel ; il reste absolu et devient personnel : les décisions se prendront toutes dans « le travail du roi ». Louis en tête à tête avec n'importe qui, tout quidam autrement dit qu'il choisit de convoquer, du contrôleur général à n'importe quel commis supposé maîtriser tel ou tel dossier. Cette procédure expéditive et limitée supprime les débats qui animaient normalement les conseils, notamment le conseil d'En-haut, limite le nombre des décideurs à la seule personne du roi et consacre l'isolement du pouvoir royal.

Louis est le vrai chef du gouvernement. C'est autour de 1690 que l'on date les commencements de la monarchie « administrative », par opposition à la monarchie d'« officiers* ».

Soucieux cependant d'assurer la concorde dans le ministère, Louis pratique une politique de mariages destinée à rapprocher les coteries rivales. Il marie la fille de Simon Arnauld de Pomponne avec le fils de Colbert de Croissy, Jean-Baptiste, mar-

* Propriétaires d'offices vendus par le roi, ils estimaient que ce privilège leur donnait des droits sur l'État.

quis de Torcy, qui sera un brillant ministre des Affaires étrangères ; il marie Barbezieux, fils de Louvois, à Louise-Charlotte de Crussol, fille du duc d'Uzès ; il marie encore Marguerite Le Tellier, dernière fille de Louvois, à Louis-Nicolas de Neufville-Villeroi, fils du plus nul et du moins modeste de ses amis, le vaincu permanent, le héros de Crémone, Ramillies et autres lieux, le désastreux maréchal de Villeroi.

Il faut dix années à Louis pour qu'il reconnaisse enfin l'incapacité de sa créature, lui qui détestait tant les nouvelles têtes et pour qui seule comptait l'amitié.

La faiblesse de Chamillart n'est pas seule en cause. Louis a changé. L'énorme expérience des affaires qu'il a acquise en trente ans lui a communiqué une assurance dont il manquait en 1661 à sa prise de pouvoir, malgré ses déclarations péremptoires. Le commandement à Colbert : « Je vous ordonne de faire ce que vous voulez », est loin. Il a toujours réclamé « du détail en tout », le temps l'a rendu de plus en plus « tatillon et méticuleux ». Chamillart — ni aucun autre membre de son gouvernement — n'aura jamais l'autonomie de ses prédécesseurs. Jean-Christian Petitfils justement a pointé « l'imprécision des structures, la confusion des compétences[11] » au sein du ministère.

De 1689 à 1699, le contrôleur général des Finances est Louis de Pontchartrain ; grâce à son énergie et à sa compétence, ce département conserve sa prépondérance. Ce n'est plus le cas avec Chamillart de 1699 à 1706, non plus qu'avec Nicolas Desmarets, neveu de Colbert, de 1706 à la mort du roi. Cela dit, Desmarets, grand acrobate *es* finances, ami de tous les traitants, parviendra toujours à payer les armées, performance extraordinaire.

Après la mort de Louvois, Louis désigne son troisième fils, Louis François Marie Le Tellier, marquis de Barbezieux, âgé de vingt-trois ans, pour lui succéder — après le refus de Chamlay, bras droit du défunt. Barbezieux avait survivance du secrétariat d'État de son père ; il est bien doué, mais trop jeune et dissipé pour pareil fardeau ; sa désignation relève d'une forme royale de politesse. Le domaine Louvois fut bel et bien démembré et plusieurs parents de Colbert, qui avait été le principal ennemi du mort, furent nommés à la direction de certaines de ses parties. Gilbert Colbert de Saint-Pouange notamment, eut la Guerre avec Chamlay.

La guerre étant la grande affaire de la période, Louis, toujours passionné de gloire et d'armées, se jette avec délices dans son administration. Ses généraux, étonnés et séduits — car le ton de ses lettres toujours courtois, souvent bienveillant, tranche avec la morgue et la brutalité de Louvois —, reçoivent à jet continu des dépêches de vingt pages.

1692 est l'année de Steinkerque et de la Hougue. À Steinkerque, dans les Flandres, Luxembourg repousse une attaque surprise de Guillaume, lui causant de grandes pertes. À la Hougue, Tourville perd douze vaisseaux échoués sur ordre du maréchal de Bellefonds dans la baie de Saint-Vaast, et incendiés par des chaloupes ennemies. Il avait attaqué à un contre deux (44 vaisseaux à 89), sur ordre exprès du roi, qui ne voulait plus attendre l'escadre de Toulon, la flotte combinée anglo-hollandaise pour protéger une nouvelle descente dans les îles britanniques. Le « désastre » de la Hougue, quoique très réparable — il le sera l'année suivante — déclenche une crise durable de pessimisme naval qui entraîne pour la marine une lamentable désaffection. Louis n'en est pas plus troublé.

Recevant Tourville le 16 juillet, six semaines après l'événement, il surprend tout le monde en lui déclarant :

> Je suis très content de vous, et de toute la marine ; nous avons été battus, mais vous avez acquis de la gloire et pour vous et pour la nation ; il nous en coûte quelques vaisseaux, cela sera réparé l'année qui vient et sûrement nous battrons les ennemis[12].

Tourville, l'année suivante, est vainqueur à Lagos.

La guerre d'escadres coûtant toutefois très cher, on s'attaque au commerce ennemi par la guerre de course. Les succès incontestables des corsaires français seront cependant insuffisants pour le ruiner à souhait.

1693 est aux Pays-Bas l'année de Neerwinden, la plus grande boucherie du siècle avec 30 000 morts, le 29 juillet. Luxembourg une fois de plus y étrille Guillaume, envoyant à Paris une nouvelle moisson de drapeaux. En Piémont, Catinat défait le duc de Savoie à La Marsaille. Sur mer, à Lagos, au large du Portugal, Tourville avec 71 vaisseaux s'empare d'un énorme convoi de 140 voiles destiné à Smyrne et protégé par deux escadres, l'une anglaise, l'autre hollandaise, qu'il met en fuite.

Mysticismes et subversion

L'année suivante, 1694, fut la pire du règne, bien pire que 1709 avec son « Grand Hyver », pourtant si fameux.

La guerre continuait mais c'est à l'intérieur que deux événements incomparables en firent une année noire. Le premier gigantesque : une famine sans précédent ; le second presque infime : une lettre au roi de l'évêque Fénelon, précepteur de son petit-fils le duc de Bourgogne, et coqueluche du parti dévot. Mais le premier était ponctuel et le second annonçait la montée d'une nouvelle forme d'opposition à la monarchie absolue par l'exaltation d'une impossible vertu.

On a déjà constaté l'importance de la question religieuse en un temps où le monarque l'était de droit divin et s'appelait Roi Très Chrétien. La religion catholique était la colonne vertébrale du royaume, puisque la monarchie en dépendait par le sacre. La moindre dispute la concernant était affaire d'État. Mis à part l'énorme affaire de la révocation de l'édit de Nantes, la querelle janséniste prit des proportions aujourd'hui incroyables ; quant à la dispute du quiétisme, Voltaire a pu écrire dans son *Siècle de Louis XIV* : « La dispute du quiétisme est une de ces intempérances d'esprit et de ces subtilités théologiques qui n'auraient laissé aucune trace dans la mémoire des hommes sans les noms des deux illustres rivaux* qui combattirent[1]. » Mais Voltaire est peut-être allé un peu vite.

D'après Littré, le quiétisme est la « doctrine de quelques théologiens mystiques dont le principe est qu'il faut s'anéantir soi-même pour s'unir à Dieu, se tenir dans un état de contemplation passive et regarder comme indifférent tout ce qui peut nous arriver dans cet état ». L'âme ainsi anéantie échappe au péché.

La Palatine est plus directe que le dictionnaire, plus drôle aussi :

> Le quiétisme est une religion bien commode, car ils tiennent la prière et tout culte extérieur pour chose superflue, bonne pour les ignorants ; tandis qu'eux, s'étant une fois en leur vie donnés à Dieu, ne peuvent d'aucune façon être damnés ; ils n'ont plus rien à faire qu'à dire une fois par jour « Dieu est », rien de plus ; le reste du jour, il ne faut rien refuser à son corps de tout ce qu'il peut demander, ne le tenant que pour bestial[2].

Ces principes d'abandon en Dieu, dits du Pur Amour par Mme Guyon, avaient été mis en forme par un théologien espagnol, Miguel de Molinos, dans un *Guide spirituel* condamné par Innocent XI

* Bossuet et Fénelon.

en 1687, au moment où ses idées recrutaient en France ses plus grands prosélytes.

Les principaux champions français de ce qu'il faut bien appeler une secte furent la fille d'un procureur du roi au bailliage de Montargis, Jeanne-Marie Bouvier de La Mothe, épouse Guyon, un père barnabite (ordre milanais du XVIe siècle qui se réunissait dans l'Église de saint Barnabé) nommé François La Combe, et l'une des premières figures de l'Église de son temps, François de Salignac de La Mothe-Fénelon, bientôt précepteur du duc de Bourgogne, fils aîné du Grand Dauphin, et futur évêque de Cambrai.

Aujourd'hui, la première est jugée hystérique ; le deuxième, victime d'une intolérance aussi féroce que surannée ; le troisième, le plus célèbre, passe quelquefois pour un saint, souvent pour un esprit subversif (à l'aune de son temps), régulièrement pour un talentueux naïf, toujours pour un utopiste en même temps qu'un écrivain considérable.

Mme Guyon et le père La Combe, étroitement unis par ce même type de mysticisme qui, avant eux, avait rapproché Thérèse d'Avila et Jean de la Croix, François de Sales et Jeanne de Chantal, avaient parcouru la France en prêchant leur doctrine jusqu'à l'arrestation du père, pour propagande hérésiarque.

La Combe fut d'abord enfermé à la Bastille en octobre 1687, puis à Oléron, puis au château de Lourdes, sans jamais retrouver la liberté. Mme Guyon, ses extases, ses visions et ses voix furent reléguées en janvier 1688 au couvent de la Visitation Sainte-Marie, rue Saint-Antoine à Paris, mais, ayant des amies à la cour, elle n'y resta que quelques mois et reprit son apostolat, s'appuyant sur deux ouvrages de sa composition, *Le moyen court et très facile de faire oraison* et *Les Torrents spirituels* (dont elle se disait en permanence inondée — jusqu'à tomber suffoquée par terre, comme noyée par la grâce). Elle écuma les salons les plus distingués, dont sa force de conviction lui ouvrait toutes les portes, s'attirant en peu de temps une clientèle formidable : les trois duchesses filles de Colbert — Beauvillier, Chevreuse et Mortemart —, la duchesse de Béthune-Charost, fille du surintendant Fouquet, au frère de qui — Louis-Nicolas, comte de Vaux, vicomte de Melun — elle maria sa fille. Puis, conquête suprême, elle séduisit Mme de Maintenon qui la chargera d'instruire les jeunes filles de Saint-Cyr, qui étaient la prunelle de ses yeux. Enfin ses protectrices lui firent connaître le brillant abbé de cour qu'était déjà Fénelon, que Mme de Maintenon allait prendre pour directeur spirituel.

Jeanne Marie avait quarante ans, Fénelon trois ans de moins. Beau, brillant, chaleureux, insinuant, il avait toutes les séductions. « Il fallait faire effort pour cesser de le regarder[3] », écrit Saint-Simon. Ce fut le coup de foudre, toujours mystique, rien que mystique, non moins dangereux pour l'une et l'autre.

C'est au mois d'août 1689 que Fénelon était devenu précepteur du duc de Bourgogne, fils aîné du Grand Dauphin, comme tel héritier direct du trône. Louis de Pontchartrain, contrôleur général et chancelier de France, fut le seul à mettre le roi en garde. Il lui dira que Fénelon formait « à la cour et presque sous ses yeux un parti redoutable à la religion, pernicieux aux bonnes mœurs et capable d'induire un fanatisme aussi fatal à l'Église qu'à l'État[4] ».

Pontchartrain fut prophète. Sitôt précepteur de Bourgogne, Fénelon se jugera, selon le critique Brunetière, « investi de la mission, non seulement d'élever le prince, mais par lui et avec lui, de réformer l'État[5] ». Il s'agira aussitôt pour lui d'apprendre au duc de Bourgogne un tout autre métier que celui auquel sa naissance le destinait, celui d'agneau couronné. Car pour Fénelon comme pour Saint-Just, un roi est toujours coupable et s'il est un seul moyen d'atténuer cette culpabilité, c'est de renoncer à tout pouvoir, dans un esprit céleste.

Il attendit cependant quatre ans avant de composer la lettre où il se dévoilait ennemi irréductible d'une monarchie efficace.

Cette lettre anonyme au roi de 1694 est l'exposé de ses motifs :

Vous êtes né, Sire, avec un cœur droit et équitable, mais ceux qui vous ont élevé ne vous ont donné pour science de gouverner que la défiance, la jalousie, l'éloignement de la vertu, la crainte de tout mérite éclatant, le goût des hommes souples et rampants, la hauteur et l'attention à votre seul intérêt.

Depuis environ trente ans, vos principaux ministres ont ébranlé et renversé toutes les anciennes maximes de l'État, pour faire monter jusqu'au comble votre autorité, qui était devenue la leur parce qu'elle était dans leurs mains. On n'a plus parlé de l'État ni des règles ; on n'a plus parlé que du roi et de son plaisir. On a poussé vos revenus et vos dépenses à l'infini. On vous a élevé jusqu'au ciel, pour avoir effacé, disait-on, la grandeur de tous vos prédécesseurs ensemble, c'est-à-dire pour avoir appauvri la France entière, afin d'introduire à la cour un luxe monstrueux et incurable.

[...] Vous avez cru gouverner, parce que vous avez réglé les limites entre ceux qui gouvernaient. Ils ont bien montré au public leur puissance, et on ne l'a que trop sentie. Ils ont été durs, hautains, injustes, violents, de mauvaise foi. Ils n'ont connu d'autre règle, ni pour l'administration du dedans de l'État, ni pour les négociations étrangères, que de menacer, que d'écraser, que d'anéantir tout ce qui résistait...

On a rendu votre nom odieux et toute la nation française insupportable à tous nos voisins [...] Par exemple, Sire, on fit entreprendre à Votre Majesté, en 1672, la guerre de Hollande pour votre gloire et pour punir les Hollandais qui avaient fait quelque raillerie, dans le chagrin où on les avait mis en troublant les règles du commerce établies par le cardinal de Richelieu. Je cite en particulier cette guerre parce qu'elle a été la source de toutes les autres. Elle n'a eu pour fondement qu'un motif de gloire et de vengeance, ce qui ne peut jamais rendre une guerre juste ; d'où il s'ensuit que toutes les frontières que vous avez étendues par cette guerre sont injustement acquises dès l'origine...

En voilà assez, Sire, pour reconnaître que vous avez passé votre vie entière hors du chemin de la vérité et de la justice et par conséquent hors de celui de l'Évangile.

Mais le péché originel de la guerre de Hollande n'est pas le seul du roi. Le roi n'est pas que responsable du saccage de l'Europe, il l'est aussi de la misère de son peuple, autrement dit de la météo qui a détruit les récoltes.

Vos peuples que vous devriez aimer comme vos enfants, et qui ont été jusqu'ici si passionnés pour vous meurent de faim. [...] Tout commerce est anéanti. [...] la France entière n'est plus qu'un grand hôpital désolé et sans provisions. C'est vous-même, Sire, qui vous êtes attiré tous ces embarras[6]. »

On ne sait pas si le roi lut cette lettre. S'il l'a lue, ce fut sans se douter que Fénelon en était l'auteur, car il aurait été plus sévère envers lui qu'il ne le fut, cinq ans plus tard, à propos des *Aventures de Télémaque*, où se retrouvent, atténuées à l'intention du duc de Bourgogne, toutes les critiques du prêtre anonyme. Entre-temps, Bossuet, lancé par Mme de Maintenon, bien revenue de son engouement pour le héros du Pur Amour, était parvenu à faire mollement condamner son auteur par Rome.

Le *Télémaque*, lourdement pédagogique, voulait rallier son élève à la monarchie angélique dont Fénelon rêvait. Louis le fit saisir, renvoya en bloc à ses utopies l'entourage quiétiste du jeune prince et Fénelon à Cambrai, avec cette définition indulgente : « M. l'archevêque de Cambrai est le plus chimérique des beaux esprits de mon royaume[7]. »

Il pleut sans relâche pendant le printemps et l'été de 1693. Toutes les récoltes pourrissent. Le fragile équilibre agricole qui permet aux paysans — 90 % de la population — de vivre en nourrissant le reste du pays est rompu.

Le setier de blé (156 litres de grain) valait 10 livres en juillet 1691, 25 en mai 1693, 42 en septembre. Les stocks permettent tout juste de finir l'année.

Et le climat s'inverse en 94. La sécheresse suit la pluie, les semis sont perdus ; les greniers étant vides la famine explose. En dépit d'achats massifs de blé à l'étranger, on meurt de faim dans tout le pays. Les secours publics ne sont que palliatifs devant l'ampleur du désastre. On cuit tous les jours dans la cour du Louvre 100 000 rations de pain vendues 2 sols la livre, à la fureur des boulangers ruinés par ce tarif.

La marine, se consacrant à chasser les convois de vivres ennemis et à protéger les siens, est plus populaire que jamais — on fait au Dunkerquois Jean Bart un triomphe après la première affaire du Texel, en mer du Nord, le 29 juin.

Le roi a acheté du blé en Pologne. Il est chargé sur des navires neutres — danois et suédois. Jean Bart part à leur rencontre avec six frégates. Il les trouve arraisonnés par huit hollandais qui les emmènent chez eux. Il attaque, s'empare en trente minutes de leur vice-amiral. Ses lieutenants, pendant ce temps, enlèvent deux autres bâtiments, les cinq derniers prenant la fuite. Il ramène à Dunkerque les trois vaisseaux de prise avec trente navires marchands, le gros du convoi — quatre-vingts voiles —, filant sans encombre vers Dieppe et Le Havre. Louis fait Jean Bart chevalier et frapper une médaille titrée : *La France pourvue de blé par les soins du roi, après la défaite d'une escadre hollandaise.*

La marine apporte certes un soulagement sensible aux souffrances du peuple, mais le bilan de ces deux années est épouvantable.

Typhoïde, typhus, variole et autres épidémies prospèrent.

1 300 000 morts en deux ans sur vingt-deux millions d'habitants ! La plus grande catastrophe

météorologique de l'histoire de France. (En quatre ans, deux siècles après, la Grande Guerre n'égalera pas ce bilan, pour quarante millions de Français.) L'espoir revient le 27 mai 1694 au soir, où les récoltes sont sauvées par une forte pluie qui va durer une semaine sur une grande partie de la France. Le matin, il est vrai, on a sorti à Paris les châsses de sainte Geneviève et de saint Marcel pour une grande procession de supplication — Monsieur en tête — d'intercession pluviale divine.

Pendant ce temps le roi vieillit, au point de devenir méconnaissable. La Palatine, sa belle-sœur, femme de Monsieur, le voit dépérir. « Le roi se laisse aller. Il s'affaisse. Il paraît gros et vieux. [...] Le visage est changé ; à peine est-il reconnaissable ; de jour en jour, il se ride davantage[8]. »

Son expression habituelle, quand il ne se surveille pas, est le détachement morose de l'homme revenu de tout. Il a cinquante-six ans. C'est la vieillesse au XVIIe siècle, mais il a l'air encore plus vieux. Les excès de table sont l'une des causes de cette dégradation accélérée. Louis mange comme quatre et n'importe quoi — il est vrai que la diététique était dans les limbes —, creusant sa tombe avec ses dents.

La Palatine, encore elle, elle-même ogresse confirmée, est sidérée, le voyant manger par exemple : « quatre assiettes de différentes soupes », lesquelles n'étaient pas des brouets, « un faisan tout entier, une perdrix, une grande assiette pleine de salade », les salades non plus n'étaient pas bagatelle, « du mouton coupé et dans son jus avec de l'aïl, une assiette pleine de pâtisseries, de fruits et de confiture[9] ».

Les médecins qui l'environnent, à qui il se soumet scrupuleusement, aggravent évidemment son cas à force de prescriptions moliéresques — lavements, purges, régimes aberrants. Il souffre en permanence d'indigestions, de rhumatismes, de fièvres, de goutte, de coliques, de rhumes. Il a fallu lui arracher presque toutes les dents. Les hommes de l'art sont si adroits qu'il y gagne un trou dans le palais ; quand il boit, le liquide lui sort par le nez. C'est à peine s'il peut monter à cheval.

Ces inconvénients ne l'empêchent pas de travailler beaucoup. Mais l'affaiblissement qu'ils entraînent le rend malléable. Le poids de son confesseur augmentera jusqu'à la fin dans la conduite du royaume, en matière religieuse d'abord, mais on ne peut trop insister sur l'importance de cette matière, en France spécialement, au XVIIe siècle, car la France n'est pas seulement la première puissance de l'Europe, elle est aussi la plus adonnée — constante gauloise ? — aux discordes intellectuelles. Aujourd'hui, l'Église et l'État séparés depuis plus de cent ans, cette importance ne peut qu'apparaître baroque, aberrante, incompréhensible.

Ainsi la question janséniste, encore elle, occupera beaucoup Louis XIV en pleine guerre de Succession d'Espagne, où l'on aurait pu croire qu'il y avait d'autres chats à fouetter. La mort en 1709 du père de La Chaise, jésuite aimable, confesseur de Louis, et son remplacement par le père Le Tellier, jésuite de combat, aura de grandes conséquences.

Pourtant la guerre commande tout. Le 18 janvier 1695, Louis, à bout de bois pour faire du feu, institue la capitation. C'est un impôt. Un impôt de plus et révolutionnaire. Il frappe tout le monde pour la première fois, princes du sang compris. On établit 22 classes de contribuables dont la première est taxée de 2 000 livres et la dernière d'une livre. L'ensemble de ces classes comprend 569 catégories, mêlant tous les rangs et toutes les professions. En classe X par exemple, figurent les colonels, les échevins de Paris, les banquiers, les notaires parisiens ; en classe XVI, les professeurs de droit, les avocats, les marchands de blé, de vin et de bois...

L'impôt ne finit pas la guerre ; il est levé pour la prolonger. Elle se prolonge tant qu'elle s'enlise.

Le roi de Suède, Charles XI, offre sa médiation. Louis l'accepte, avance des propositions, repoussées par l'empereur et Guillaume d'Orange. Louis augmente ses concessions en travaillant à détacher de la coalition le duc de Savoie. C'est chose faite le 29 juin de 1696. La France évacuera les états de Savoie, dont Nice et Villefranche. Une fille du duc épousera le fils aîné du Grand Dauphin. Et la Savoie renforcera les armées françaises pour envahir le Milanais.

La défection de Victor-Amédée consterne les coalisés : l'empereur et le roi d'Espagne acceptent une suspension d'armes en Italie du Nord, jusqu'à la paix générale. Guillaume d'Orange, découragé pour la première fois, décide de discuter enfin avec la France, entraînant son ami Heinsius, Grand Pensionnaire de Hollande, encore plus monté que lui contre le Roi-Soleil.

Les négociations commencent le 9 juin 1697 au Nieuwbourg, château des princes d'Orange, près de Ryswick en Hollande. L'empereur s'avère le plus difficile, s'obstinant à réclamer Strasbourg et la renonciation de Louis à la Succession d'Espagne. Le roi presse le mouvement par un ultimatum aux alliés de l'empereur.

Le 21 septembre 1697, l'Angleterre, l'Espagne et les Provinces-Unies signent la paix avec la France. Le 30 octobre, l'Empire signe aussi.

La paix de Ryswick fut une paix blanche après neuf ans de combats qui étaient allés jusqu'en Inde et en Amérique. Les Hollandais s'étaient emparés de Pondichéry ; les Français avaient pris Carthagène en Colombie et, partis du Canada, avaient razzié Boston, New York, pris pied à Terre-Neuve... Mais cette paix de compromis masquait mal un recul de l'influence française.

La France gardait Strasbourg, malgré l'empereur, mais elle rendait la plupart de ses conquêtes. Le roi avait perdu presque toute sa clientèle allemande ; la candidature du prince de Conti au trône de Pologne pour succéder à Jean Sobieski avait tourné au fiasco ; il avait abandonné ses positions en Italie et sur la rive droite du Rhin. La ligue d'Augsbourg avait décidé de ne pas se dissoudre pour tenir Louis sous surveillance. L'hégémonie de Nimègue n'était plus qu'un souvenir.

L'Angleterre, seule, tirait de l'affaire un vrai bénéfice. Champion de la légitimité et du droit divin, Louis avait dû reconnaître pour son roi l'usurpateur Guillaume d'Orange, l'infatigable animateur de la coalition formée contre la France, qui avait chassé son beau-père Jacques II pour s'installer sur le trône d'Angleterre. Londres se fera pour plus de deux siècles la gardienne d'un « équilibre européen » qui lui laissera les mains libres sur mer.

L'opinion française accueille très mal cette paix. Vauban la juge plus « infâme que celle de Cateau-Cambrésis » entre Henri II et Philippe II d'Espagne qui, en 1559, avait enlevé la Savoie et le Piémont à la France. Mme de Maintenon, pacifiste forcenée, tient pour « une espèce de honte de restituer ce qui avait coûté tant d'efforts et de sang[10] ».

La raison de ces abandons disproportionnés avec la situation aurait été que Louis aurait voulu réserver toutes les forces de la France au règlement de la Succession d'Espagne. Après trente ans d'expectative et de supputations sur la santé de l'avorton Charles II, il était maintenant si bas que chaque jour de sa survie était compté comme un miracle par les uns, une malédiction pour les autres. Le partage de son immense héritage était de très loin l'affaire la plus importante à quoi les autres puissances européennes, le roi de France en tête, puissent se consacrer.

Fatale succession

Charles II d'Espagne l'Ensorcelé mourut le 1er novembre 1700. Il avait fallu trente ans pour que l'imminence advienne. L'émotion fut considérable, à la mesure de l'héritage.

Un mois plus tôt, le 2 octobre, il avait signé un dernier testament, instituant le duc d'Anjou pour légataire universel. Petit-fils de Louis XIV, second fils du Grand Dauphin, l'héritier avait dix-sept ans. La stupeur fut générale.

Charles II détestait la France, ennemie « héréditaire », les Bourbons en général, Louis XIV en particulier.

Jamais succession n'avait été aussi attendue, parce qu'elle était immense et que son règlement, avec l'Europe, bouleverserait l'équilibre du monde. Car cent cinquante ans après Charles Quint, le soleil ne se couchait toujours pas sur les domaines du roi d'Espagne. Il était l'oncle à héritage d'un continent entier. Si bien que les traités de partage anticipé s'étaient multipliés, prétendant suivre les changements que les convulsions du siècle infligeaient à l'Europe.

Les grands États de cet Occident se voulaient tous partie prenante à la division d'un domaine dont le gigantisme excluait la dévolution à un seul d'entre eux ; les plus voraces en étaient d'accord. Les combinaisons les plus harmonieuses avaient été couchées sur le papier dans le secret des cabinets, d'où elles s'échappaient régulièrement pour alimenter les jalousies ou les angoisses des princes frustrés dans leurs espérances précédentes.

La France demeurait, même après Ryswick, la plus grande puissance de cet ensemble, et Louis XIV était toujours accusé d'aspirer à la monarchie universelle. Qu'allait-il faire de ce cadeau monstrueux ?

La dépêche fatale arrive le 9 novembre à Fontainebleau, un mardi dans la matinée. Le roi décommande sa chasse du jour et réunit le conseil d'En-haut, à trois heures, chez Mme de Maintenon.

Torcy parle le premier. Que dit-il ? On en discute encore. On ne sait pas s'il opina de s'en tenir au dernier traité de partage ou d'accepter le testament. Ce troisième et dernier traité a été signé, huit mois plus tôt, en mars, avec l'Angleterre et la Hollande ; le premier l'avait précédé de trente-deux ans, le 19 janvier 1668, avec l'empereur d'Allemagne Léopold 1er...

Le Grand Dauphin s'enflamme pour l'acceptation, se déclarant enchanté de céder à son fils les droits sur l'Espagne qu'il tient de sa mère. Le duc de Beauvillier en reste au traité de partage, car l'acceptation entraînerait la guerre et la guerre la ruine de la France. Pontchartrain penche pour le testament. En cas de guerre, la France serait assez forte pour protéger l'Espagne, puis ne valait-il pas mieux la faire pour le grand héritage que pour une portion ? On ne connaît pas l'opinion de Mme de Maintenon. Louis lève la séance sans se prononcer. Il doit réfléchir.

Le lendemain, 10 novembre, lui parvient l'avis que le peuple espagnol aussi bien que les hidalgos souhaitent la solution française. Pour une fois, l'avis est véridique.

Le Conseil, réuni en fin de journée, accepte le testament à l'unanimité. Le 6, à Versailles, l'ambassadeur d'Espagne s'entend dire par Louis devant le duc d'Anjou : « Vous pouvez le saluer comme votre roi[1]. » Aux courtisans, il déclare : « Messieurs, voici le roi d'Espagne ; la naissance l'appelait à cette couronne ; toute la nation l'a souhaité et me l'a demandé instamment, ce que je leur ai accordé avec plaisir : c'était l'ordre du ciel[2]. » « Il n'y a plus de Pyrénées », prononce l'ambassadeur d'Espagne. Le 5 décembre, le ci-devant duc d'Anjou, maintenant Philippe V d'Espagne, prend le chemin de Madrid. La veille, faisant ses adieux, il a versé des torrents de larmes dans les bras de son grand-père, le roi lui-même pleurant aussi.

Louis XIV lui a remis des Instructions en 33 articles d'une écrasante banalité, à l'exception du dernier.

Ainsi le premier : « Ne manquez à aucun de vos devoirs, surtout envers Dieu. » Et encore l'article 6 : « Aimez votre femme, vivez bien avec elle, demandez-en une à Dieu qui vous convienne... » ; le 7 : « Aimez les Espagnols et tous vos sujets attachés à vos couronnes... » ; le 8 : « Faites le bonheur de vos sujets... » ; le 18 : « Traitez bien tout le monde ; ne dites jamais rien de fâcheux à personne[3]... »

Le dernier fait retrouver le Roi-Soleil :

« Je finis par un des plus importants avis que je puisse vous donner : ne vous laissez pas gouverner ; soyez le maître ; n'ayez jamais de favori ni de Premier ministre[4]... »

La guerre n'est pas encore certaine. Guillaume III lui-même, l'éternel ennemi, a informé son allié Heinsius qu'il ne bougera pas pour défendre le traité de partage qu'ils ont signé ensemble : « Ayant fait un traité pour éviter la guerre, je n'entends pas faire la guerre pour exécuter un traité[5]. » L'empereur d'Autriche est seul à prendre feu tout de suite. « Question d'honneur ! » proclame-t-il. Il bat le rappel de ses alliés, soit le gros des princes allemands, dont l'Électeur palatin, l'Électeur de Hanovre et celui de Brandebourg, qui, avec l'accord de la conférence des princes germaniques, devient roi de Prusse.

Mais si Heinsius et Guillaume III sont convenus d'oublier le traité de partage, l'acceptation par Louis de la succession les surprend, ils décident de réagir. Toutefois leurs opinions étant pacifiques, ils ne peuvent rien presser. Les tories d'Angleterre et les républicains de Hollande les poussent au contraire à reconnaître Philippe V. Le 16 novembre 1700, Guillaume en est réduit à écrire à Heinsius à propos de ses sujets : « Le seul jeu que j'ai à jouer avec ce peuple, c'est par une conduite prudente de l'engager insensiblement à la guerre sans qu'il s'en aperçoive[6]. »

Louis, sans tarder, va aider comme d'habitude ses ennemis potentiels à se mobiliser contre lui : le 1er février 1701, il fait enregistrer au Parlement les droits du nouveau roi d'Espagne au trône de France, Guillaume en profite pour ameuter ses adversaires, au prétexte que les deux couronnes, de France et d'Espagne, coifferaient la même tête qui ainsi pourrait réduire l'Europe à sa merci.

Louis envoie ensuite le maréchal de Boufflers remplacer les troupes hollandaises dans les places de la Barrière (Charleroi, Courtrai, Mons, Namur, Nieuport...), dont les Espagnols leur ont, deux ans plus tôt, concédé l'occupation. L'opération se fait sans violence mais Guillaume est ulcéré : « Suis-je homme à perdre sans combat ce pour quoi j'ai combattu pendant plus de vingt-huit ans[7] ? » écrit-il à Heinsius le 8 février 1701.

Les Français arrivent à Madrid en terrain conquis, prenant en main les affaires du royaume. Leur ambassadeur, le duc d'Harcourt, fait figure de vice-roi. Louis lui a écrit pour l'instruire :

« Mon cousin, les intentions du roi d'Espagne sont bonnes. Il fera le bien s'il le connaît[8]... »

On va le lui faire connaître. Le roi a détaché encore la princesse des Ursins auprès de son petit-fils et de son épouse de treize ans, Marie-Louise Gabrielle de Savoie. Née Marie-Anne de La Trémoille-Noirmoutier, c'est une maîtresse femme flamboyante, secrètement liée à Mme de Maintenon, à qui elle rend compte de tout.

En moins d'un an, la monarchie ibérique est devenue un protectorat français.

Mais les Hollandais d'Hensius exigent l'évacuation des places de la Barrière, tandis que Guillaume excite sans relâche les Anglais contre la France, persuadant les marchands que les Indes occidentales et le marché français lui-même vont leur être fermés et pressant les Communes de réarmer incontinent. Mais le gouvernement renâcle — les tories ne veulent pas la guerre… Guillaume doit se résigner à reconnaître Philippe V, en avril 1701.

Ce sont les Hollandais qui vont emporter le morceau. Ils adjurent les Anglais de leur venir en aide pour faire évacuer la Barrière aux Français. Les pétitions se multiplient outre-Manche pour l'intervention et le Parlement se laisse fléchir.

Le 7 septembre 1701, l'Angleterre et la Hollande signent un traité secret d'assistance. Les alliés enlèveraient à Philippe V toutes les colonies qu'ils pourraient et se réserveraient le trafic avec l'outre-mer espagnol… Les Pays-Bas espagnols deviendraient protectorat hollandais. L'empereur aurait l'Italie. Philippe V pourrait conserver son trône à condition de renoncer à la couronne de France.

Guillaume d'Orange meurt le 19 mars 1702, laissant l'Europe remontée à bloc contre Louis XIV.

Le 15 juillet, l'Angleterre, la Hollande et l'empereur déclarent la guerre à la France. Bientôt rejoints par le Danemark, la Prusse, les Électeurs de Trêves, Mayence, Hanovre et des dizaines de princes allemands de moindre importance.

La grande guerre

La guerre de Succession d'Espagne sera la plus grande guerre de Louis XIV et la dernière. La France seule pendant dix ans tint tête à l'Europe entière au prix de pertes énormes et, pour la première fois du temps du Roi-Soleil, d'une invasion du territoire, qui n'alla pas loin et fut rapidement repoussée, mais fit trembler le royaume.

Les opérations, passionnément suivies par le roi sur les cartes d'Europe dans son cabinet de Versailles, commencèrent dans le Milanais par une descente du prince Eugène venu du Tyrol à la tête de 30 000 hommes.

Le prince Eugène de Savoie-Carignan est l'un des plus grands capitaines de son temps. Il hait Louis XIV, qui l'a dédaigné dans sa jeunesse où il brûlait de le servir. S'étant placé sur son passage pour lui demander une compagnie, il vit le roi — son idole — passer devant lui sans répondre, car personne, dira Louis plus tard, « n'a jamais osé me regarder avec autant d'insolence, comme un épervier jaugeant sa proie[1] ». Puis Eugène s'était enfui de France en 1685 pour servir dans les troupes impériales, ayant juré « de n'y rentrer que les armes à la main* ».

Catinat ne peut lui faire face. Villeroi, ami du roi et le pire incapable du Grand Siècle, ayant toujours été battu, quelles qu'aient été les circonstances, est égal à lui-même. En février 1702, il se fait enlever dans Crémone par une poignée d'impériaux qui ont pénétré dans la ville en passant par un vieil aqueduc. Le maréchal est emmené prisonnier, tandis que ses hommes repoussent l'ennemi ! À Versailles et dans l'armée on s'esclaffe jusqu'à l'étouffement.

Louis se sent visé par cette gaieté et défend sa nullité préférée, s'indignant de ces insultes au malheur du maréchal, ajoutant croire « que l'amitié dont il l'honorait lui attirait une partie de la haine que l'on avait contre lui[2] ».

Le 4 octobre en Allemagne, Villars écrase à Friedlingen le margrave de Bade. Villars, gros blond jovial, très gai, très vantard, mais très capable, était déjà très populaire dans la troupe ; ses soldats

* Voici ce qu'il écrit dans la préface à ses *Mémoires du Prince Eugène de Savoie écrits par lui-même* (édition de Weimar, 1809) : « Quelques historiens bons ou mauvais se donneront peut-être la peine d'entrer dans les détails de ma jeunesse dont je ne me souviens presque plus. Ils parleront sûrement de ma mère, un peu intrigante à la vérité, chassée de la cour, exilée de Paris et soupçonnée je crois de sorcellerie par des gens qui n'étaient pas de grands sorciers. Ils diront comment je suis né en France, et comment j'en suis sorti, la rage dans le cœur contre Louis XIV, qui m'a refusé une compagnie de cavalerie, parce que, disait-il, j'avais une complexion trop faible ; et une Abbaye, parce qu'il prétendait (sur je ne sais quels mauvais propos sur mon compte, ou fausses anecdotes de galerie de Versailles) que j'étais plus fait pour le plaisir que pour l'église. Il n'y a pas de huguenot, chassé par la révolution de l'édit de Nantes, qui lui ai conservé plus de haine... Aussi quand Louvois, apprenant mon départ, dit : *Tant mieux, il ne retournera plus dans ce pays-ci* ; je jurai bien de n'y rentrer que les armes à la main. J'ai tenu ma parole. »

enthousiasmés le proclament maréchal et le roi le confirme.

Si Louis aime Villeroi et l'aimera toujours, envers et contre tout, il aime aussi Vendôme, son cousin par la main gauche, petit-fils comme lui d'Henri IV par Gabrielle d'Estrée. Vendôme, gros blond très gai comme Villars, à sa différence sodomite célèbre et comme lui aimé de la troupe, est un grand capitaine. Louis l'envoie en Italie où il bat le prince Eugène à Luzzara.

1703 vit un tournant. Le Portugal et la Savoie, jusque-là alliés de la France, rejoignent la coalition et les alliés décident de ne plus reconnaître Philippe V ; il n'est plus le roi d'Espagne, l'archiduc Charles le remplace... En Allemagne, Villars sauve de justesse l'Électeur de Bavière qui s'est jeté sur le Tyrol au lieu de marcher sur Vienne de concert avec lui. Empêtré à réprimer le soulèvement des Tyroliens, il laissait deux armées de l'Empire prendre sa Bavière en tenaille. Villars détruit l'une à Höchstädt, le 20 septembre, et Tallard bat l'autre à Spire en novembre.

Pendant ce temps dans les Cévennes la révolte des Camisards occupe 18 000 hommes plus utiles ailleurs. On croit régler la question par la répression. Un enchaînement d'atrocités atteint très vite des paroxysmes oubliés depuis les écorcheurs du XIVe siècle. Le comte de Broglie donne le ton pour le roi, sans aucun succès : les Enfants de Dieu (d'un Dieu féroce) — ainsi se nomment les révoltés — gagnent du terrain ; le maréchal de Montrevel durcit encore la répression, recrutant des repris de justice pour grossir ses troupes, en vain. Alors il préconise l'extermination des parpaillots. Le roi refuse mais accepte le « razement » du pays. On démolit 31 paroisses et on déporte 12 000 personnes à Toulouse, Béziers, Carcassonne, et Lyon ; sans résultat. On rappelle Villars d'Allemagne. Il apaise la rébellion en démontant les échafauds dressés dans les villages et en négociant avec ses chefs, en tête desquels Jean Cavalier, boulanger d'un petit village, qui s'est révélé tout jeune un maître en guérilla, se gagnant un prestige immense auprès de ses coreligionnaires.

Le 13 août 1704, à Blenheim sur le Danube, près de Höchstädt où Villars a vaincu l'année précédente, l'armée royale essuie la plus lourde défaite du règne. Les 53 000 hommes commandés par Max-Emmanuel de Bavière et les maréchaux Tallard et Marsin sont écrasés par les 62 000 Anglo-impériaux de Marlborough et du prince Eugène. Toute l'artillerie est perdue, avec 172 drapeaux. Tallard est pris ; l'Électeur et Marsin ont passé le Danube, abandonnant 10 000 hommes qui doivent capituler. Eugène de Savoie écrit dans ses *Mémoires* : « Nous perdîmes 9 000 hommes, mais 12 800 Français tués, 20 800 prisonniers empêchèrent cette fois-ci de chanter leur *Te Deum* pour leurs défaites, qu'ils ne reconnaissent jamais[3]. »

Personne n'osant informer le roi, Mme de Maintenon s'en charge. Louis ne cille pas, avouant cependant ne pas comprendre comment « vingt-six bataillons français s'étaient rendus prisonniers de guerre[4] ».

Les déconvenues se succèdent en 1705. À Gibraltar, qu'on ne peut reprendre, et en Catalogne, qui se soulève contre Philippe V. L'empereur Léopold meurt en mai. Son fils aîné lui succède sous le nom de Joseph 1er. Remonté par le prince Eugène, il se montre plus intraitable encore que son père.

Puis les affaires religieuses reviennent sur le devant de la scène avec la bulle *Vineam Domini Sabaoth*, promulguée le 16 juillet 1705 pour condamner le « cas de conscience ».

L'affaire a été soulevée, trois ans plus tôt, par les jansénistes les plus engagés. Quelle réponse faire à cette question d'un curé auvergnat — l'abbé Fréhel, curé de Clermont-en-Auvergne : faut-il donner l'absolution à un prêtre qui, mourant, condamnerait dans leur principe les « cinq propositions » de Jansénius dites hérétiques par l'Église, mais contesterait leur présence dans Jansénius et se contenterait là-dessus d'un « silence prudent » ? Tel était le « cas de conscience ». La grande machine théologique à couper les cheveux en quatre était relancée.

L'archevêché de Paris dit oui à l'absolution. Les jésuites dirent non et dénoncèrent Paris à Rome. Rome censura Paris, le 12 février 1703. Le cardinal-archevêque, Louis-Antoine de Noailles, se soumit ; il condamna le oui. Et le temps passa.

Au mois de mai, le janséniste père Quesnel, auteur d'un *Nouveau Testament en français avec des réflexions morales sur chaque verset*, en abrégé *Les Réflexions morales*, qui avait eu un succès phénoménal (Noailles, alors évêque de Châlons, l'avait approuvé), était arrêté à Bruxelles par les gens du roi d'Espagne à la demande de Louis XIV. Quesnel s'évada, laissant ses papiers derrière lui. Leur dépouillement donna la mesure de l'influence de « la secte » en France : l'Église entière était noyautée.

La chose n'était pas anodine : le père Quesnel dans son livre relevait les thèses d'Edmond Richer, théologien théoricien du gallicanisme intégral, mort en 1631 (sous la Révolution, il inspirera la constitution civile du clergé). Pour lui, c'était l'Église entière, le peuple de Dieu entier, qui avait le dépôt de la foi, non pas seulement le collège des évêques et du pape. Le peuple chrétien, comme aux origines, devait élire ses prêtres et ses évêques. Rome redevenait symbole, n'étant plus centre de pouvoir.

Port-Royal rêvait de rendre à l'Église sa pureté primitive. Plus de croix sur les autels, plus de reliques à l'intérieur, plus de statues de saints dans les églises, plus de latin dans la liturgie ; le culte marial sera ramené à sa modestie initiale et les miracles seront passés sous silence. Le calvinisme était tout proche. Louis ne pouvait pas rester inerte.

Arrive 1705. Le roi demande à Clément XI une censure plus forte du « silence respectueux » que la condamnation de 1703. Les jésuites s'activent, avec Fénelon soucieux de se rapprocher du roi. Le 16 juillet 1705, Clément XI promulgue la bulle *Vineam Domini Sabaoth*, condamnant le « cas de conscience ». Le prêtre mourant du curé auvergnat ne mourra pas absous.

Le cardinal de Noailles reçoit la bulle avec « grande joie », dit-il, et s'affaire à la faire recevoir de ses ouailles, mais c'est en vain qu'il travaille à obtenir la signature des religieuses de Port-Royal au formulaire d'approbation de *Vineam*.

Et les choses en restent là.

En 1706, Villeroi se surpasse. Désireux de frapper un grand coup tout seul, il s'avançe contre Marlborough, malgré les ordres formels du roi, répétés quatre fois, sans attendre Marsin qui lui amène des renforts. Puis, ayant trouvé Marlborough près de Ramillies, le 23 mai, il place son aile gauche devant un marais qui lui interdit tout mouvement. L'Anglais n'a qu'à se donner la peine d'écraser son aile droite et Villeroi, en déroute, abandonne tout le pays avec Anvers, Bruxelles, Bruges, Gand et Louvain… Les alliés triomphants, accueillis partout en libérateurs, arrivent à la frontière. La catastrophe est bien pire que le désastre de Blenheim.

Louis ne bronche pas ; Villeroi est son homme qu'il protège contre toute raison. Pressé de démissionner, Villeroi refuse hautement, soutenant n'avoir pas failli.

On rappelle Vendôme d'Italie pour raccommoder les morceaux. Et le 7 septembre devant Turin, l'armée française d'Italie* est détruite par le prince Eugène, par la faute de Marsin — le fuyard de

* Lire à ce sujet le récit détaillé de G. Mengin, capitaine du génie, intitulé *Relation du siège de Turin en 1706, rédigé d'après des documents originaux inédits*, Imprimerie Royale, Paris, 1832.

Blenheim — qui s'est obstiné à faire le siège de la ville, demeurant dans ses retranchements au lieu de faire face à Eugène comme le voulait Philippe d'Orléans, le futur régent, qui fut blessé dans l'affaire, Marsin y perdant la vie.

En trois rencontres, Blenheim, Ramillies, Turin, la France a perdu l'Allemagne, la Flandre et l'Italie.

Peu s'en faut, la même année, qu'elle ne perde aussi l'Espagne. Philippe V, au mois de mai, a échoué devant Barcelone, un mois plus tard, il perd Madrid. Par bonheur les alliés, commandés par le fils du marquis de Ruvigny — jadis délégué général des protestants français — devenu anglais et lord Galloway, doivent évacuer leur conquête sous la pression de guérillas sans merci, et Philippe, en octobre, rentre sous les vivats dans sa capitale. Mais Madrid n'est pas toute l'Espagne et moins encore l'Europe, où la situation est désespérée.

630 000 morts

Le 1er janvier 1707, à la stupeur générale, le roi reçoit avec ces mots l'ambassadeur d'Espagne : « Monsieur, nos affaires vont bien ! » Certains le croient gâteux. Pourtant, le 25 avril 1707, le maréchal de Berwick est vainqueur de Galloway à Almanza et le duc d'Orléans regagne une grande partie des pays perdus, à Valence, en Aragon et en Catalogne.

Les affaires ne vont pas si bien, à tel point que le prince Eugène, avec Victor-Amédée de Savoie, envahit la Provence par le col de Tende, le 4 juillet, avec 45 000 hommes, et vient mettre le siège devant Toulon, bloquée du côté de la mer par une flotte anglo-hollandaise. Les guérillas provençales coupant sans cesse leurs lignes d'approvisionnement (une armée de Charles Quint avait subi le même sort sous François Ier), les impériaux doivent se retirer fin août, mais la ville a beaucoup souffert de leurs bombardements et la flotte restée dans le port, une vingtaine de navires, a dû se saborder.

Bien entendu les caisses sont vides. En 1706, les dépenses montent à deux cents millions de livres pour cinquante-trois millions de recettes. On survit d'expédients. Samuel Bernard y fait sa fortune. Les usuriers, jusque-là méprisés, jouissent d'une considération surprenante. « Intéressés dans les affaires de Sa Majesté », les manieurs d'argent s'élèvent dans la société à une vitesse inconnue.

Pour réduire la dette, la livre, monnaie de compte, est régulièrement dévaluée. Apparaît une monnaie fiduciaire appelée « billet de monnoye » qui alimente aussitôt toutes sortes d'agiotages.

1708 est une triste année. Une tentative de débarquement en Écosse, avec l'aide de la France, de Jacques III Stuart, dit le Chevalier de Saint-Georges, échoue par la faute d'un pilote qui fait fausse route. Forbin sauve de justesse son escadre de cinq vaisseaux prise en chasse par les trente-huit voiles de l'amiral Byng. En Flandre, la discorde entre Vendôme, dit le « Dieu Mars », et le duc de Bourgogne, bigot fieffé, pacifiste à la Fénelon, inapte à la guerre — entre lesquels Louis XIV n'avait pas précisé clairement à qui était le commandement pour ménager l'amour-propre de son petit-fils —, entraîne un nouveau désastre à Audenarde.

Les circonstances presque burlesques d'une bataille manquée, le 11 juillet, à force de confusion, d'indécision et d'hésitations de la part du duc de Bourgogne, engendrent à Paris mille chansons qui traînent dans la boue le fils aîné du Grand Dauphin, que son père lui-même n'estime guère, soulevant de gros remous à la cour. Avec la formation de deux partis, pour et contre Bourgogne...

Le roi ne prend aucune mesure pour remédier à la situation. Vendôme veut toujours attaquer Marlborough, Bourgogne garder Bruges et Gand. Résultat : l'Anglais s'empare de Lille, le 9 décembre, après deux mois et demi d'un siège pendant lequel il a pu se ravitailler sans encombre. Vendôme et toute sa raison ne pouvaient l'emporter sur l'héritier du trône ; il sera disgracié pour l'exemple et, pour peu de temps, exilé dans son château d'Anet ; Bourgogne revenant à ses dévotions.

Philippe d'Orléans en Espagne est plus heureux : il enlève Tortosa le 11 juillet. Hélas il fait de l'ombre à son cousin Philippe V, se comportant en proconsul et laissant croire que si les affaires allaient au pire, que ce dernier dût se retirer, il ne serait pas extravagant de le voir lui succéder. Mme des Ursins conseille à Philippe V de se plaindre à son grand-père. Philippe d'Orléans est relevé de son commandement et rappelé. Une cabale à Versailles l'accuse aussitôt de haute trahison. Le Grand Dauphin réclame un procès.

En vérité le roi n'est pas hostile à la solution de rechange représentée par Orléans qui pourrait peut-être aboutir à la paix ; le duc d'Orléans lui en avait parlé et il l'avait approuvé...

La même année 1708, Desmarets, neveu de Colbert, prend le contrôle général des Finances, après une longue disgrâce. Il sauve la situation par son activité inlassable et son imagination débordante. Grâce à lui les armées peuvent continuer le combat. Avec lui, le clan Colbert domine le clan Louvois.

1709. La veille de l'Épiphanie, la nuit du 5 au 6 janvier, la température chute de vingt degrés dans tout le pays. Il aurait fait – 16° à Paris et – 25° en Beauce. Le froid dure jusqu'au 24. La Somme, la Seine, la Garonne, le Rhône, la mer dans le vieux port de Marseille sont gelés. On coupe le pain à la hache. Il y a dégel le 25 janvier. Regel le 4 février jusqu'au 8. Dégel jusqu'au 22. Regel ce jour-là, puis dégel et dernier regel le 10 mars. Les inondations du printemps noient les cultures qui restent.

On estime à 630 000 le nombre des morts de cet hiver-là — deux fois moins certes qu'en 1694, mais le constat pour autant n'en est pas plus gai.

« Il semble que Dieu veut nous réduire à la dernière extrémité », écrit Mme de Maintenon. Et encore : « Il faut céder au bras de Dieu qui est visiblement contre nous[1]. »

L'accession, le 21 février 1709, du jésuite Le Tellier à la place de confesseur du roi devait confirmer ce pessimisme au-delà de toute espérance.

Vu l'importance de ce confesseur pour la suite des événements, il faut revenir à Saint-Simon qui le connut d'assez près pour en faire un portrait effrayant, pour le portraituré et pour le portraitiste. L'effroi suscité par l'un et par l'autre n'est pas de même nature : la description de la victime entraîne le premier, le torrent d'un style féroce entraîne le second en forçant l'admiration :

Il avait passé par tous les degrés de la Compagnie, professeur, théologien, recteur, provincial, écrivain. Il avait été chargé de la défense du culte de Confucius et des cérémonies chinoises. Il en avait épousé la querelle, il en avait fait un livre qui pensa attirer d'étranges affaires à lui et aux siens, et qui, à force d'intrigues et de crédit à Rome, ne fut mis qu'à l'Index[2].

Voilà le confesseur du Roi Très Chrétien illisible à Rome : « Il est surprenant que malgré cette tare, il ait été confesseur du Roi », observe Saint-Simon, décrivant à la suite un fanatique absolu pour qui rien ne doit prévaloir au monde sur la Compagnie de Jésus, « ardent sur l'établissement en dogmes nouveaux de tous ceux de sa Compagnie sur les ruines de tous ceux qui y étaient contraires, et qui étaient reçus et enseignés de tous temps dans l'Église. » Saint-Simon poursuit :

Sa tête et sa santé étaient de fer, sa conduite en était aussi, son naturel cruel et farouche [...] Il était profondément faux, trompeur, caché sous mille plis et replis, et, quand il put se montrer et se faire craindre, exigeant tout, ne donnant rien, se moquant des paroles les plus expressément données lorsqu'il ne lui importait plus de les tenir, et poursuivant avec fureur ceux qui les avaient reçues. [...] C'était un homme terrible... Violent jusqu'à faire peur aux jésuites les plus sages, et même les plus nombreux et les plus ardents jésuites... Il eût fait peur au coin d'un bois. Sa physionomie était ténébreuse, fausse, terrible ; les yeux ardents, méchants, extrêmement de travers : on était frappé en le voyant[3].

Et voici le point d'orgue de cette admirable diatribe, réduite de plus des neuf dixièmes — on ne peut pas citer à l'infini :

À ce portrait exact et fidèle d'un homme qui avait consacré corps et âme à sa Compagnie, qui n'eut d'autre nourriture que ses plus profonds mystères, qui ne connut d'autre Dieu qu'elle [...] on ne peut être surpris qu'il fût sur tout le reste grossier et ignorant à surprendre, insolent, impudent, impétueux, ne connaissant ni monde, ni mesure, ni degrés, ni ménagement ni qui que ce fût et à qui tout moyen était bon pour arriver à ses fins[4].

La première fin du père Le Tellier est l'anéantissement du jansénisme qui insupporte sa Compagnie, depuis plus de cinquante ans. Il n'aura pas besoin de circonvenir le roi : confesseur et pénitent partagent la même fureur. N'y a-t-il pas près de cinquante ans que Louis déclarait l'heure venue d'anéantir le jansénisme, « trois raisons m'y obligeant, ma conscience, mon honneur et le bien du royaume[5] », devant les présidents de l'assemblée du clergé, chez Mazarin agonisant ?

La paix cependant est plus urgente que la fin de Port-Royal.

« Céder au bras de Dieu », selon l'expression de Mme de Maintenon, c'est se replier sur les frontières de 1659, sinon celles de 1648, autrement dit abandonner tous les acquis de Richelieu, de Mazarin, de Louis XIV lui-même…

Ce pessimisme radical, négation de toute politique, dispose à la cour d'un puissant parti outre la femme du roi, dont les ducs de Chevreuse et de Beauvillier, dévots en diable, dangereusement proches de Louis alors rendu influençable par une impressionnante série de défaites et de catastrophes.

Ce parti est encouragé en sous-main par l'angéliste Fénelon qui, ayant si bien transformé le duc de Bourgogne en ectoplasme pénitent, voit son heure venir avec l'accumulation des malheurs de la patrie.

Partout en France on se révolte. La famine en est la cause. Paris bouge en mars. Le 30 avril, le Grand Dauphin est arrêté sur le chemin de l'Opéra par une foule criant : « Du pain ! » Le 22 mai, le lieutenant général de police d'Argenson est pris à partie dans son carrosse dont les vitres sont brisées. En août, deux émeutes éclatent rue Saint-Denis et au faubourg Saint-Antoine. Le carrosse d'Argenson subit de nouveaux dégâts. Son hôtel est attaqué. Le guet tire, faisant plusieurs morts. Le maréchal de Boufflers et le duc de Gramont sont arrêtés place de Grève. Boufflers a défendu Lille comme un lion contre le prince Eugène ; il est très populaire ; il écoute les manifestants, promet de rapporter à Versailles. On les laisse passer. Le régiment des gardes quadrille Paris. À Rouen, on crie « Vive Marlborough ! ». Mme de Maintenon est la cible de vilaines chansons. Des affiches portent aux nues Brutus et Ravaillac.

Le roi est fortement touché par « l'inondation des placards les plus hardis et les plus sans mesure contre sa personne, sa conduite et son gouvernement, qui, longtemps durant, furent trouvés affichés aux portes de Paris, aux églises, aux places publiques et surtout à ses statues, qui furent insultées de nuit en diverses façons[6] ».

Louis est divisé à ce moment-là. Tantôt les dévots l'entament et l'amènent à considérer une paix d'abandon, tantôt il se retrouve et la grandeur le ressaisit. Il prend cependant le parti de la paix, mais non pas n'importe laquelle.

Le 5 mars 1709, il dépêche en Hollande Pierre Rouillé de Marbeuf pour réclamer une suspension d'armes et l'ouverture d'une conférence de paix.

Les Hollandais énumèrent des conditions draconiennes : extension en leur faveur de la Barrière vers le sud en y incluant Lille, destruction des fortifications de Dunkerque, cession de la Basse-Alsace à l'empereur, reconnaissance de la succession protestante anglaise ; pour l'Empire, retour aux traités de Westphalie et retour de Philippe V à la condition de duc d'Anjou. Louis aurait cédé sur tout contre la remise à son petit-fils, détrôné en Espagne, du royaume des Deux-Siciles. Mais le 10 avril, au nom de la reine d'Angleterre, Marlborough exige la cession de tout l'Empire espagnol.

Quand le 28 avril, à Versailles, à la fin d'un conseil dramatique, où il fut reconnu que la France n'avait plus les moyens de se battre, Torcy propose d'aller lui-même trouver les Hollandais pour renouer le dialogue — démarche sans précédent d'un secrétaire d'État aux Affaires étrangères, où il apparaîtrait en quémandeur — le roi accepte, paraît-il les larmes aux yeux. (Mme de Maintenon rapporte qu'à cette époque de sa vie, on le voyait régulièrement pleurer sans motif avoué.)

Heinsius remit à Torcy, devant le prince Eugène et Marlborough, un protocole en quarante articles, les « Préliminaires de La Haye », dont l'article 4 stipule que Louis XIV reconnaîtra Charles III comme roi d'Espagne et garantira que son petit-fils videra les lieux dans les deux mois, quitte, s'il tarde, à lui faire la guerre. S'ajouterait ainsi le déshonneur à l'humiliation. Le roi accepte toutes les clauses des Préliminaires sauf l'article 4.

En même temps que s'enlisent les négociations de paix, une crise politique intérieure atteint le roi, pour la première fois, le pouvoir absolu montre ses limites. La famine, conséquence du Grand Hiver, en est la cause immédiate.

Il faut un bouc émissaire, Chamillart est choisi. Le 12 mai, un conseil réunit le Grand Dauphin, le duc de Bourgogne — convoqué par Louis XIV avec cette réserve : « À moins que vous n'aimiez mieux aller à vêpres[7] ! » —, les maréchaux de Boufflers, de Villars et d'Harcourt, Desmarets qui a les Finances et Chamillart la Guerre. Chamillart est accablé par les maréchaux, jusqu'à pousser de grands cris d'indignation désespérée.

Louis ne veut pas s'en séparer, il y est habitué et Chamillart est loyal. Mme de Maintenon écrit le 9 juin au duc de Noailles : « Le déchaînement contre l'homme que vous savez augmente tous les jours et vient jusqu'au maître ; il ne peut se résoudre à le sacrifier parce qu'il lui fait pitié et qu'il se met en pièces présentement pour le service[8]. »

Louis cède enfin. Il charge Beauvillier d'informer l'intéressé de sa disgrâce, n'osant la lui annoncer lui-même. Il double sa pension, en accorde une à son fils, Chamillart remercie et disparaît. Il est remplacé par un obscur commis, Daniel François Voysin de la Noiraye, créature de Mme de Maintenon, administrateur de la maison de Saint-Cyr.

Pour la première fois du règne, un ministre est chassé sous la pression de l'opinion relayée par la cour. Le roi n'est plus absolu.

Ouf !

Si on ne peut plus faire la guerre, il faut faire la paix. Espérant contourner l'impasse de l'article 4, le conseil d'En-haut décide de donner à l'ennemi une preuve de bonne volonté en rapatriant toutes les troupes françaises d'Espagne. C'est abandonner complètement Philippe V.

Le scandale est si patent que Philippe d'Orléans et les maréchaux ne sont pas seuls à protester, l'archi-dévot et pacifiste Beauvillier ne dissimule pas son trouble devant cette forfaiture.

Louis, devenu influençable, « fit ce qu'il n'avait jamais fait sur une affaire discutée et résolue : il suspend les ordres et rassemble le conseil d'État pour délibérer de nouveau[1]... », écrit Saint-Simon.

Après de « très vifs » débats, on coupe la poire en deux : on laisse au roi d'Espagne vingt-cinq bataillons.

Et le 12 juin, le roi écrit à l'intention de tous ses sujets la lettre étonnante, tout droit inspirée de l'histoire romaine, où il leur explique qu'il ne veut que la paix, mais que les ennemis l'obligent à faire la guerre. L'effet de ce message, diffusé dans tout le royaume par les officiers de la couronne et surtout les curés, qui sont au plus près du peuple, sera prodigieux :

L'espérance d'une paix prochaine était si généralement répandue dans mon royaume que je crois devoir à la fidélité que mes peuples m'ont témoignée pendant le cours de mon règne la consolation de les informer des raisons qui empêchent encore qu'ils ne jouissent du repos que j'avais dessein de leur procurer.

J'avais accepté, pour le rétablir, des conditions bien opposées à la sûreté de mes provinces frontières ; mais plus j'ai témoigné de facilité et d'envie de dissiper les ombrages que mes ennemis affectent de conserver de ma puissance et de mes desseins, plus ils ont multiplié leurs prétentions ; en sorte que, ajoutant par degrés de nouvelles exigences aux premières [...], il m'ont également fait voir que leur intention était seulement d'accroître aux dépens de ma couronne les États voisins de la France et de s'ouvrir des voies faciles pour pénétrer dans l'intérieur du royaume, toutes les fois qu'il conviendrait à leurs intérêts de commencer une nouvelle guerre [...].

Je passe sous silence les insinuations qu'ils ont faites de joindre mes forces à celles de la Ligue, et de contraindre le roi, mon petit-fils, à descendre du trône, s'il ne consentait pas volontairement [...] à se réduire à la condition d'un simple particulier. [...] Mais, quoique ma tendresse pour mes sujets ne soit pas moins vive que celle que j'ai pour mes propres enfants ; quoique je partage tous les maux que la guerre fait souffrir à des sujets aussi fidèles, et que j'aie fait voir à toute l'Europe que je désirais sincèrement de les faire jouir de la paix, je suis persuadé qu'ils s'opposeraient d'eux-mêmes à la recevoir à des conditions également contraires à la justice et à l'honneur du nom FRANÇAIS.

[...] J'écris aux archevêques et évêques de mon royaume d'exciter encore la ferveur dans leurs diocèses ; et je veux en même temps que mes peuples, dans l'étendue de leur gouvernement, sachent de vous qu'ils jouiraient de la paix, s'il eût dépendu seulement de ma volonté de leur procurer un bien qu'ils désirent avec raison, mais qu'il faut acquérir par de nouveaux efforts[2]...

Le rituel est respecté : le roi est toujours la source de tout. Le royaume est son royaume. Le peuple est son peuple. Les archevêques et évêques sont ses archevêques et évêques. Tout est à lui, c'est le langage de l'époque, clause de style inévitable. Cependant, à cet instant, rien ne dépend de lui, tout dépend de ceux à qui il s'adresse, des vingt millions environ de Français et de Françaises, dont 80 % au moins sont illettrés, très loin de cette prose ondoyante et solennelle de la plume de Torcy, qui était opposé à laisser deviner quoi que ce soit de l'état des négociations entamées trois mois plus tôt.

Le roi a rompu le secret dont il a vanté cent fois la nécessité tout au long de son règne. Il explique la situation, se fait pédagogue. Il demande à « son » peuple de le soutenir, non plus seulement de lui obéir. Il s'adresse à des égaux, les prenant à témoin de ses efforts pacifiques et de la perverse résolution des ennemis de réclamer toujours plus. Ces ennemis, comme le reste, sont toujours les siens — « mes ennemis », écrit-il — mais l'appel à l'honneur du nom FRANÇAIS (les capitales sont dans le texte pour ce mot seul) anéantit ce possessif.

Le message est relayé jusqu'aux plus petits villages du pays. Son effet est incalculable. Une vague de fond patriotique emporte la nation. Villars le lit à ses troupes et leur demande si elles vengeraient leur roi. Tous les chapeaux volent en l'air dans un tonnerre d'acclamations, le maréchal jette le sien aussi.

Le 11 septembre, à Malplaquet près de Mons, se donne la dernière bataille de la Succession d'Espagne, dernière en cela qu'elle fut décisive parce que la guerre y changea d'âme et que les combats qui se poursuivirent ne changèrent plus rien.

Le prince Eugène et Marlborough ont 110 000 hommes, Villars et Boufflers 70 000. On se bat toute la journée avec une fureur extravagante. (Trente-deux membres de la seule famille de Menou sont tués ou blessés ; il fallait qu'elle fût nombreuse et non moins vaillante.) Villars blessé, Boufflers, à la nuit, laisse le champ de bataille aux alliés qui se proclament donc vainqueurs, sans y croire, on le sut très vite. Car ils ont perdu 20 000 hommes sans avancer d'un mètre, contre 10 000 aux Français. Après ce coup d'arrêt, l'offensive alliée ne fait plus que marquer le pas. Villars, toujours vantard, mais « exagérer n'est pas mentir », a le mot de la fin, écrivant au roi : « Si Dieu nous fait encore la grâce de perdre une pareille bataille, Votre Majesté peut compter que ses ennemis sont détruits[3]. »

On se réconforte donc, mais si tout n'est pas perdu, rien n'est gagné.

Le 29 octobre 1709, sur un tout autre champ de bataille, le lieutenant général de police, Marc René d'Argenson, expulse en personne de Port-

Royal-des-Champs la mère supérieure Sainte-Anastasie du Mesnil, ainsi que ses vingt et une vieilles nonnes, presque toutes malades, et les disperse dans plusieurs couvents.

Le 22 janvier 1710 Louis XIV décide de raser les bâtiments vides qui défient encore son pouvoir. On détruit jusqu'aux fondations et la charrue passe sur le terrain déblayé. L'année suivante, craignant que le cimetière des religieuses et de « ces Messieurs de Port-Royal » ne devienne un lieu de pèlerinage, on démolira les tombes dont les ossements seront stockés dans une fosse commune en vue du Jugement dernier.

À défaut des âmes, on a vaincu les pierres et les morts !

Les pourparlers de paix reprennent en mars 1710 dans la petite ville de Gertruydenberg. Sans avancer car les Hollandais persistent à exiger de Louis XIV qu'il combatte lui-même Philippe V, refusant l'argent qu'il était allé jusqu'à leur proposer pour ce faire. Dernière concession du roi : il renonce à tout dédommagement pour son petit-fils après son abandon du trône d'Espagne. Les Hollandais le traitent par le mépris. Louis rompt les ponts, préférant faire la guerre « à ses ennemis qu'à ses enfants ».

Et le vent tourne, l'Angleterre se sépare des jusqu'au-boutistes. À Londres, la reine Anne a rompu avec Sarah Jennings qui était sa favorite et la femme de Marlborough, aussi va-t-en-guerre que lui. La nouvelle préférée, Mrs Abigail Masham, penche pour la paix. Un Premier ministre de même tendance est bientôt nommé. Puis les élections de l'automne envoient au Parlement une écrasante majorité de tories qui ne voient pas pour l'Angleterre l'intérêt de se battre pour les Habsbourg. Ils défendent l'idée d'un accord direct avec la France et l'Espagne qui leur ouvrirait le commerce avec l'Amérique et le rétablirait en Europe.

En attendant, la crise financière ne cesse d'empirer. Les financiers eux-mêmes arrivent à faire faillite. Le grand Samuel Bernard, à qui, en 1708, le roi en personne, faveur stupéfiante, avait montré ses jardins de Marly pour le remercier d'avoir sauvé l'État, ne doit qu'au « sorcier » Desmarets d'échapper à la banqueroute de ses correspondants lyonnais.

Le salut vient par la marine. L'arrivée en mars à Port-Louis d'une escadre apportant dix millions de francs de la mer du Sud — autrement dit des possessions espagnoles — repousse la catastrophe, permettant à Desmarets une réforme monétaire fondée sur la résorption de soixante-douze millions de « billets de monnoye ». Ducasse, en 1710, ralliant, chargé d'or, le port du Passage — il y en avait cinquante millions de francs — surgit de même en sauveur.

Mais ces apports extérieurs ne peuvent pas être éternels. Le roi établit l'impôt du dixième — inspiré du projet de « dîme royale » de Vauban, jugé prématuré en 1707...

Vauban voulait en faire un impôt unique, le dixième du roi s'ajoute à la taille et à la capitation, créée en 1695, supprimée en 1697, rétablie en 1701. Tous les Français se trouvent frappés, le 1er octobre 1710, par cet impôt déclaratif qui demande aux contribuables de communiquer l'état de leurs biens dans chaque paroisse. Desmarets instaure le prélèvement à la source pour simplifier la collecte.

La novation est si grande — bouleversant le système des ordres en rapprochant le tiers état et la noblesse, car le clergé reste épargné moyennant une augmentation de son « don gratuit » — que Louis, avant de se lancer, consulte son confesseur. Peut-il, chrétiennement, ainsi pressurer l'ensemble de ses sujets ? Le Tellier, lui-même exempté, le rassure, l'affirmant propriétaire de tous les biens des Français. Louis, apaisé, s'incline.

Comment se portent pendant ce temps-là les affaires de la religion ?

C'est le 10 mai 1710 que Fénelon et Le Tellier frappent le grand coup, pour écraser les jansénistes et surtout le cardinal de Noailles, grand seigneur gallican aimé de son clergé, et qui leur fait trop d'ombre.

Un mandement signé de deux prélats, l'évêque de La Rochelle et l'évêque de Luçon — « animaux mitrés[4] » selon Saint-Simon ; « connus pour gens doux, civils, paisibles, de nulle vivacité, d'une érudition et d'un génie à l'ordinaire, d'une petite santé, craignant le travail, plutôt timides qu'entreprenants[5] » selon les souvenirs de l'abbé Legendre —, apparaît au petit matin sur les murs de Paris. Il condamne les hérésies des *Réflexions* du père Quesnel, avec tous ceux qui l'approuvent, dont le principal est Noailles. Le cardinal, énergiquement, refuse de se dédire.

Quelques mois passent ; trouble accalmie. Et Noailles, par hasard, tombe sur une circulaire qui appelle les évêques à le sanctionner.

Il enquête, c'est Le Tellier. Il demande justice au roi. Le Tellier fait traîner les choses. Noailles alors défend aux jésuites de confesser dans son diocèse et d'y prêcher aussi. Puis il écrit au roi, le 13 août 1711, que le père Le Tellier n'est pas digne de diriger sa conscience.

Louis, ulcéré, demande au pape une nouvelle condamnation du père Quesnel, mais qui devra être cette fois bien plus sévère et détaillée que le *Vineam Domini Sanaoth* de 1705, pour en finir avec Noailles.

Nous sommes en novembre 1711. Le pape renâcle à recommencer. Il a déjà instrumenté et c'est assez de soucis comme ça avec l'Église de France.

Clément XI traînera deux ans avant de s'exécuter, malgré la pression des jésuites qui l'entourent. Le 10 septembre 1713, il promulgue enfin la fameuse bulle *Unigenitus Dei Filius*. Elle arrive le 25 dans le bureau du roi.

La guerre continue. Villars tient le coup en Flandre, mais c'est Vendôme qui en Espagne fait encore tourner le vent. Le 8 décembre 1710, il oblige Stanhope à capituler et, le 10, écrase Starhemberg à Villaviciosa, soulevant d'enthousiasme la France entière. De ce jour, Philippe V fut vraiment roi d'Espagne.

Le printemps de 1711 apporte deux disparitions. La première bouleverse la cour, la seconde change l'Europe.

Le 9 avril à Meudon, le Grand Dauphin s'éveille mal à l'aise. Il décommande sa chasse au loup, se recouche. Le roi vient le voir le lendemain. Le 14, le mal empire, il meurt à minuit moins le quart. On l'expédie vite à Saint-Denis car il est noir et puant.

« Je le regardais comme un ami à qui je pouvais ouvrir mon cœur et donner toute ma confiance[6] », dit le roi. Il dit encore à Michel-Richard de Lalande, son compositeur préféré qui a perdu ses deux filles de la même petite vérole : « Vous avez perdu deux filles qui avaient bien du mérite ; moi, j'ai perdu Monseigneur… Lalande, il faut se soumettre[7]… », en montrant le ciel.

Le duc de Bourgogne, fils aîné du mort, dévot qui avait peur de tout, est désormais Dauphin. Louis le présente en ces termes à l'assemblée du clergé :

« Voilà un prince qui me succédera bientôt et qui par sa vertu et sa piété rendra l'Église encore plus florissante et le royaume plus heureux[8]. » On se demande s'il n'y a pas quelque ironie là-dedans.

Le 17 avril, vient le tour de l'empereur. Joseph Ier meurt sans fils à l'âge de trente-trois ans. À Versailles on prend le deuil en remerciant le ciel. Car son successeur est l'archiduc Charles, le même qui s'entête à disputer à Philippe V la couronne d'Espagne. Les Anglais pas plus que la France ne peuvent admettre la reconstitution de l'Empire de Charles Quint. L'archiduc Charles devenu empereur ne peut plus être roi d'Espagne. L'Angleterre et la France négocient tout l'été.

Les Préliminaires de Londres sont signés le 8 octobre. Louis s'engage à interdire la réunion des couronnes de France et d'Espagne. La concession est trop mince, décident Hollandais et impériaux. Ils renâclent, mais s'épuisent ; les Anglais aussi. Marlborough en Flandre a dépensé une fortune pour ne s'emparer que de Bouchain, place de troisième ordre. Tandis que Duguay-Trouin a surpris Rio de Janeiro, détruit les vaisseaux portugais qui y stationnaient, incendié soixante navires marchands et surtout s'est emparé d'un butin fabuleux qu'il débarque à Brest sans encombre. Ainsi la paix fait son chemin.

Et la mort frappe encore à Versailles, de plus en plus fort. Le 5 février 1712, la duchesse de Bourgogne est prise de fièvre. Elle meurt le 12, à huit heures du soir, de la rougeole crut-on. Aujourd'hui, on accuse une scarlatine infectieuse. Saint-Simon affirme que la fin de la jeune Dauphine causa au roi la « seule douleur véritable qu'il ait jamais eue en sa vie[9] ». Le 15, son mari se couche, atteint du même mal. Il offre à Dieu ses souffrances, déclare mourir avec joie, mourant le 18 février à l'âge de vingt-neuf ans. Le 27, son fils aîné, le duc de Bretagne, âgé de cinq ans et demi, tombe malade à son tour. La Faculté, voulant bien faire, s'occupe de la guérison du malade et ne fait qu'abréger sa vie : trois jours plus tard ce troisième Dauphin meurt ! Alors Mme de Ventadour, gouvernante des Enfants de France, arrache aux médecins le duc d'Anjou âgé de deux ans et le garde au chaud. L'enfant sauvé sera Louis XV.

Cette succession de morts subites déclenche comme toujours une vague de soupçons. Comme toujours, ils se portent sur le duc d'Orléans (les monarchies héréditaires soupçonnent toujours les branches cadettes des plus infâmes desseins). Mme de Maintenon les accueille sans déplaisir. Révolté, Philippe d'Orléans offre de se constituer prisonnier à la Bastille. Louis refuse et lui témoigne ostensiblement sa confiance, tout en le faisant surveiller…

Le 8 avril, la Palatine peut écrire de son fils :

> Quand les docteurs vinrent rapporter au roi qu'ils avaient tout examiné minutieusement et que ces deux personnes (les Bourgogne) n'avaient certainement reçu aucun poison, le roi se tourna vers Mme de Maintenon et lui dit : « Eh bien, Madame, eh bien, ne vous avais-je pas dit que tout ce que vous m'aviez dit de mon neveu était faux[10] ? »

L'empereur et les Hollandais ayant accepté de discuter, le congrès pour la paix s'ouvre à Utrecht en janvier. Les Anglais exigent la séparation définitive des couronnes de France et d'Espagne. Philippe V regimbe. Louis doit le contraindre : s'il refuse, lui-même fera la paix avec l'Angleterre, le laissant tout seul face à la coalition. Philippe V s'incline.

La guerre cependant se traîne toujours. Marlborough, qui avait piétiné en Flandre toute l'année, est disgracié le 31 décembre 1711, accusé de péculat. Après quoi les Anglais séparent leur armée des forces confédérées, en prélude à la signature d'un armistice avec la France. Il est signé le 17 juillet 1712.

Le même jour, le prince Eugène met le siège devant Landrecies. C'est la dernière place, avant Paris, de la « ceinture de fer » construite par Vauban. Après quoi le prince Eugène n'aura plus rien devant lui que les 70 000 hommes de Villars, mal nourris, sans artillerie. Lui-même en a 130 000 qui ne manquent de rien, et 130 canons. On considère un instant le repli du gouvernement à Chambord, pour commencer.

Mais Louis déclare à Villars :

> En attendant que vous me disiez votre pensée, je vous apprendrai la mienne... Je connais la Somme, elle est difficile à passer ; il y a des places : je compterais de me rendre à Péronne ou à Saint-Quentin, y ramasser tout ce que j'aurais de troupes, faire un dernier effort avec vous et périr ensemble ou sauver l'État, car je ne consentirais jamais à laisser approcher l'ennemi de ma capitale[11].

Sans nul doute, il l'aurait fait.

Le 24 juillet à l'aube, ayant trompé Eugène par une feinte sur Landrecies, Villars passe l'Escaut, enlève à la baïonnette le camp retranché de Denain où Eugène a abrité ses dépôts. L'ennemi, en déroute, abandonne ses équipages, ses canons et ses drapeaux. L'invasion est bloquée.

Le 22 août 1712, à Fontainebleau, un armistice général est signé entre la France et l'Angleterre. Les traités de paix entre ces deux puissances, le Portugal, les Provinces-Unies, la Prusse et la Savoie sont signés à Utrecht en avril 1713.

L'empereur fait cavalier seul, imaginant prendre Strasbourg et ôter la Catalogne à l'Espagne. Villars le ramène à la raison, lui enlevant en quelques semaines Fribourg, Kaiserslautern, Landau, Spire et Worms. Des négociations commencent. Louis XIV connaît encore quelques instants de bonheur.

L'arrivée le 25 septembre sur son bureau de la bulle tant attendue, *Unigenitus Dei Filius*, fut certainement l'un de ceux-là.

Louis accueillit le document « avec une joie parfaite[12] ». La paix l'a débarrassé de ses ennemis extérieurs, la bulle terrassera ceux de l'intérieur.

Quant au père Le Tellier, il « éclatait de triomphe » : cent une propositions du père Quesnel étaient condamnées ! Jamais le confesseur n'avait tant espéré. Mais l'inespéré s'avère funeste. La bulle vise plus loin que le père Quesnel, jusqu'à interdire aux laïcs la lecture directe de l'Écriture ; il faut que des clercs toujours la commentent. Saint Augustin est suspect. La vérité n'est qu'à Rome.

Les libertés gallicanes sont menacées. Un immense renfort soudain rallie les jansénistes. La Sorbonne, le clergé de Paris, les augustins, les bénédictins de Saint-Maur, les capucins, les carmes déchaussés, les chanoines de Sainte-Geneviève, les minimes, les récollets, l'abbaye de Citeaux, mille autres, renforcent les « refusants ». Et les « acceptants », infiniment minoritaires — ils se recrutent dans le haut clergé souvent courtisan — se bardent fréquemment de réserves qui ôtent beaucoup de valeur à leurs approbations. Ils acceptent la bulle à condition de juger par eux-mêmes de la justesse de sa doctrine.

Une maigre mais brillante coterie prend néanmoins le parti du pape : Fénelon, le cardinal de Rohan, l'archevêque de Reims... Le Tellier les relayant tous les jours auprès de Louis.

Noailles, par souci d'unité, accepte sans être cru par ses principaux ennemis — on vient de les citer — la bulle *Unigenitus*. Alors ceux-là, pour le confondre enfin, présentent un projet d'instruction pastorale inacceptable pour lui. Il vote contre. Pontchartrain, le chancelier, le prie sur ordre du roi — lui-même n'étant pas d'accord — de ne plus paraître à la cour. Noailles réplique par un mandement, tiré à vingt mille exemplaires, interdisant à son diocèse de recevoir la bulle, au nom des libertés gallicanes.

À Rome, Clément XI suit ce nouvel affrontement avec consternation. Les jésuites se sont trompés ou l'ont trompé... Quoi qu'il en soit, la discorde ravage la fille aînée de l'Église. Pour beaucoup, un schisme est plausible ; pour d'autres, probable ; pour certains : inévitable.

Cependant le Parlement doit enregistrer la bulle. L'opposition y est très forte. Le procureur général d'Aguesseau et l'avocat général Joly de Fleury mènent la fronde.

Louis les convoque le 9 février 1714, s'emporte, chose rarissime :

« Il avait le pied levé sur eux, leur dit-il, et s'ils faisaient la moindre bronchade, il leur marcherait à deux pieds sur le ventre[13]. »

Le chemin n'est pas loin de son cabinet à la Bastille, menace-t-il encore.

Puis, épuisé par cet éclat : « Ces gens-là me feront mourir[14] », conclut-il, gémissant.

Le Parlement enregistre le 15 février les lettres patentes pour la diffusion et l'exécution d'*Unigenitus* dans tout le royaume. La contestation redouble dans le pays. Chez les évêques ne se comptent qu'une quinzaine de « refusants » contre plus de cent qui ont accepté la bulle et ses implications. Ces derniers décident d'accompagner sa diffusion d'une instruction pastorale approbatrice. Dans le bas clergé, chez les laïcs, la proportion s'inverse. Des 450 prêtres du diocèse de Paris, 385 soutenaient leur cardinal contre le pape et *Unigenitus*.

La guerre, au moins, tourne bien. La paix générale est proche. Le 6 mars 1714, Charles VI signe le premier des deux traités de Rastadt, en tant qu'empereur ; le second, le 7 septembre, en tant que membre des États de l'Empire. En ce même mois de septembre, le maréchal de Berwick, envoyé par Louis XIV, s'empare de Barcelone pour Philippe V ; les Catalans, excités par Charles VI

— dont les vœux n'étaient pas complètement chimériques —, ayant voulu se séparer de Madrid.

La guerre va bien, mais la mort frappe toujours à Versailles et la querelle religieuse ne cesse de s'envenimer.

Le duc de Berry, dernier fils du Grand Dauphin, frère cadet du défunt duc de Bourgogne et du duc d'Anjou devenu Philippe V d'Espagne, meurt le 4 mai d'un accident de cheval dont les médecins n'ont fait qu'aggraver les conséquences. Une fois de plus, le duc d'Orléans est soupçonné d'avoir eu recours au poison ! Ne reste en ligne directe que le petit duc d'Anjou pour succéder à Louis XIV. Il le fait venir, déclarant les larmes aux yeux : « Voilà ce qui me reste de toute ma famille[15]. » De sa famille officielle, car il lui restait plusieurs bâtards dont ceux de Mme de Montespan, le duc du Maine et le comte de Toulouse, qu'il aimait plus que les autres et que Mme de Maintenon, qui les avait soignés petits, affectait au moins de chérir. (Il n'est pas impossible qu'elle ait été sincère.) Louis s'en souviendra bientôt.

Voilà pour la mort et voici pour l'Église : l'un des principaux « refusants », Henri-Charles de Coislin, évêque de Metz, publie le 20 juin un *Mandement et instruction pastorale pour la publication de la constitution** *de N.S.P. le pape du 8 septembre 1713*. Ce mandement est un chef-d'œuvre de transparente ambiguïté. Les jésuites y voient

* Constitution, en l'occurrence, est synonyme de bulle, il s'agit d'*Unigenitus*.

aussitôt « une réfutation critique plutôt qu'une acceptation ». Les plus agressifs attaquent « la satire la plus violente qui ait encore paru contre la constitution ».

Profitant de cette explosion de gallicanisme, les jansénistes propagent dans toute la France des apologies du père Quesnel, prônant le libre examen et le droit pour les fidèles de juger la doctrine. Le père oratorien Vivien de La Borde publie un *Témoignage de la vérité*, selon lequel il revient au peuple chrétien de définir lui-même le dogme. Le pape, à cette aune, n'est plus grand-chose. Les protestants de toute l'Europe se réjouissent bruyamment.

Louis XIV ne sait plus à quel saint se vouer. Selon certains historiens, il aurait été prêt à abandonner « les maximes de France », fondement du gallicanisme et des libertés qu'il pouvait se permettre envers Rome :

> Il ne s'agit point de libertés gallicanes, dit-il à Joly de Fleury, il s'agit de la religion. Je n'en veux qu'une dans mon royaume, et si les libertés servent de prétextes pour en introduire d'autres, je commencerai par détruire les libertés[16] !

Le 5 juillet, il fait publier un arrêt ordonnant que le mandement et l'instruction pastorale de Mgr de Coislin soient :

> supprimés, révoqués et annulés ; comme faits au préjudice des lettres patentes de Sa Majesté, contraires à l'acceptation de la Bulle faite par l'assemblée du clergé de France, et tendant à affaiblir ou à rendre inutile la condamnation, tant des

erreurs contenues dans les cent une propositions que du livre qui les renferme[17].

Le chancelier, Louis de Pontchartrain, gallican raisonnable, ne voit pas bien le roi se mêler d'une affaire d'évêque. Il le dit à Louis, en lui offrant sa démission. Louis l'accepte et le remplace par Daniel François Voysin de la Noiraye, protégé de Mme de Maintenon, déjà secrétaire d'État à la Guerre, fade créature toujours aux ordres.

Pontchartrain s'est retiré pour éviter la suite. Car il sait que Louis a l'intention de bouleverser l'ordre monarchique au profit de ses bâtards. Il était temps : quelques jours après l'arrêt censé « foudroyer » Mgr de Coislin, Louis déclare successibles ses deux fils naturels, le duc du Maine et le comte de Toulouse, nés de Françoise de Rochechouart, marquise de Montespan. Dix mois plus tard, il les fera princes du sang (le 23 mai 1715, par une simple déclaration).

On l'a vu, la monarchie absolue n'est pas celle du bon plaisir. La loi de succession est intouchable. Elle dépend de six principes : l'hérédité, la primogéniture, la masculinité, l'indisponibilité, la continuité, la catholicité. Le roi ne dispose pas de la couronne à son gré. L'appel éventuel à la succession de la couronne de « M. le duc du Maine et de M. le comte de Toulouse et leurs descendants mâles au défaut de tous les princes du sang royal » est impossible. Les susdits de surcroît sont adultérins. Le successible doit être issu d'un mariage canonique. Louis n'a pas épousé Françoise de Rochechouart, dont le seul mari est Montespan pour toujours. La première règle du royaume est six fois violée.

Le Parlement, sans barguigner, le 2 août 1714, enregistre l'édit de juillet dont l'imminente présentation a révulsé Pontchartrain. La forfaiture est aussi grosse que l'abus du roi. Louis n'est pas un dictateur, une résistance était possible. Comment se fait-il ?

Le Parlement a de la mémoire, il se souvient que les testaments d'Henri IV et de Louis XIII, grand-père et père de Louis XIV, ont été cassés. Il en sera de même de cet édit et du testament qui va suivre, lequel aggravera l'édit, dont l'une des clauses stipulera : « Notre intention est que les dispositions contenues dans notre édit du mois de juillet, en faveur du duc du Maine et du comte de Toulouse, aient pour toujours leur entière exécution, sans qu'en aucun temps il puisse être donné atteinte à ce que nous avons déclaré en cela être notre volonté[18]. » Louis XIV dépasse là son niveau d'incompétence.

À moins qu'il n'ait agi ainsi que pour son repos. Car il ne se faisait pas plus d'illusions que le Parlement sur l'avenir de cette décision. Le 26 août 1714, remettant son testament au premier président du Parlement et au procureur général d'Aguesseau, il le dit en autant de mots :

> L'exemple des rois mes prédécesseurs et celui du testament du roi mon père, ne me laissent pas ignorer ce que celui-ci

pourra devenir ; mais on l'a voulu, on m'a tourmenté, on ne m'a point laissé de repos, quoique j'aie pu dire. Oh bien ! J'ai donc acheté mon repos. Le voici, emportez-le, il deviendra ce qu'il pourra ; au moins j'aurai patience et je n'en entendrai plus parler[19].

« On » l'a voulu, « on » m'a tourmenté, « on » ne m'a point laissé de repos… Misère d'un homme très fatigué.

Le lendemain, il récidive, dans un autre registre, pour le duc du Maine, qui serait le « on », le tourmenteur, celui qui n'a pas laissé de repos — assisté de Mme de Maintenon et du père Le Tellier :

Vous l'avez voulu, mais sachez que quelque grand que je vous fasse et que vous soyez de mon vivant, vous n'êtes rien après moi et c'est à vous après à faire valoir ce que j'ai fait pour vous, si vous le pouvez[20].

Louis a acheté son repos de ce côté-là, mais la crise de l'Église, qu'il a lui-même déclenchée en arrachant à Clément XI la bulle *Unigenitus*, annule cet « avantage ». Alors surgit le grand projet d'un concile national.

Le roi déclarerait adhérer formellement à *Unigenitus Dei Filius*, au nom du royaume et de son clergé. Le Parlement enregistrerait cette déclaration. Un concile national se réunirait pour condamner l'archevêque de Paris et ses partisans. Ainsi Noailles serait contraint de débarrasser le plancher et le jansénisme serait anéanti.

On envoie à Rome le marquis de Gournay obtenir l'accord du pape. Mais le pape ne peut admettre que les évêques français décident d'une question doctrinale qui est de son seul ressort. Gournay revient bredouille.

Eh bien, décide Louis, on se passera du pape. N'est-il pas tuteur lui-même de l'Église de France ?

C'était en juin 1715, il n'avait plus que deux mois à vivre. Le concile fut fixé au 1er septembre. Ce fut ce jour-là qu'il mourut.

Ces deux derniers mois sont très occupés par *Unigenitus*. Il faut faire enregistrer la déclaration des évêques « acceptants » qui y est jointe et l'affaire se présente mal. Le procureur général d'Aguesseau est contre et le Parlement lui est acquis. Le 8 août, Louis le reçoit à Marly, pour l'entendre lui faire des représentations qui l'irritent fortement : elles lui rappellent les vieilles remontrances qu'il a interdites, cinquante ans auparavant, à sa prise de pouvoir. Il répond lit de justice, pour enregistrer de force la déclaration. Le 11 août, il convoque d'Aguesseau à Versailles. Le procureur s'y rend sans savoir s'il ne couchera pas le soir même à la Bastille. Sa femme l'a réconforté : « Allez, monsieur, et agissez comme si vous n'aviez ni femme ni enfant. J'aime infiniment mieux vous voir conduire à la Bastille que vous voir revenir désabusé[21]. » Au Grand Siècle, la grandeur était partout.

D'Aguesseau ne cède rien. Le roi prend feu comme jamais. Il est trop fatigué pour aller à Paris tenir un lit de justice, la fermeté du procureur le met en fureur. On l'aurait entendu taper du pied, taper de sa canne une table de marbre. Il aurait même pris au collet son procureur général en criant : « Je vous ordonne de requérir l'enregistrement de ma déclaration[22] ! »

C'est le même d'Aguesseau dont la statue trône aujourd'hui devant le Palais-Bourbon au débouché du pont de la Concorde, à Paris.

Les deux dernières années de son règne nominal de soixante-douze ans, effectif de cinquante-quatre, le Roi-Soleil, très diminué, paraît presque éteint, n'être plus que l'ombre d'un astre qui n'en a pas, puisque c'est de lui que proviennent toutes les ombres de l'univers.

Il apparaît dominé par son confesseur, influencé par sa femme sans que l'on puisse encore percevoir jusqu'où, accablé enfin d'une morosité qui le dégoûtait de son métier, jadis qualifié par lui-même de grand, noble et délicieux. Son acharnement contre le jansénisme a transformé en crise majeure et surtout « de longue haleine », comme à Roncevaux le cor de Roland, une querelle subalterne de théologiens, grotesquement éloignée de la foi, de l'espérance et de la charité, telles que pouvaient les concevoir les chrétiens de ce temps-là et de tous les temps. Cet affaissement de la personnalité royale a toutefois épargné le premier domaine régalien, celui de la guerre et de la paix.

Le Louis XIV du crépuscule, désabusé, épuisé, aigri, mécaniquement dévot, ne fut inférieur en rien au roi triomphant de la paix de Nimègue qui faisait de la France et le modèle et la terreur de l'Europe. Il lui fut sans doute supérieur, car une chose est d'imposer sa domination lorsqu'on dispose de forces énormes et de grands capitaines, une autre est de conclure, lorsque tout manque, une paix victorieuse. Car la conclusion de la guerre de Succession d'Espagne fut peut-être la plus grande réussite personnelle de Louis XIV.

À l'inverse de ce qui s'était passé à la fin des guerres de Dévolution, de Hollande, de la ligue d'Augsbourg, où le roi, contre ses proches et contre l'opinion, était apparu beaucoup trop conciliant envers ses ennemis, la lassitude était si grande, en 1713, que les plus bellicistes auraient conclu le plus vite possible pour sortir du cauchemar. Le roi résista seul à la pression de la fatigue générale et son mérite fut d'autant plus net qu'il était lui-même au terme de sa vie.

La fin de la pire des guerres du règne était inespérée pour la France. Très loin des résolutions alliées de 1710 aux conférences de Gertruydenberg qui avaient planifié son humiliation. Ce retournement fut le fait du roi. Villars — pour ne citer que lui — aurait voulu traiter très vite sans chipoter sur les concessions parce qu'il était pressé de jouir de sa gloire. Louis ordonna la fermeté :

Je souhaite la paix, écrivit-il au maréchal, mais nulle raison ne me presse de la conclure. Si les conférences de Rastadt durent, vous forcerez certainement le prince Eugène à convenir des principales conditions que je désire. S'il rompt les conférences, vous me rendrez un plus grand service et je vous saurais plus gré de la fermeté que vous aurez témoignée en exécutant mes ordres que si vous aviez fait une paix qui conviendrait ni à ma gloire, ni à l'état présent de mes affaires[23].

À la fin de la partie, Louis s'avérait plus tenace que n'avait pu l'être son principal adversaire, mort depuis dix ans, non sans avoir, minutieusement comme toujours, préparé sa quatrième guerre contre la France, Guillaume d'Orange, alias Guillaume III, roi d'Angleterre, resté bien plus célèbre sous son premier nom. Le roi de France était vieux, mais il avait enterré tout le monde, sa famille certes, mais aussi ses plus ardents ennemis. Ceci pouvait-il compenser cela ?

La France perdait le port de Dunkerque et ses fortifications dont l'ensemble était sans doute le chef-d'œuvre de Vauban ; son influence en Allemagne était très diminuée à l'exception de la Bavière ; en Amérique du Nord, elle abandonnait l'Acadie, la baie d'Hudson et Terre-Neuve, aux Antilles, Saint-Christophe, cédés à l'Angleterre. On est ici tenté d'écrire qu'elle ne perdit que cela. Parce que le bilan territorial de cinquante-quatre ans de règne restait impressionnant.

L'Angleterre était la grande gagnante, outre les territoires ci-dessus, elle gardait Gibraltar et obtenait d'importants avantages commerciaux : du côté de la France, le retour au tarif douanier de 1664 et le bénéfice de la clause de « la nation la plus amie » ; du côté de l'Espagne, l'*asiento* ou monopole de la traite des Noirs et le « vaisseau de permission » — permission d'envoyer chaque année un navire de 500 tonneaux de capacité aux foires de Carthagène et de Vera Cruz, support officieux quasi officiel d'une contrebande illimitée avec l'Amérique latine.

Les Provinces-Unies obtenaient l'établissement d'une zone tampon dans les anciens Pays-Bas espagnols, placée sous la souveraineté impériale, occupée par elles-mêmes, aux frais de l'empereur. Le traité dit de la Barrière qui leur permettra d'installer ces garnisons sera signé le 15 novembre 1715, Louis XIV sera mort depuis deux mois.

L'empereur assurait sa prépondérance en Europe centrale, du fait d'abord du déclin turc dont il avait tiré la Hongrie et la Transylvanie. De la guerre de Succession, il recevait les Pays-Bas déjà nommés, le Milanais, la Toscane, la Sardaigne et le royaume de Naples.

L'Espagne perdait beaucoup : Gibraltar, l'Italie et les Pays-Bas. Les avantages commerciaux consentis à l'Angleterre la privaient de grandes ressources. Philippe V rêvera longtemps de prendre sa revanche.

Adieu

Louis est très fatigué en 1715. Il ne passera pas l'année. Il a le teint jaune et cireux, de l'amertume sur le visage, de grandes difficultés de mouvement, de fréquents airs d'ennui, des absences, quelquefois des larmes subites apparemment immotivées. L'immense Versailles est le palais d'un immense ennui. Les seigneurs survivants de la guerre qui a saigné la noblesse fuient son atmosphère sinistre pour se distraire à Paris.

Mme de Maintenon se plaint beaucoup dans ses lettres de l'hypocondrie de son mari.

> Il faut essuyer ses chagrins, ses tristesses, ses vapeurs ; il lui prend quelquefois des pleurs dont il n'est pas le maître, ou bien il se trouve incommodé. Il n'a point de conversation. Il vient quelque ministre qui apporte souvent de mauvaises nouvelles. Si on veut que je sois en tiers dans ce conseil, on m'appelle ; si on ne veut pas de moi, je me retire un peu plus loin[1]...

Le 10 août au soir, Louis a le plus grand mal à atteindre son prie-Dieu : ses jambes ne le portent plus. Le 12, le mal empire. Le 13, il doit se faire porter en chaise à la messe. Après quoi, il reçoit debout et sans appui l'ambassadeur de Perse, Hussein-Mirza. L'après-midi, il ressent une vive douleur à la jambe gauche. Fagon, son fameux médecin, reconnaît formellement une sciatique. À partir du 19, le roi ne sort plus de son appartement. Son chirurgien a repéré une tache noire au pied gauche. Le 20, devant la tête des médecins qui lui ont baigné la jambe dans une grande bassine d'argent, il dit :

> Je vois bien, messieurs, que vous me trouvez mal. Je suis véritablement bien abattu, mais comment voulez-vous que je fusse autrement, souffrant jour et nuit sans relâche et ne prenant presque point de nourriture depuis le début de ma maladie, sans que vous ayez pu me donner un peu de soulagement[2].

Le 21, il travaille en robe de chambre, la jambe posée sur un tabouret.

Le 22, il s'évanouit dans le bain d'herbes préparé pour le soulager. Dix médecins mandés de Paris en renfort par Fagon prescrivent du lait d'ânesse. Le 24, toute la jambe gauche noircit jusqu'au pied ; la sciatique est la gangrène. Le 25 tombe la Saint-Louis, Louis décide de prendre son repas en public, précisant :

> J'ai vécu parmi les gens de ma cour ; je veux mourir parmi eux. Ils ont suivi tout le cours de ma vie ; il est juste qu'ils me voient finir[3].

Les tambours et les fifres des gardes-françaises et suisses viennent jouer sous sa fenêtre dans la cour de marbre.

Dans la soirée, il demande l'extrême-onction. Après quoi il nomme le maréchal de Villeroi gouverneur du Dauphin, s'entretient un instant avec le chancelier Voysin et le contrôleur général Desmarets et fait venir Philippe d'Orléans :

Mon cher neveu, j'ai fait un testament où je vous ai conservé tous les droits que vous donne votre naissance. Je vous recommande le Dauphin, servez-le aussi bien et aussi fidèlement que vous m'avez servi [...]. S'il venait à manquer vous seriez le maître. Je connais votre bon cœur, votre sagesse, votre courage et l'étendue de votre esprit, je suis persuadé du soin que vous prendrez pour la bonne éducation du Dauphin et que vous n'omettrez rien pour le soulagement des peuples de son royaume[4].

Il ajoute :

J'ai fait les dispositions que j'ai crues les plus sages et les plus équitables pour le bien du royaume, mais comme on ne saurait tout prévoir, s'il y a quelque chose à changer ou à réformer, l'on fera ce que l'on trouvera à propos[5].

Les historiens s'accordent à penser que ces précisions visaient la situation qu'il avait faite au duc du Maine contre les lois du royaume.

Le 26, lundi, il fait ses adieux à l'imminent Louis XV, amené par la duchesse de Ventadour :

Mon cher enfant, vous allez être le plus grand roi du monde, n'oubliez jamais les obligations que vous avez à Dieu. Ne m'imitez pas dans les guerres ; tâchez de maintenir toujours la paix avec vos voisins, de soulager votre peuple autant que vous pourrez ce que j'ai eu le malheur de ne pouvoir faire par les nécessités de l'État. [...] Je vous donne le père Le Tellier pour confesseur ; suivez ses avis et ressouvenez-vous toujours des obligations que vous avez à Mme de Ventadour[6].

Il fait venir le duc d'Orléans et lui déclare :

Mon neveu, je vous fait régent du royaume. Vous allez voir un roi dans le tombeau et un autre dans le berceau ; souvenez-vous toujours de la mémoire de l'un et des intérêts de l'autre[7].

Son chirurgien, Maréchal, lui ayant sondé la jambe à coups de lancette en a trouvé les os attaqués par la gangrène.

Aux cardinaux de Bissy et de Rohan, il manifeste l'embarras que lui causent les conséquences de la bulle *Unigenitus* qu'il a arrachée au pape contre les jansénistes :

Dans toutes les affaires qui ont regardé la religion et l'Église, je les ai protégées avec fermeté et zèle, mais dans les dernières affaires qui sont survenues depuis, je n'ai suivi que vos avis et n'ai fait que ce que vous m'avez conseillé de faire. C'est pourquoi, si j'ai pu mal faire, c'est sur vos consciences, n'y en ayant point eu d'autre part et vous en répondrez devant Dieu ; pour moi, je n'ai eu que très bonnes intentions[8].

Les cardinaux restant muets, il lève l'index au ciel :

Messieurs, c'est à ce tribunal que je vous cite[9].

Puis il en vient à sa conduite envers le cardinal de Noailles qui lui donne du remords. Il déclare ne pas haïr l'archevêque de Paris. Fagon et Maréchal suggèrent une réconciliation. Louis acquiesce : « Assurez-le que mon plus grand plaisir serait de mourir entre ses bras[10]. » Cela semble excessif aux ennemis de Noailles.

Rohan, Bissy, Mme de Maintenon tiennent conseil dans l'embrasure d'une fenêtre et reviennent au roi : mourir maintenant dans les bras de Noailles serait le triomphe de l'adversaire. Le cardinal-archevêque de Paris doit d'abord accepter la bulle. Louis ne trouve rien à redire. Noailles ne parut pas.

Parmi les adieux qu'il multiplie dans ses derniers jours, ses propos à la Palatine, sa belle-sœur, mère du Régent, pour qui il avait toujours eu un faible, la touchent à tel point qu'elle écrivit :

> Il m'a dit adieu avec des paroles si tendres que je m'étonne de ne pas être tombée à la renverse sans connaissance[11].

Le 28 août, un guérisseur provençal nommé Brun se présente avec un remède « infaillible » contre la gangrène. La duchesse d'Orléans, le duc du Maine et le comte de Toulouse en parlent à leur père qui accepte de le recevoir. Il avale quelques gouttes de son élixir, qui est « fait avec le corps d'un animal » et qui empeste, dans un verre de bourgogne selon les uns, d'alicante selon les autres.

Il va mieux quelques heures, pendant lesquelles les dames voient en Brun une « espèce d'ange envoyé du ciel pour guérir le roi » et réclament « qu'on jetât tous les médecins de la cour et de la ville dans la rivière ». Il rechute, reprend du remède, remonte le jeudi 29. L'appartement du duc d'Orléans, encombré de personnages qui entamaient leur cour au futur Régent, se trouve déserté.

« Si le roi mange encore une fois, dit le duc, je n'aurais plus personne[12] ! »

Louis entre en agonie le vendredi 30 août, « n'ayant quasi plus que la connaissance animale[13] ». Mme de Maintenon se retire à Saint-Cyr ; on ne la reverra plus.

Le 31, à la nuit, les aumôniers récitent pour lui la prière des agonisants. Selon Philippe de Courcillon, marquis de Dangeau, « la voix des aumôniers qui ont fait les prières a frappé la machine [le roi devenu machine] qui pendant ces prières a dit à plus haute voix qu'eux l'*Ave Maria* et le *Credo*, à plusieurs reprises, mais sans aucune connaissance et par la grande habitude que Sa Majesté a de les prononcer[14] ».

« Ô mon Dieu, venez à mon aide ; hâtez-vous de me secourir » sont ses derniers mots. Puis il perd connaissance et ne la retrouve plus jusqu'au 1er septembre, où il expire à huit heures un quart.

Le lendemain, le Parlement, ignorant ses dernières volontés, confère la régence pleine et entière au duc d'Orléans qui lui rend le droit de remontrance. Le 4, ses entrailles sont portées à Notre-Dame. Le 6, le cardinal de Rohan dépose son cœur à la maison professe des jésuites, rue Saint-Antoine. Le 9 au soir, son convoi funèbre quitte Versailles, escorté de huit cents cavaliers — gardes du corps, mousquetaires et chevau-légers — un flambeau de cire blanche à la main. Le cortège traverse

Paris de nuit, arrive à Saint-Denis le 10 septembre à l'aube. Les rues étaient restées vides.

La mort du roi sera inscrite avec six semaines de retard au registre de la paroisse de Versailles :

Le premier jour de septembre de l'an mil sept cent quinze, est décédé très haut, très puissant et très excellent Roy de France, Louis quatorze de glorieuse mémoire, âgé de soixante et dix sept ans dans son château et transporté à St Denys le neuvième dudit mois en présence de Messire Jean Dubois, Chanoine de Saint-Quentin, Chapellain ordinaire de la musique du Roy, et Messire Pierre Mannoury, prêtre de la congrégation de la Mission, qui ont signé avec nous.

Écrivant à Rome après la mort du roi, le nonce Cornelio Bentivoglio en fait un presque saint. « On a vu réunies en lui toutes les vertus royales et chrétiennes, et, à part les légèretés de sa jeunesse — dont ne sont exempts que ceux qui, par une exceptionnelle disposition de la Providence, sont appelés à la sainteté dès la naissance —, on ne peut rien trouver d'autre à reprendre en lui[15]. »

Le roi de Prusse, Frédéric-Guillaume 1er, sera lapidaire : « Messieurs, le roi est mort », dit-il en français à ses proches. Tout le monde comprit.

La magie n'opérait plus dans le peuple. L'adulation encore vivace en 1709, vu l'accueil à la lettre du 12 juin sur la guerre nécessaire, était loin. Les prières publiques pour le repos de l'âme de Louis n'attirèrent dans les églises que de maigres assistances. Des tracts circulèrent qui l'appelaient banqueroutier et voleur du peuple. On a imputé cette désaffection à la longueur du règne, aux malheurs de la dernière guerre, à la pression fiscale, à la versatilité humaine… Tout cela est sans doute juste. La paix pourtant était acquise et les affaires reprenaient déjà.

ANNEXES

REPÈRES CHRONOLOGIQUES

1638. 5 septembre, naissance du futur Louis XIV.
1642. Mort du cardinal de Richelieu.
1643. Mort de Louis XIII. Victoire du duc d'Enghien sur les Espagnols à Rocroi.
1646. Mazarin est chargé de l'éducation de Louis XIV.
1648. La Fronde. Traités de Westphalie qui annoncent la prépondérance de la France en Europe.
1651. Majorité de Louis XIV.
1652. Bataille du faubourg Saint-Antoine entre Frondeurs et troupes royales. Louis XIV rentre à Paris.
1653. Fin de la Fronde. Fouquet surintendant des Finances. Condamnation par le pape des cinq propositions résumant l'*Augustinus* de Jansénius.
1654. Sacre de Louis XIV à Reims.
1655. Louis XIV rappelle à l'ordre les parlementaires lors d'un lit de justice sans jamais dire : « L'État c'est moi ! »
1658. Molière joue au Louvre devant Louis XIV. Victoire de Turenne sur Condé et les Espagnols aux Dunes.
1660. Mariage de Louis XIV avec Marie-Thérèse d'Autriche, fille du roi d'Espagne Philippe IV. Mort de Gaston d'Orléans, exilé à Blois depuis 1652.
1661. Mort de Mazarin. Louis XIV au pouvoir. Colbert intendant des Finances. Fête de Vaux. Arrestation de Fouquet. Première liaison, avec Louise de La Vallière. Naissance du Grand Dauphin, fils aîné de Louis XIV.
1662. Mort de Pascal. Louis XIV achète Dunkerque.
1663. Louis XIV et Colbert réorganisent l'Académie de peinture.

1664. Colbert surintendant des Bâtiments. Le roi décide sans le dire de faire sa résidence à Versailles ; *Plaisirs de l'Île enchantée*. Début de la persécution contre les jansénistes (Port-Royal). Lebrun, premier peintre du roi. Molière à Versailles. Condamnation de Fouquet.

1665. Grands Jours d'Auvergne. *Dom Juan* de Molière.

1666. *Le Misanthrope* de Molière. Louis XIV fait de Saint-Germain sa résidence principale. Édit pour le creusement du canal des Deux-Mers. Installation de l'Académie des Sciences.

1667. *Andromaque* de Racine. Construction de l'Observatoire. Guerre de Dévolution : Louis XIV envahit les Pays-Bas espagnols. Liaison avec Mme de Montespan. Le *Tartuffe* de Molière attaqué par les dévots, défendu par le roi.

1668. Paix d'Aix-la-Chapelle. Fin de la guerre de Dévolution. *Grand Divertissement* de Versailles. Paix de l'Église, répit pour les jansénistes.

1669. Colbert secrétaire d'État. *Tartuffe* autorisé. Code forestier.

1670. *Le Bourgeois gentilhomme* de Molière. Édition des *Pensées* de Pascal. Naissance du duc du Maine, fils adultérin de Louis XIV avec Françoise de Montespan. Mort d'Henriette d'Angleterre — Madame, femme de Monsieur, frère du roi.

1671. Monsieur remarié à Élisabeth-Charlotte de Bavière, la seconde Madame, princesse Palatine. Création de l'Académie d'architecture.

1672. Guerre de Hollande. Passage du Rhin. Guillaume d'Orange *stathouder*.

1673. Mort de Molière. Légitimation du duc du Maine.

1674. Construction de la porte Saint-Martin. Fondation des Invalides.

1676. Exécution d'une empoisonneuse, la marquise de Brinvilliers.

1677. Boileau et Racine historiographes du roi.

1678. Traités de Nimègue. Fin de la guerre de Hollande. La France domine en Europe.

1679. Grandes et petites écuries de Versailles. Construction de Marly. Édits antiprotestants. Lancement des « réunions », annexions fondées sur des droits féodaux, qui vont alarmer l'Europe.

1680. Premières dragonnades en Poitou. Création de la Comédie-Française.

1681. Louis XIV entre à Strasbourg.

1682. Installation de la cour à Versailles. Cavelier de La Salle prend possession de la Louisiane. Naissance du duc de Bourgogne, fils aîné du Grand Dauphin.

1683. Mort de la reine Marie-Thérèse. Louis XIV épouse Françoise d'Aubigné, veuve Scarron, marquise de Maintenon. Mort de Colbert. Louvois surintendant des Bâtiments.

1685. Construction de l'aile du nord à Versailles. Révocation de l'édit de Nantes.

1686. Ligue antifrançaise d'Augsbourg.

1688. Guerre de la ligue d'Augsbourg. *Caractères* de La Bruyère.

1689. Guillaume d'Orange roi d'Angleterre. Fénelon précepteur du duc de Bourgogne.

1691. Mort de Louvois.

1693-94. Grand désastre climatique. Deux millions de morts. Naissance de Voltaire. Règlement royal favorable aux princes légitimés.

1695. Établissement de la capitation, qui frappe les nobles comme les roturiers.

1697. Paix de Ryswick. Fin de la guerre de la ligue d'Augsbourg, ou guerre de Dix Ans.

1700. Philippe d'Anjou devient roi d'Espagne sous le nom de Philippe V.

1702. Soulèvement camisard dans les Cévennes. Guerre de Succession d'Espagne. Mort de Guillaume III d'Angleterre, ci-devant Guillaume d'Orange, principal adversaire de Louis XIV en Europe depuis trente ans. Désastre d'Höchstädt. La France chassée d'Allemagne.

1703. Désastres de Ramillies et de Turin. La France chassée des Pays-Bas et d'Italie.

1707. La « dîme royale » de Vauban, qui défend l'égalité devant l'impôt.

1709. Grand Hiver. La France aux abois. Appel au peuple de Louis XIV.

1710. Villaviciosa. Le duc de Vendôme sauve le trône de Philippe V.

1712. Denain. Le maréchal de Villars bloque l'invasion des impériaux commandés par le prince Eugène.

1713. Paix d'Utrecht. Fin de la guerre de Succession d'Espagne. Bulle *Unigenitus* arrachée par Louis XIV au pape Clément XI contre le jansénisme, divisant l'Église de France.

1715. Mort de Louis XIV.

RÉFÉRENCES BIBLIOGRAPHIQUES

TEXTES DE LOUIS XIV

Lettres aux princes de l'Europe, ses généraux, ses ministres. Recueillies par M. Rose, secrétaire du Cabinet. Avec des remarques historiques par M. Morelly, sd.

Mémoires et lettres, Plon, 1942.

Mémoires, suivi de *Réflexions sur le métier de roi*, de *Instructions au duc d'Anjou* et de *Projet de harangue*, textes annotés et présentés par Jean de Longnon, Tallandier, 2001.

ÉCRITS SUR LOUIS XIV

Paul Bénichou, *Morales du Grand Siècle*, Gallimard, 1948.

Marc Bloch, *Les Rois thaumaturges. Étude sur le caractère surnaturel attribué à la puissance royale, particulièrement en France et en Angleterre*, Gallimard, nouvelle édition 1983.

François Bluche, *Le Grand Règne*, Fayard, 2006.

—, *Louis XIV vous parle*, Stock, 1988. Texte officiel des registres du Parlement.

Jacques Bénigne Bossuet, *Œuvres et correspondance.* Urbain et Levesque, 1909-1925.

Louis Nicolas, baron de Breteuil, *Mémoires*, Lever, 1992.

Roger de Rabutin, comte de Bussy-Rabutin, *Mémoires*, J.-C. Lattès, 1987.

Pierre Chaunu, *La Civilisation de l'Europe classique*, Arthaud, 1984.

François Timoléon, abbé de Choisy, *Mémoires pour servir à l'histoire de Louis XIV*, Mongrédien, Paris, 1966.

Jean-Baptiste Colbert, *Lettres, instructions et Mémoires*, Pierre Clément, 1861-1882.

— *Mémoires*, Michaud et Poujoular, 1838.

Philippe de Courcillon, marquis de Dangeau, *Journal de la cour du Roi-Soleil*, Firmin-Didot frères, 1854-1860.

Fénelon (François de Salignac de La Mothe), *Écrits et lettres politiques*, Stakline, 1921.

Esprit Fléchier, *Mémoires sur les grands jours d'Auvergne*, Y-M. Bercé, 1984.

Pierre Goubert et Daniel Roche, *Les Français et l'Ancien Régime*, 2 tomes, Colin, 1991.

Balthazar Gracian, *L'Homme de cour*, traduction Amelot de la Houssaie, Mille et Une Nuits, 1997.

Antoine III, maréchal de Gramont, *Mémoires*, Paris, 1839.

Pierre de Laporte, *Mémoires*, Paris, 1839.

François, duc de La Rochefoucauld, *Mémoires*, Gallimard, coll. « Folio classique », 2006.

Françoise d'Aubigné, marquise de Maintenon, *Lettres*, Langlois, 1935-1939.

Hortense Mancini, duchesse de Mazarin, et Marie Mancini, princesse Colonna, *Mémoires*, Mercure de France, 1987.

Robert Mandrou, *L'Europe absolutiste, raison et raison d'État (1649-1775)*, Fayard, 1995.

Anne Marie Louise d'Orléans, duchesse de Montpensier, *Mémoires*, Chéruel, 1856-1859.

Élisabeth-Charlotte, duchesse d'Orléans, princesse Palatine, *Lettres françaises*, présentées par D. Van Der Cruysse, Fayard, 1989.

Jean-Christian Petitfils, *Louis XIV*, Perrin, 2006.

Jean-Baptiste Primi Visconti, *Mémoires sur la cour de Louis XIV*, Perrin, 1988.

Paul de Gondi, cardinal de Retz, *Mémoires*, Gallimard, coll. « Bibliothèque de la Pléiade », 1956.

Denis RICHET, *De la Réforme à la Révolution. Études sur la France moderne*, Aubier, 1991.

Thomas François Chabod, marquis de SAINT-MAURICE, *Lettres sur la cour de Louis XIV*, J. Lemoine, 1911-1912.

Louis de Rouvroy, duc de SAINT-SIMON, *Mémoires*, Gallimard, coll. « Bibliothèque de la Pléiade », 8 tomes, 1983-1988.

Marie de Rabutin-Chantal, marquise de SÉVIGNÉ, *Correspondance*, Gallimard, coll. « Bibliothèque de la Pléiade », 1995-1996.

Louis François de Bouchet, marquis de SOURCHES, *Mémoires sur le règne de Louis XIV*, G.-J. de Cosnac et A. Bertrand, 1892-1893.

Omer TALON, *Mémoires*, Paris, 1838.

MIRACLE

1. Cité par Pierre Chevallier, dans *Louis XIII, roi cornélien.* Fayard, 1979.
2. *Mémoires de La Porte, valet de chambre de Louis XIV*, cité par François Bluche, *Le Grand Règne*, Fayard, 2006.
3. *Ibid.*
4. *Ibid.*
5. Philippe Beaussant, *Louis XIV artiste,* Payot, coll. « Petite bibliothèque », 2005.

PREMIÈRE FRONDE

1. Jean-Christian Petitfils, *Louis XIV,* Perrin, 2006.
2. *Ibid.*
3. *Ibid.*
4. Cité par François Bluche, *Le Grand Règne, op. cit.*

DEUXIÈME FRONDE

1. Cité par Jean-Christian Petitfils, *Louis XIV, op. cit.*
2. Cité par François Bluche, *Le Grand Règne, op. cit.*
3. Cité par Jean-Christian Petitfils, *Louis XIV, op. cit.*

4. *Ibid.*

5. *Mémoires de La Porte, valet de chambre de Louis XIV*, cité par François Bluche, *Le Grand Règne, op. cit.*

6. *Ibid.*

7. *Ibid.*

8. Cité par Jean-Christian Petitfils, *Louis XIV, op. cit.*

9. *Ibid.*

10. Louis XIV, *Mémoires et lettres*, Plon, 1942.

DANSEUR

1. Suzanne d'Huart, *Lettres de Turenne extraites des archives Rohan-Bouillon*, Archives nationales, 1971.

2. Jean-Christian Petitfils, *Louis XIV, op. cit.*

3. Louis XIV, *Mémoires*, suivi de *Réflexions sur le métier de roi*, de *Instructions au duc d'Anjou* et de *Projet de harangue*, textes annotés et présentés par Jean de Longnon, Tallandier, 2001 (désormais abrégé en *Mémoires*, Tallandier, *op. cit.*).

4. Cité par Jean-Christophe Petitfils, *Louis XIV, op. cit.*

5. *Ibid.*

LA GUERRE ET L'AMOUR

1. *Mémoires de La Porte, valet de chambre de Louis XIV*, cité par François Bluche, *Le Grand Règne, op. cit.*

2. Jean Vallier, *Journal,* cité par Jean-Christian Petitfils, *Louis XIV, op. cit.*

3. Mazarin, *Lettres*, Renouard, 1836.

4. Montglat, *Mémoires*, Foucauld Libraire, 1826.

5. Cité par François Bluche, dans *Louis XIV vous parle*, Stock, 1988.

6. Mazarin, *Lettres, op. cit.*

7. Cité par François Bluche, dans *Louis XIV vous parle, op. cit.*

8. *Ibid.*

9. *Ibid.*

10. Mazarin, *Lettres, op. cit.*

11. *Ibid.*
12. Cité par François Bluche, dans *Louis XIV vous parle, op. cit.*
13. *Ibid.*
14. *Ibid.*
15. *Ibid.*
16. Abbé Antoine Arnauld, *Mémoires*, Petitot, 1824.
17. *Ibid.*
18. *Ibid.*
19. *Ibid.*

MARIAGE

1. Cité par Jean-Christian Petitfils, *Louis XIV, op. cit.*
2. Cité par Philippe Beaussant, *Louis XIV artiste, op. cit.*
3. François Bluche, *Le Grand Règne, op. cit.*
4. Jean-Baptiste Primi Visconti, *Mémoires sur la cour de Louis XIV*, Perrin, 1988.

UN VER DANS LE FRUIT : LE JANSÉNISME

1. Blaise Pascal, « 2e provinciale », *Œuvres complètes*, Gallimard, coll. « Bibliothèque de la Pléiade », 1936.

AU POUVOIR

1. Abbé de Choisy, *Mémoires pour servir à l'histoire de Louis XIV*, Mongrédien, 1966.
2. Cité par Jean-Christian Petitfils, *Louis XIV, op. cit.*
3. Louis XIV, *Mémoires*, Tallandier, *op. cit.*
4. Boileau, *Œuvres complètes*, Gallimard, coll. « Bibliothèque de la Pléiade », 1966.
5. *Mémoires inédits de Louis-Henri de Loménie, Comte de Brienne*, Ponthieu et Cie, 1828.
6. *Ibid.*

7. Cité par Jean-Christian Petitfils, *Louis XIV, op. cit.*
8. Louis XIV, *Mémoires*, Tallandier, *op. cit.*
9. Cité par François Bluche, *Le Grand Règne, op. cit.*

FEMMES

1. Louis XIV, *Mémoires*, Tallandier, *op. cit.*
2. Cité par Jean-Christian Petitfils, *Louis XIV, op. cit.*
3. *Ibid.*
4. *Ibid.*
5. Élisabeth-Charlotte, duchesse d'Orléans, princesse Palatine, *Lettres françaises*, Fayard, 1989.
6. *Ibid.*
7. Ézéchiel Spanheim, *Relation de la Cour de France en 1680*, Librairie Renouard, 1882.
8. Jean-Baptiste Primi Visconti, *Mémoires sur la cour de Louis XIV, op. cit.*
9. Jean-Christian Petitfils, *Louis XIV, op. cit.*
10. Marie de Rabutin-Chantal, marquise de Sévigné, *Correspondance*, Gallimard, coll. « Bibliothèque de la Pléiade », 1995-1996.
11. Jean-Baptiste Primi Visconti, *Mémoires sur la cour de Louis XIV, op. cit.*
12. Louis XIV, *Mémoires*, Tallandier, *op. cit.*
13. *Ibid.*
14. *Ibid.*
15. *Ibid.*
16. *Ibid.*
17. *Ibid.*
18. *Ibid.*

LA PUISSANCE ET LA GLOIRE

1. Pierre Bayle, *Ce que c'est que la France toute catholique sous le règne de Louis le Grand*, éd. Labrousse, Vrin, 1973.
2. Jean-Christian Petitfils, *Louis XIV, op. cit.*
3. Louis XIV, *Mémoires*, Tallandier, *op. cit.*

4. *Ibid.*
5. *Ibid.*
6. *Ibid.*
7. *Ibid.*
8. *Ibid.*
9. *Ibid.*
10. Dangeau, *Journal de la cour du Roi-Soleil*, Firmin-Didot, 1854.
11. *Ibid.*
12. Jean-Christian Petitfils, *Louis XIV, op. cit.*

ROUTINE ET PROPAGANDE

1. Saint-Simon, *Mémoires*, Gallimard, coll. « Bibliothèque de la Pléiade », 1983-1988.
2. François Bluche, *Le Grand Règne, op. cit.*
3. Princesse Palatine, *Lettres françaises, op. cit.*

DE LA GUERRE

1. Blaise Pascal, *Œuvres complètes, op. cit.*
2. Louis XIV, *Mémoires*, Tallandier, *op. cit.*
3. *Ibid.*
4. Blaise Pascal, *Œuvres complètes, op. cit.*
5. François Bluche, *Le Grand Règne, op. cit.*
6. Jean-Christian Petitfils, *Louis XIV, op. cit.*

CHIEN ET CHAT. COLBERT ET LOUVOIS

1. Louis XIV, *Mémoires*, Tallandier, *op. cit.*
2. Cité par Inès Murat, dans *Colbert*, Fayard, 1988.
3. *Ibid.*
4. Colbert, *Lettres, instructions et Mémoires*, Pierre Clément, 1861-1882.
5. *Ibid.*

6. Voltaire, *Œuvres complètes*, « Mélanges », Gallimard, coll. « Bibliothèque de la Pléiade », 1961.
7. Louis XIV, *Mémoires*, Tallandier, *op. cit.*
8. Colbert, *Lettres, instructions et Mémoires*, *op. cit.*
9. *Ibid.*
10. *Ibid.*
11. *Ibid.*
12. *Ibid.*
13. Cité par Jean-Christian Petitfils, *Louis XIV*, *op. cit.*
14. *Ibid.*
15. Colbert, *Lettres, instructions et Mémoires*, *op. cit.*
16. Louis XIV, *Mémoires*, Tallandier, *op. cit.*

LES PRÉLUDES DE MAGNIFICENCE

1. Louis XIV, *Mémoires*, Tallandier, *op. cit.*
2. *Ibid.*
3. *Ibid.*
4. *Ibid.*
5. *Ibid.*
6. Saint-Simon, *Mémoires*, *op. cit.*
7. *Ibid.*

LA GUERRE, ENFIN !

1. Saint-Simon, *Mémoires*, *op. cit.*
2. *Ibid.*
3. *Ibid.*

SUS AUX BATAVES !

1. Louis XIV, *Mémoires*, Tallandier, *op. cit.*
2. Cité par François Bluche dans *Le Grand Règne*, *op. cit.*
3. *Ibid.*
4. Inès Murat, *Colbert*, *op. cit.*

5. Cité par Inès Murat, *Colbert, op. cit.*
6. Louis XIV, *Mémoires et lettres, op. cit.*
7. *Ibid.*
8. *Ibid.*

CONTRETEMPS ET APOGÉE

1. Saint-Simon, *Mémoires, op. cit.*
2. Mme de Sévigné, *Correspondance, op. cit.*
3. Jean-Christian Petitfils, *Louis XIV, op. cit.*
4. *Ibid.*
5. Saint-Simon, *Mémoires, op. cit.*
6. Jean-Christian Petitfils, *Louis XIV, op. cit.*
7. Louis XIV, *Mémoires et lettres, op. cit.*
8. Dominique Ortiz, *La Crise intérieure de la monarchie des Habsbourg espagnols sous Charles II*, Colloque international du tricentenaire, Amsterdam, 1980.

POISONS

1. Mme de Sévigné, *Correspondance, op. cit.*
2. L'abbé Le Sage, *Œuvres complètes*, Renouard, Paris, 1821.
3. Voltaire, *Le Siècle de Louis XIV*, in *Œuvres historiques*. Gallimard, coll. « Bibliothèque de la Pléiade », 1957.
4. Louis XIV, *Mémoires et lettres, op. cit.*
5. Jean-Christian Petitfils, *Louis XIV, op. cit.*
6. *Ibid.*
7. Pierre Verlet, *Le Château de Versailles*, Fayard, 1985.
8. *Ibid.*

RÉUNIONS

1. Louis XIV, *Mémoires et lettres, op. cit.*
2. *Ibid.*
3. *Ibid.*

4. *Ibid.*
5. *Ibid.*

LA RÉVOCATION DE L'ÉDIT DE NANTES

1. Jean-Christian Petitfils, *Louis XIV, op. cit.*
2. Françoise d'Aubigné, marquise de Maintenon, *Lettres*, Langlois, 1935-1939.
3. Louvois, *Correspondance*. Conservée au château de Vincennes, Commission d'histoire militaire.
4. Gilbert Burnet, *Histoire de mon temps*, cité par Solange Deyon, *Du loyalisme au refus : les protestants français et leur député général entre la Fronde et la Révocation*, Université de Lille III, Arras, 1976.
5. Cité par François Bluche, *Le Grand Règne, op. cit.*
6. Louvois, *Correspondance, op. cit.*
7. Saint-Simon, *Mémoires, op. cit.*
8. Louvois, *Correspondance, op. cit.*
9. Saint-Simon, *Mémoires, op. cit.*
10. Mme de Sévigné, *Correspondance, op. cit.*
11. Louvois, *Correspondance, op. cit.*

LA LIGUE D'AUGSBOURG

1. Dangeau, *Journal de la cour du Roi-Soleil, op. cit.*
2. Mme de Sévigné, *Correspondance, op. cit.*
3. Jean-Christian Petitfils, *Louis XIV, op. cit.*
4. *Ibid.*
5. Saint-Simon, *Mémoires, op. cit.*
6. *Ibid.*
7. Mme de Sévigné, *Correspondance, op. cit.*
8. Louis XIV, *Mémoires et lettres, op. cit.*
9. François Bluche, *Le Grand Règne, op. cit.*
10. Saint-Simon, *Mémoires, op. cit.*
11. Jean-Christian Petitfils, *Louis XIV, op. cit.*
12. Louis XIV, *Mémoires et lettres, op. cit.*

MYSTICISMES ET SUBVERSION

1. Voltaire, *Le Siècle de Louis XIV*, *op. cit.*
2. Princesse Palatine, *Lettres françaises*, *op. cit.*
3. Saint-Simon, *Mémoires*, *op. cit.*
4. *Ibid.*
5. Brunetière, *Manuel d'histoire de la littérature française*, Delagrave, 1898.
6. Fénelon, *Écrits et lettres politique*, Slatkine, 1921.
7. Louis XIV, *Mémoires et lettres*, *op. cit.*
8. Princesse Palatine, *Lettres françaises*, *op. cit.*
9. *Ibid.*
10. Madame de Maintenon, *Lettres*, *op. cit.*

FATALE SUCCESSION

1. Louis XIV, *Mémoires et lettres*, *op. cit.*
2. *Ibid.*
3. Louis XIV, *Mémoires*, Tallandier, *op. cit.*
4. *Ibid.*
5. Cité par Jean-Christian Petitfils dans *Louis XIV*, *op. cit.*
6. *Ibid.*
7. *Ibid.*
8. Louis XIV, *Mémoires et lettres*, *op. cit.*

LA GRANDE GUERRE

1. Louis XIV, *Mémoires et lettres*, *op. cit.*
2. Dangeau, *Journal de la cour du Roi-Soleil*, *op. cit.*
3. Eugène de Savoie, *Mémoires du Prince Eugène de Savoie écrits par lui-même*, Deconchy, 1810.
4. Louis XIV, *Mémoires et lettres*, *op. cit.*

630 000 MORTS

1. Mme de Maintenon, *Lettres, op. cit.*
2. Saint-Simon, *Mémoires, op. cit.*
3. *Ibid.*
4. *Ibid.*
5. *Ibid.*
6. François Bluche, *Le Grand Règne, op. cit.*
7. Louis XIV, *Mémoires et lettres, op. cit.*
8. Mme de Maintenon, *Lettres, op. cit.*

OUF !

1. Saint-Simon, *Mémoires, op. cit.*
2. Louis XIV, *Mémoires*, Tallandier, *op. cit.*
3. *Négociations relatives à la guerre de Succession d'Espagne*, textes rassemblés par François Mignet, Imprimerie Royale, 1835.
4. Saint-Simon, *Mémoires, op. cit.*
5. *Ibid.*
6. Louis XIV, *Mémoires et lettres, op. cit.*
7. *Ibid.*
8. *Ibid.*
9. Saint-Simon, *Mémoires, op. cit.*
10. Princesse Palatine, *Lettres françaises, op. cit.*
11. Louis XIV, *Mémoires et lettres, op. cit.*
12. Jean-Christian Petitfils, *Louis XIV, op. cit.*
13. Saint-Simon, *Mémoires, op. cit.*
14. *Ibid.*
15. *Ibid.*
16. *Ibid.*
17. Louis XIV, *Mémoires*, Tallandier, *op. cit.*
18. *Ibid.*
19. *Ibid.*
20. *Ibid.*
21. Saint-Simon, *Mémoires, op. cit.*

22. *Ibid.*
23. Louis XIV, *Mémoires*, Tallandier, *op. cit.*

ADIEU

1. Mme de Maintenon, *Lettres, op. cit.*
2. Saint-Simon, *Mémoires, op. cit.*
3. *Ibid.*
4. *Ibid.*
5. *Ibid.*
6. *Ibid.*
7. *Ibid.*
8. *Ibid.*
9. *Ibid.*
10. *Ibid.*
11. Princesse Palatine, *Lettres françaises, op. cit.*
12. Saint-Simon, *Mémoires, op. cit.*
13. *Ibid.*
14. Dangeau, *Journal de la cour du Roi-Soleil, op. cit.*
15. Cité par François Bluche, *Le Grand Règne, op. cit.*

ANNEXES

FOLIO BIOGRAPHIES

Lou Andreas-Salomé, par DORIAN ASTOR
Attila, par ÉRIC DESCHODT
Joséphine Baker, par JACQUES PESSIS
Balzac, par FRANÇOIS TAILLANDIER
Baudelaire, par JEAN-BAPTISTE BARONIAN
James Brown, par STÉPHANE KOECHLIN
Le Caravage, par GÉRARD-JULIEN SALVY
Jules César, par JOËL SCHMIDT
Cézanne, par BERNARD FAUCONNIER
Cléopâtre, par JOËL SCHMIDT
Albert Cohen, par FRANCK MÉDIONI
Colette, par MADELEINE LAZARD
James Dean, par JEAN-PHILIPPE GUERAND
De Gaulle, par ÉRIC ROUSSEL
Diderot, par RAYMOND TROUSSON
Marlene Dietrich, par JEAN PAVANS
Albert Einstein, par LAURENT SEKSIK
Fellini, par BENITO MERLINO
Freud, par RENÉ MAJOR et CHANTAL TALAGRAND
Gandhi, par CHRISTINE JORDIS
Geronimo, par OLIVIER DELAVAULT
Billie Holiday, par SYLVIA FOL
Ibsen, par JACQUES DE DECKER
Jésus, par CHRISTIANE RANCÉ
Janis Joplin, par JEAN-YVES REUZEAU
Kafka, par GÉRARD-GEORGES LEMAIRE
Kerouac, par YVES BUIN
Louis XIV, par ÉRIC DESCHODT
Louis XVI, par BERNARD VINCENT

Michel-Ange, par NADINE SAUTEL
Modigliani, par CHRISTIAN PARISOT
Molière, par CHRISTOPHE MORY
Marilyn Monroe, par ANNE PLANTAGENET
Mozart, par JEAN BLOT
Pasolini, par RENÉ DE CECCATTY
Pasteur, par JANINE TROTEREAU
Picasso, par GILLES PLAZY
Shakespeare, par CLAUDE MOURTHÉ
Jacques Tati, par JEAN-PHILIPPE GUESRAND
Tchekhov, par VIRGIL TANASE
Toussaint Louverture, par ALAIN FOIX
Van Gogh, par DAVID HAZIOT
Verlaine, par JEAN-BAPTISTE BARONIAN
Boris Vian, par CLAIRE JULLIARD
Léonard de Vinci, par SOPHIE CHAUVEAU
Virginia Woolf, par ALEXANDRA LEMASSON
Stefan Zweig, par CATHERINE SAUVAT

Composition Nord Compo
Impression Maury-Imprimeur
45330 Malesherbes
le 2 octobre 2008.
Dépôt légal : octobre 2008.
Numéro d'imprimeur : 140729.

ISBN 978-2-07-034498-7. / Imprimé en France.